Krew Rangera

Wyspa, broń jądrowa, ostatnia granica zaufania.

Caitlyn Lynch

Shenanigans Press

SPIS TREŚCI

1. Rozdział pierwszy — 1

2. Rozdział drugi — 11

3. Rozdział trzeci — 22

4. Rozdział czwarty — 31

5. Rozdział piąty — 41

6. Rozdział szósty — 52

7. Rozdział siódmy — 61

8. Rozdział ósmy — 71

9. Rozdział dziewiąty — 80

10. Rozdział dziesiąty — 90

11. Rozdział jedenasty — 102

12. Rozdział dwunasty — 113

13. Rozdział trzynasty   122

14. Rozdział czternasty   134

15. Rozdział piętnasty   144

16. Rozdział szesnasty   156

17. Rozdział siedemnasty   167

18. Rozdział osiemnasty   177

19. Rozdział dziewiętnasty   186

20. Rozdział dwudziesty   196

21. Rozdział dwudziesty pierwszy   206

22. Rozdział dwudziesty drugi   215

23. Rozdział dwudziesty trzeci   226

24. Rozdział dwudziesty czwarty   240

Inne książki autorki Caitlyn Lynch   247

ROZDZIAŁ PIERWSZY

TELEFON DRĄCY SIĘ KILKA cali od twarzy wyrwał Pascala Montoyę z głębokiego, wyczerpanego snu. Nie otwierając oczu, sięgnął po niego i przyłożył do ucha.

— Co? — warknął.

— Operacja Spinifex jest aktywna — odezwał się po drugiej stronie spokojny kobiecy głos. — Zastępczyni Dyrektora Spires wzywa Pana natychmiast do swojego gabinetu.

Oczy Pascala otworzyły się na oścież już po pierwszych dwóch słowach. — Będę za pół godziny. Jestem w domu — mruknął, podnosząc się do pozycji siedzącej.

— Zastępczyni Dyrektora wysłała po Pana samochód.

— Oczywiście, że wysłała. — Zakończył połączenie i rzucił telefon na materac, przetarł oczy i ziewnął, zanim wstał, wolniej, niż by chciał.

— Dopada mnie średni wiek — mamrotał, kierując się do łazienki. — A może po prostu przespałem tylko dwie godziny.

Trzydzieści minut później wysiadał już z samochodu w Langley, przeciągnął kartę dostępu przy pierwszych z kilku drzwi i ruszył do gabinetu swojej szefowej. Zastępczyni Dyrektora ds. Operacji, Amanda Spires, siedziała za biurkiem, nienagannie ubrana w jedwabny, granatowy jak noc kostium ze spódnicą, pełny makijaż mimo tego, że dochodziła trzecia nad ranem.

— Cieszę się, że mógł Pan do mnie dołączyć, Montoya — mruknęła Spires, nie odrywając wzroku od ekranu przed sobą. — Już kończę.

Usiadł, by poczekać, odchylił się w wygodnym biurowym fotelu i rozejrzał. Mimo wysokiej rangi w Agencji Spires nie miała wypasionego narożnego biura z widokiem na trawniki, tylko pozbawiony okien boks głęboko w trzewiach budynku. Za to z polityką otwartych drzwi dla agentów, których wysyłała w teren, by robili brudną robotę Wuja Sama.

— Dzięki, że Pan poczekał. — Spires wysunęła z ucha słuchawkę i wrzuciła ją do szuflady biurka. — Przepraszam, że ściągnęłam Pana w środku nocy, zwłaszcza że dopiero co wrócił Pan z Durbanu, ale to nie może czekać.

— Pani asystentka powiedziała, że Spinifex jest aktywne?

— Zgadza się. — Uśmiech Spires był napięty. — Od miesięcy śledzimy wzmianki, weryfikujemy informacje. Na ile to możliwe, tak. Fortuna naprawdę ma walizkową bombę nuklearną... i przygotowuje się do sprzedania jej temu, kto da najwięcej.

Usta Pascala też się zacisnęły. Tropił znajomości i koneksje nieuchwytnego handlarza bronią znanego jako Baz

Fortuna od lat, nie miesięcy. Odkąd CIA stworzyła mu przykrywkową tożsamość brokera.

— Kiedy rusza licytacja? Na Dark Webie, jak rozumiem?

— Tak i nie. Na Dark Webie licytuje miejsca przy stole, ale właściwa aukcja odbędzie się w miejscu, którego jeszcze nie ujawniono.

— Musi mnie Pani tam wprowadzić.

— Nie ucz ojca dzieci robić, Montoya. — Zastępczyni dyrektora uśmiechnęła się krzywo. — Dowiedzieliśmy się o tym trochę za późno. Zostało jedno miejsce... a aukcja dla miejsc zamyka się za dziesięć minut. Niech Pan ze mną idzie. — Wstając z krzesła, skinęła mu, by podążył za nią.

Ruszili do jednego z pobliskich pokoi operacyjnych, wysokotechnologicznej enklawy, pełnej ludzi nawet o tej porze nocy; technicy pracowali przy wieloekranowych stanowiskach, zarządzając operacjami w czasie rzeczywistym na całym globie. Spires podprowadziła go do jednego z ulubionych techników, który zerknął na nich znad okularów w niebieskich, półksiężycowatych oprawkach i skinął głową.

— Montoya. Pani.

— Jak idzie licytacja? — zapytała Spires.

— Rośnie. — Technik skinął na jeden z ekranów. — A przynajmniej Fortuna tak myśli. Zablokowałem wszystkim innym dostęp. Podbiję do 228 000, to o 40 000 więcej niż jakakolwiek z wygranych ofert do tej pory. Wystarczająco wysoko, żeby wyglądało wiarygodnie; nie tak wysoko, żebyśmy wyglądali na zdesperowanych.

— Dobra robota, Andy. — Spires poklepała go po ramieniu. — Ściągnęłam Montoyę na wypadek, gdyby musiał szybko potwierdzić tożsamość przed Fortuną.

— Możliwe, Pani. Zdobyłem informacje, na jakich kwotach zamknęły się pozostałe licytacje, ale nie widzę żadnej prywatnej komunikacji, jaka mogła zajść między Fortuną a innymi kupującymi później.

— Wiemy, kim oni są?

— Pracuję nad tym. — Andy skinął głową w stronę innego ekranu po prawej, po którym przewijały się linijki kodu zbyt szybko, by ludzkie oko nadążyło. — Jestem prawie pewien, że jeden z nich to Korea Północna.

— Mają własne bomby — zauważył Pascal.

— Nietestowane i na pewno nie przenośne. Wielkie, toporne ładunki, które trzeba dostarczyć za pomocą ICBM — powiedziała Spires roztargnionym tonem. — Co jest, hmm, trochę zbyt oczywiste. Zapłaciliby krocie za małe urządzenie, które mogliby rozebrać i odtworzyć technologię, i nie tylko oni.

— Nie użyją jej?

— Mało prawdopodobne. Ale to nie jedyni potencjalni nabywcy. Są grupy terrorystyczne z naprawdę grubą kasą, jak Pan doskonale wie. Zbuntowane państwa. Handlarze bronią, którzy mogą działać jako pośrednicy, licząc, że sprzedadzą to dalej i skasują prowizję.

Pod kwotą w dolarach na ekranie Andy'ego odliczał czasomierz i Pascal akurat na niego patrzył, gdy nagle ekran mignął, zgasł na parę sekund, po czym z powrotem się rozświetlił.

— Ten licznik właśnie zwariował — wskazał.

— Słucham? — Andy oderwał się od ekranu z kodem, żeby spojrzeć.

— Ekran zgasł na kilka sekund, ale licznik uciął trzydzieści sekund. — Pascal wskazał. — Wiem, co widziałem — dodał, gdy Andy rzucił mu powątpiewające spojrzenie.

— To i tak bez znaczenia. To moja oferta. A teraz wchodzi ostatnia — oznajmił Andy, kiedy licznik zszedł do piętnastu sekund, a kwota się zmieniła. — I... jest. — Czasomierz wyświetlił 0:00:00 i Andy uniósł dłoń, wyraźnie oczekując przybicia piątki. — Wygraliśmy!

— Andy! — Spires wskazała ekran, na którym kwota właśnie znów się zmieniła, skacząc o kolejne 20 000 dolarów. — Co to, do diabła, jest?

— Cholera! — Andy rzucił się do klawiatury, stukając w pośpiechu. — Cholera, cholera, cholera...

— Ktoś nas przebił. Prawda? — odezwał się Pascal po paru minutach, gdy Andy pisał i klął.

— Jezu Chryste — mruknęła Spires, chwytając się za czoło. — To jest pieprzona katastrofa. Kto?

— Ustalę to. Przysięgam... proszę mi dać kilka minut, Pani...

— Do mojego gabinetu. — Spires skinęła głową Pascalowi, a on poszedł za nią w osłupieniu.

— Musimy dostać się na tę aukcję. Nawet nie wiemy, gdzie się odbędzie. — Spires wyraźnie nie potrafiła ustać w miejscu, krążyła po gabinecie. — Próbowaliśmy wszystkiego, żeby przechwycić Fortunę i tę cholerną bombę, i utknęliśmy w martwym punkcie. Nie rozumiem, co się stało...

— Dość oczywiste. — Pascal usiadł i skrzyżował ramiona. — Ktoś jest lepszym hakerem niż Andy.

— Lepszym hakerem, z lepszym zapleczem komputerowym i finansowaniem, żeby przelicytować Agencję? — Spires rzuciła mu niewierzące spojrzenie, po czym nagle się zatrzymała, jakby ją olśniło. — Czekaj. Cholera.

— Myśli Pani, że to inna agencja rządowa. Mossad albo MI6? — zgadł Pascal.

— Prawie musi tak być, prawda? Tak, Andy? — Spires skinęła, by speszony technik wszedł. — To inna agencja, prawda?

— Chciałbym móc powiedzieć, że tak, Pani. Byłoby mniej wstydliwie zostać przebitym przez kolegów po fachu.

— To kto?

— Amerykańska prywatna firma, Pani. Hestia Global Security.

Spires zastygła. Po jej twarzy przemknął grymas, którego Pascal nie potrafił odczytać.

— Nie słyszałem o nich, Pani. Mam dalej kopać? — zapytał Andy, wyraźnie chętny odkupić swój błąd.

— Nie. Dalej zajmę się tym sama. Ty pracuj nad ustaleniem pozostałych licytantów. Musimy wiedzieć, z kim konkurujemy. — Odprawiła go skinieniem, po czym zamknęła drzwi gabinetu — coś, co Pascal widział u niej rzadko przez pięć lat pracy.

— Zna Pani Hestię — ocenił.

— Znam. — Spires znów zaczęła krążyć, po czym najwyraźniej podjęła decyzję i energicznie skinęła. Podniosła słuchawkę, wcisnęła przycisk. — Przygotować samolot do startu — warknęła do asystentki, która odebrała. — Mam nadzieję, że ma Pan spakowaną torbę awaryjną, Montoya.

— Zawsze — odparł Pascal sucho. — Dokładnie dokąd lecimy?

— Do Kalifornii. — Spires obnażyła zęby w parodii uśmiechu. — Konkretnie do Los Angeles.

Było już prawie południe, kiedy Pascal i Spires wysiedli z samochodu na parkingu przy niedużym biurowcu pośrodku niepozornego parku biznesowego w południowo-zachodnim Anaheim.

— To tutaj? — Pascal osłonił dłońmi oczy przed kalifornijskim słońcem i zerknął na fasadę. — Nie ma nawet nazwy.

— A w Mapach Google figuruje jako telefoniczne call center. — Spires trzasnęła drzwiami i ruszyła przez parking, jej obcasy głośno stukały, a teczka kołysała się w dłoni. — To tutaj.

Zastępczyni Dyrektora była podczas podróży wyjątkowo małomówna i Pascal znał ją na tyle, by nie naciskać. Szybki rekonesans w sieci w telefonie nie przyniósł żadnych wyników: Hestia Global Security najwyraźniej w ogóle nie istniała. Nie figurowała w żadnym rejestrze firm ani katalogu online.

Jak taka firma zdobywa klientów, skoro potencjalni nawet nie mogą jej znaleźć?

Tylko jedna odpowiedź miała sens. Hestia nie potrzebowała więcej klientów, bo miała już roboty po uszy. Od rządu.

Co oznaczało, że Hestia albo była przybudówką rządową — jakimś czarnym projektem finansowanym poza budżetem — albo zatrudniano ją do zadań, w które rząd nie mógł być oficjalnie zaangażowany. Zadań wymagających pewnego stopnia oddzielenia od polityki.

Innymi słowy: możliwości wiarygodnego zaprzeczenia.

Szklane drzwi rozsunęły się na ich podejście, odsłaniając niewielki, najwyraźniej nieobsadzony hol. Jedynymi widocznymi drzwiami była para stalowych drzwi windy naprzeciwko.

Nie było przycisku przywołania.

— Yyy. Jak my... — zaczął Pascal, ale w tej chwili drzwi windy się otworzyły, ukazując młodą kobietę.

Nie był pewien, czego się spodziewał, ale na pewno nie długich, turkusowo-morskich włosów jak u syreny, spływających swobodnie do łopatek, boho-sukienki w kolorze purpury z maleńkimi dzwoneczkami wyszytymi wokół dołu, brzęczącymi na wysokości kolan, i białych kowbojek.

Spojrzenie Pascala powędrowało z niedowierzaniem od włosów po buty i z powrotem.

— Zastępczyni Dyrektora Spires — powiedziała młoda kobieta z uśmiechem. — Co za zaszczyt. A...? — rzuciła pytające spojrzenie na Pascala.

— Agent Pascal Montoya — odezwała się Spires. — Jesteśmy tutaj, żeby porozmawiać z waszą dyrektorką techniczną.

— I macie Państwo umówioną wizytę? — Niebieskowłosa roześmiała się, jakby żartowała sama z siebie. — Żartuję, Pani Zastępczyni. Tędy, jeśli można?

Nie mieli wielkiego wyboru i poszli za nią do windy. Recepcjonistka — przynajmniej tak założył Pascal — pochyliła się w stronę małego czarnego kwadratu w ścianie windy. Zorientował się, że to skaner siatkówki, gdy zielona smuga światła przejechała krótko po jej twarzy, zanim drzwi się zamknęły i winda ruszyła.

— Jak wzywa się windę? — zapytał. — Na zewnątrz nie widziałem skanera siatkówki.

— Inteligentna technologia. — Uniosła nadgarstek, pokazując smartwatch. — Tym się wchodzi... ale dalej potrzebny jest skan siatkówki.

Winda się zatrzymała i drzwi rozsunęły, wyrzucając ich w nijaki korytarz z drzwiami po obu stronach. Kawałek dalej dwóch mężczyzn stało przed jednym z pomieszczeń i rozmawiało; odwrócili się, zobaczyli grupkę wychodzącą z windy i natychmiast weszli do biura, zamykając za sobą drzwi.

— Znam go — wyszeptał Pascal, szukając w pamięci. Widział już gdzieś tego wyższego i po kilku sekundach odpowiedź przyszła sama. — To był Drew Murphy. Po co firmie od bezpieczeństwa technologicznego ktoś taki?

Mówił bardzo cicho, a recepcjonistka, idąca przed nimi, nie powinna była słyszeć. Spires pochyliła się bliżej.

— Kto to? — szepnęła.

— Elitarny snajper. Jeden z najlepszych u Rangerów.

Pascal sam był kiedyś Rangerem, zanim zwerbowało go CIA. Murphy'ego nie znał dobrze, ale Pascal nigdy, przenigdy nie zapominał twarzy. Co było zresztą jednym z powodów, dla których go zrekrutowano; należał do około 1% populacji o ponadprzeciętnej zdolności rozpoznawania twarzy — był tzw. superrozpoznawcą.

— Ciekawe — tylko tyle zdążyła powiedzieć Spires, zanim recepcjonistka otworzyła drzwi do gabinetu — bez pukania, zauważył Pascal — i gestem zaprosiła ich do środka.

W środku bardziej przypominało to pomniejszoną wersję centrum dowodzenia techników, które opuścili w Langley zaledwie kilka godzin wcześniej, niż czyjś prywatny gabinet, ale w centrum podkowy biurek stał tylko jeden fotel, nad którym wisiał tuzin monitorów; na blatach leżało kilka klawiatur i urządzeń wejściowych.

Fotel był pusty i on oraz Spires wymienili spojrzenie, gdy recepcjonistka zamknęła drzwi, zostając z nimi w środku.

— Ach, dyrektorka techniczna? — zapytała grzecznie Spires.

— Tak? Och, najmocniej przepraszam. Nie przedstawiłam się. Jessikah Hagerty. — Wyciągnęła do Spires rękę.

Pascal wiedział, że musiała mu opaść szczęka, a Spires okazała równie wielkie zdumienie.

— *Jest Pani* dyrektorką techniczną? Ale Pani jest...

— Za młoda? Często to słyszę. Mam dwadzieścia siedem lat. Ale skończyłam Berkeley z tytułem magisterskim z informatyki w wieku osiemnastu lat i spędziłam pięć lat w NSA, zanim sprowadzono mnie tutaj. — Jessikah błysnęła szelmowskim uśmieszkiem, opierając biodro o róg jednego z biurek. — Poza tym wie Pani, że jestem wystarczająco dobra. Wygryzłam waszych techników z tej aukcji, prawda?

Rozdział drugi

Zastępczyni dyrektora Spires odzyskała panowanie nad sobą z godną podziwu szybkością — Jess pomyślała, że nie bez powodu awansowała na kierownicze stanowisko w CIA — ale towarzyszący jej agent wciąż rozdziawiał usta jak złowiona na brzeg ryba. Jego twarz wydawała się dziwnie znajoma. Jess przyjrzała mu się przez krótką chwilę, po czym odłożyła to rozpoznanie do późniejszego przeanalizowania. Nazwisko wciąż nie przychodziło jej do głowy.

— Mogę zaproponować państwu miejsca? — Wskazała niewielki kącik z fotelami przy jedynym oknie w jej gabinecie — zbyt dużo światła przeszkadzało jej na ekranach, dlatego trzymała żaluzje zasunięte. — Kawę? Musieli państwo wyjechać z DC bardzo wcześnie.

— Po całej nocy z tą aukcją — odparła sucho Spires, podchodząc do krzeseł i zajmując jedno. — Kawa byłaby cudowna. Dziękuję.

— Sprowadzę ją. — Jess sięgnęła po jedną z klawiatur i wystukała krótką wiadomość. — Panie Agencie Montoya?

On się nie poruszył, wciąż stał i się w nią wpatrywał, choć przynajmniej zamknął już usta. Wskazała krzesło. — Proszę usiąść.

Montoya ruszył się, ale wolno, wciąż ją śledząc wzrokiem. Był postawnym mężczyzną, barczystym, w dobrze skrojonym garniturze, który — w przeciwieństwie do wielu — nie opinał go nieprzyjemnie w ramionach. Czarne włosy i jasnobrązowa skóra, nieco orli nos, oczy w kolorze jasnej, bursztynowo-whisky barwy, przeszywające intensywnością. Zarost cieniował wyrzeźbioną szczękę, a wachlarz drobnych zmarszczek wokół złotych oczu podpowiadał, że może być nieco starszy, niż pierwotnie oszacowane przez nią wczesne trzydziestki.

— Co to za miejsce? — rzucił ostro Montoya, nie siadając. — Komputerowe sprawy rozumiem... ale działania operacyjne?

— Dlaczego pan tak mówi? — Skrzyżowała ramiona i spojrzała na niego z ciekawością.

— Bo rozpoznałem jednego z tych gości na korytarzu, gdy wysiedliśmy z windy. Drew Murphy.

Jess poczuła, jak całe jej ciało sztywnieje. — Skąd pan zna Drew?

— Byłem Rangerem. Drew może mnie nie pamiętać, ale ja jego pamiętam. To elitarny snajper — w mniej grzecznych słowach: zawodowo sankcjonowany zabójca. I bardzo bym chciał wiedzieć, co taki człowiek robi, pracując dla *prywatnej firmy ochroniarskiej*.

Jess prychnęła. Minęła go i sama usiadła, uśmiechając się do Spires. — Może pan sam zapytać Drew, jeśli pan chce. Opowie panu wszystko o wypadku, który na jedno oko go oślepił i wykluczył z Rangersów. Trafił do nas nieco krętą drogą, ale jest cennym członkiem naszego zespołu. I bądźmy szczerzy; żadna z agencji z alfabetu nie przyjęłaby go przez jego *niepełnosprawność*. — Ostatnie słowo niemal wypluła, wciąż wściekła. — Może już nie trafi dziesięciocentówki z ćwierć mili, ale na pewno nie jest bezużyteczny i na pewno nie używamy go jako jakiegokolwiek zabójcy!

Zapadła krótka cisza, po czym Montoya usiadł, skłaniając jej lekko głowę. — Przepraszam. Nie wiedziałem, że Murphy miał wypadek.

— I tylko za to pan przeprasza? — mrugnęła Jess.

— Może wrócimy do meritum? — wtrąciła zastępczyni dyrektora, zanim Jess zdążyła zjechać oceniającego agenta równo z ziemią. — Pani ingerencja w jedną z naszych operacji.

— W tym momencie grozi mi pani aresztowaniem, bo stanowię zagrożenie dla bezpieczeństwa narodowego? — Jess odchyliła się w fotelu i założyła nogę na nogę, rozbawiona i zupełnie nieprzestraszona.

— Nie. To ten moment, w którym mówi nam pani, kto finansuje pani operację, a ja zwracam się do mojej odpowiedniczki w tej agencji i każę im przekazać ją z powrotem nam. — Spires również skrzyżowała nogi i uśmiechnęła się.

Jess się nad tym zastanowiła. Przeanalizowała możliwe reperkusje. Uznała, że Spires i tak to prędzej czy później ustali. — Homeland Security — powiedziała w końcu.

— Oczywiście. — Spires wymieniła spojrzenie z Montoyą i skinęła głową. — Dziękuję za współpracę, pani Hagerty.

— Chwileczkę, to wszystko? Pani osobiście przyleciała aż tutaj tylko po to, by mnie o to zapytać? — zdziwiła się Jess, prostując się.

— Uznałam, że nie mogę wysłać byle kogo. Nikt inny nie wszedłby nawet za drzwi. Prawda?

— Cóż, nie.

— Nie mam wątpliwości, że wiedziała pani, że wczoraj wieczorem byliśmy pani na tropie. Pewnie w chwili, gdy mój technik przyszedł do mnie z nazwą Hestii. Całkiem możliwe, że pozwoliła mu pani ją znaleźć.

Szacunek Jess dla zastępczyni dyrektora skoczył o kilka poziomów. — Tak, proszę pani — przyznała.

— Nie chciała pani nas odpierać aż do zakończenia aukcji — mruknął Montoya, a ona skinęła sztywno głową.

— Szczerze mówiąc, tak. Proszę toczyć boje na tych szczeblach w Waszyngtonie, na których państwo operują, pani dyrektor. Ja nie chcę mieć w tym udziału. — Zawahała się. — Ale gwoli uczciwości: muszę pani powiedzieć, że nie macie zbyt wiele czasu. Mam 24 godziny od chwili zamknięcia aukcji, by dostarczyć Fortunie dodatkowe poświadczenia, a potem 48 godzin od tego momentu, by dotrzeć do miejsca, którego jeszcze nie wyznaczył, na aukcję.

— Cholera. — Usta Spires wykrzywiły się i Jess zrozumiała. Młyny Waszyngtonu mielą bardzo wolno. Ostatnie, czego Spires potrzebowała, to jakieś międzyagencyjne przepychanki o jurysdykcję i dowodzenie operacją.

— Więc muszę poprosić, by wycofali się państwo z klasą i pozwolili nam to poprowadzić — powiedziała Jess, bardziej z nadzieją niż z optymizmem. Z doświadczenia wiedziała, że CIA do eleganckich wycofań się nie słynie.

Spires zamyśliła się, stukając opuszką palca w wargę. — Kogo wysyłacie? Zakładam, że nie pani. — Prychnęła lekceważąco. — Chyba że dorobiła się pani reputacji międzynarodowej handlarzki bronią, o której nie wiem. Pani CV robi wrażenie, ale...

— Nie aż takie. — Jess wzięła głębszy oddech, przypominając sobie, że z ludźmi, którzy uznawali ją za niekompetentną z powodu wieku, mierzyła się całe życie. Choć prawdą było, że zdarzało się to coraz rzadziej, bo dziś w większości kontaktowała się z ludźmi przez klawiaturę. — Jeden z moich ludzi zagra rolę rozczarowanego polityka z zapleczem finansowanym ciemną kasą...

Spires już kręciła głową. — To nie zadziała. Fortuna jest skrajnie podejrzliwy. Pański człowiek nawet nie dotrze na aukcję. Potrzebujecie kogoś, czyja reputacja przejdzie weryfikację. — Jej uśmiech był rekinowy. — Kogoś takiego jak Pascal.

— Przepraszam, w jaki sposób agent CIA miałby przejść weryfikację u Baza Fortuny? — prychnęła Jess, ale część jej mózgu, którą zajęła próbą przypomnienia sobie, skąd kojarzy twarz Montoyi, wreszcie wydobywała tę pamięć na powierzchnię.

— Pascal jest głęboko pod przykryciem i tak jest, odkąd dołączył do Agencji. Jako...

— Pascal Montalban. — Nagle wszystko zaskoczyło. — Stąd kojarzę pana twarz. Widnieje pan na masie list obserwacyjnych. Francusko-algierski pośrednik największych światowych zbrodniarzy.

Skinął głową, z lekkim półuśmiechem. — Bardzo dobrze.

— Sprawdziłam pana w niewłaściwych bazach rozpoznawania twarzy — mruknęła z rozczarowaniem do siebie. — Założyłam, że jest pan czysty.

— Jestem legalny! — Pascal wyglądał na poirytowanego.

— Zna pan Baza Fortunę osobiście, co?

— Jeszcze nie. Ale będę. Gdy oddadzą nam państwo kontrolę nad operacją.

Jess przygryzła wargę, zerkając to na jednego, to na drugą z agentów CIA. Musiała przyznać, że Pascal Montalban miał znacznie większe szanse dotrzeć do wewnętrznego kręgu Fortuny niż pierwotny plan Hestii.

Po prostu nie lubiła oddawać kontroli nad czymś, co tak ciężko wypracowała, a wiedziała, że Homeland Security nie będzie zachwycone, gdyby pozwoliła CIA wejść i przejąć wszystko bez walki.

— A co powie pani na operację wspólną? — zaproponowała.

Spires wyglądała na rozbawioną i prychnęła z lekceważeniem. Pascal jednak przechylił głowę i jakby przyjrzał się jej na nowo.

— Proszę — powiedział powoli. — Proszę mnie przekonać.

— Pokazałam już swoje umiejętności w technice. Rzecz w tym, że nim państwo wrócą do DC, a ja przekażę wszystko państwa gorszym specjalistom od IT, te 24 godziny będą praktycznie na wyczerpaniu, a potem trzeba będzie błyskawicznie ruszyć, żeby zdążyć na spotkanie, gdziekolwiek ono będzie. Zostańcie tutaj i przeprowadzimy pierwszy kontakt stąd. Zweryfikujemy pańskie poświadczenia. Będę dalej zapewniać potrzebne wsparcie techniczne przez całą operację. W porozumieniu z państwa ludźmi, jeśli trzeba. A jeśli okaże się, że broń albo Baz Fortuna są na terytorium USA, pozwolicie, by akcję przejął Homeland. Z tym będą szczęśliwi. — Nie uważała tego za szczególnie prawdopodobne — Fortuna był zbyt cwany, by dać się złapać na terenie USA — ale jeśli problem zostanie rozwiązany, Homeland nie będzie narzekać.

Montoya spojrzał na Spires. — Myślę, że powinniśmy to przyjąć.

Spires wbiła w niego wzrok. — Montoya, zwariował pan? Ona jest...

— Kompetentna.

Zaskoczona, Jess mrugnęła i wlepiła w niego spojrzenie. — Czy pan właśnie mnie pochwalił?

— Sama pani to powiedziała. Pokazała pani swoje możliwości. Poważnie, proszę pani — zwrócił się do Spires — czy potrafi pani wskazać innego hakera, który potrafiłby zhakować Andy'ego i wyrwać go z sytuacji, którą miał pod pełną kontrolą? Z tak precyzyjnym wyczuciem czasu? Czy jest pani w stanie choćby powiedzieć, gdzie należałoby takiej osoby szukać?

Spires znów stukała paznokciem w wargę. — Nie — przyznała wreszcie, zlustrowała Jessikah wzrokiem, po czym znów spojrzała na Montoyę. — Co do jej umiejętności się pan nie myli, ale powierzy pan jej swoje życie. To pana decyzja.

— W takim razie jestem za.

To nie był wynik, jakiego oczekiwała po tym spotkaniu, ale Jess nie zamierzała narzekać. Wyciągnęła rękę do Montoyi, a on uścisnął ją — silne palce zacisnęły się na jej dłoni zdecydowanie. Przez ułamek sekundy pomyślała, że pójdzie na miażdżący uścisk, lecz puścił, nim zwiększył nacisk.

Jej zegarek dyskretnie zapikał i Jess wstała, podchodząc do drzwi. — To pewnie kawa. Proszę wejść. Och... Liane.

Kawę przyniosła jej siostra, Liane. Wysoko wyszkolona, była agentka ATF, która większość kariery spędziła pod przykryciem; to ona miała wejść jako potencjalna nabywczyni tej głowicy nuklearnej. Liane zgłosiła się ochotniczo i z pewnością dałaby radę, ale po słowach Spires Jess po cichu się cieszyła, że Liane nie będzie musiała iść.

— Poprosisz Drew, żeby wszedł? — poprosiła Jess cicho, przejmując tacę z rąk Liane.

— Jasne. — Liane pytająco uniosła do niej brwi.

— Okazuje się, że facet to były Ranger. Rozpoznał Drew.

— Hm. — Liane skinęła głową, po czym odwróciła się, by wyjść.

— A potem wróć. Zmiana planu co do Fortuny. To nie ty pójdziesz.

— Nie powiem, żebym żałowała — przyznała Liane z szybkim uśmiechem. Wymknęła się, a Jess odwróciła się z powrotem do foteli. Montoya galanteryjnie wstał, by przejąć tacę i ostrożnie odstawić ją na stolik, a ona mruknęła podziękowanie.

Na tacy Liane położyła nie tylko dzbanek z kawą, mlekiem, cukrem i filiżankami, ale i talerz z kilkoma brownie. Jess spojrzała na nie łakomie. Po emocjach porannej aukcji nie spała zbyt długo, a śniadanie w ogóle się nie wydarzyło.

— Proszę się częstować — powiedziała wspaniałomyślnie i poczekała, aż Montoya i Spires sięgną, po czym nalała sobie dużą czarną kawę, wsypała cztery łyżeczki cukru i chwyciła brownie.

Zauważyła uśmiech Montoyi nad jego własną, czarną, niesłodzoną kawą. Oczywiście. Pewnie zaczął pić ją tak w Rangersach i już mu zostało. Spires dolała odrobinę śmietanki, ale bez cukru, choć skusiła się na brownie i skubała je delikatnie.

Drzwi znów się otworzyły i weszli Drew oraz Liane. Montoya odstawił filiżankę i wstał z uśmiechem; ku zdumieniu Jess ten wyraz całkowicie odmienił jego twarz: z dość surowej powagi do poziomu przystojności, który naprawdę kazał jej mrugnąć.

— Drew Murphy, we własnej osobie. Dobrze cię widzieć.

Drew też się uśmiechał, podchodząc i podając rękę. — Major Montoya. Dawno się nie widzieliśmy.

— Major — wymówiła bezgłośnie Liane do Jess, robiąc imponowaną minę. Obie wiedziały, jak trudno jest wspinać się w hierarchii Rangersów, gdzie każdy żołnierz jest w ścisłym jednym procencie. Drew, kiedy opowiadał o oficerach, pod którymi służył, mówił o nich z ogromnym szacunkiem.

— Sierżant sztabowy... na tym się zatrzymałeś? Zawsze uważałem, że mógłbyś pójść ścieżką oficerską. — Montoya skinął w stronę bliznowatego oka Drew, którego błękitna tęczówka była mętna. — Przykro mi z powodu twojego urazu. To musiało być traumatyczne.

— Na jakiś czas posypało mi to psychikę, ale znalazłem nową sprawę, o którą warto walczyć. Okazało się, że nadaję się do czegoś więcej niż tylko pociągania za spust. — Drew przyjął kondolencję z godnością. — Prywatny sektor płaci też o wiele lepiej. — Skinął znacząco w stronę Spires. — Pewnie lepiej niż nawet pani departament rządowy.

Spires parsknęła z niedowierzaniem. — Próbuje mnie pan zwerbować prosto sprzed nosa?

Uśmiech Drew był bezczelny. — Cóż, ostatnie słowo i tak należy do Jess... ale ręczę za niego.

Rozmawiali jeszcze chwilę o drobiazgach, po czym Liane i Drew znów wyszli, zamykając za sobą drzwi. Jess usiadła i przygotowała się w duchu. Nie było szans, żeby Spires nie wyłapała tej aluzji.

— Ostatnie słowo, hm? — powiedziała natychmiast Spires. — Dlaczego mam wrażenie, że dyrektorka techniczna to nie jedyny pani tytuł w Hestia Global Security, pani Hagerty?

Jess skrzywiła się. — Więc może „wspólniczka-założycielka" byłaby trafniejsza — przyznała — ale proszę... czy może mi pani się dziwić? Proszę spojrzeć, jak pani zareagowała na mój wiek i to, jak wyglądam. Nigdy nie powierzylibyście mi niczego wrażliwego, gdybyście sądzili, że to tu zapada ostateczna decyzja.

Zapadła długa, napięta cisza, po czym Montoya powiedział: — Wspólniczka-założycielka?

Westchnęła i skinęła głową. — Mój partner jest „twarzą" firmy dla wysokich urzędników. Ma za sobą długą i znakomitą karierę w Marynarce Wojennej, a potem jedną kadencję w Kongresie. Poznaliśmy się, kiedy pracowałam dla NSA; haker typu black hat ukradł poufne informacje z jego komputerów, a mnie powierzono odnalezienie winnego i odzyskanie danych. Byłam o krok od odejścia i kombinowania, jak założyć Hestię na własną rękę... można powiedzieć, że to ja jego zrekrutowałam. Jest figurantem. Większość czasu spędza na polu golfowym.

— Jest pani bardzo szczera — powiedziała Spires, przekrzywiając głowę i przyglądając się Jess z ciekawością. — Lubię to. A z tego, co słyszałam o Hestii, jeszcze nigdy nie zawiedliście z rezultatami, co podoba mi się jeszcze bardziej. Ma pani ludzi pokroju Drew Murphy'ego i pani siostry — nie przedstawiła jej pani, ale ją rozpoznałam. Była agentka ATF. Zamknęła w zeszłym roku w Idaho sprawę gangu motocyklowego, który handlował ludźmi — wyjaśniła Montoyi, który najwyraźniej nie miał pojęcia, o co chodzi, ale i tak przytaknął. — To ją planowaliście wysłać do Fortuny?

— Tak i, szczerze mówiąc, cieszę się, że nie musi iść. Jest genialną agentką pod przykryciem, ale przykrycie, które jej zbudowaliśmy, jest cieńsze, niż bym chciała. Poza tym, jako kobieta prawdopodobnie byłaby w takiej sytuacji na innym, niekorzystnym poziomie. Liczyliśmy też, że wyślemy z nią Drew jako ochroniarza, ale nie ma żadnej gwarancji, że Fortuna na to pozwoli. To? — Jess zatoczyła palcem krąg, wskazując ich troje. — W mojej zawodowej ocenie ma znacznie większą szansę powodzenia.

— Zgadzam się — powiedziała Spires, czym ją odrobinę zaskoczyła. — A żeby odwzajemnić szczerość, pani Hagerty: gdyby nie to, że w sektorze prywatnym wyraźnie radzi sobie pani znakomicie, rozpaczliwie próbowałabym panią teraz zwerbować do Agencji. A tak, jestem pewna, że w przyszłości z pewnością skorzystamy z usług Hestii. A teraz. — Klasnęła w dłonie. — Musimy czekać 24 godziny, by dostarczyć te poświadczenia Fortunie, czy możemy zacząć już teraz, żeby Montoya i ja mogli znaleźć hotel i wreszcie się, do cholery, przespać?

ROZDZIAŁ TRZECI

FORTUNA USTAWIŁ IM CAŁĄ masę wirtualnych przeszkód do pokonania, ale Montoya poradził sobie z nimi wzorowo. Miał cały komplet najwyraźniej w pełni legalnych dokumentów dla Pascala Montalbana.

— Czy Montalban pośredniczy tylko w handlu bronią? — mruknęła Jess, jej palce śmigały po klawiaturze, a Montoya stał za jej plecami i patrzył, co robi.

— Cokolwiek zechcą jego klienci — odparł Montoya; jej ucho musnął jego ciepły oddech.

Jess stłumiła dreszcz. — Musi nieźle się opłacać. Agencja pozwala ci zatrzymać jakąś prowizję? — zażartowała.

Jego dotknięte milczenie było wystarczającą odpowiedzią.

— Jest — powiedziała, stukając tępym paznokciem w klawisz Enter. — To powinno być wszystko.

Kilka sekund później wróciła odpowiedź.

— Ech, jednak nie wszystko! Chcą 30 sekund nagrania wideo, na którym czytasz papierowe wydanie dowolnej dzisiejszej gazety. I mamy godzinę na dostarczenie.

— Nie daje czasu na zrobienie deepfake'a — mruknął Montoya. — Muszę być naprawdę ja.

— Nie... ale wątpię, żeby ktokolwiek w budynku miał *papierowe* wydanie. Będę musiała kogoś wysłać po gazetę.

— Nie trzeba — powiedziała Spires, otwierając teczkę. — Tu jest poranne wydanie *Washington Post*. Wystarczy?

— Chyba tak — odezwała się Jess. — Ale na pewno chcesz gazetę z Waszyngtonu? Gdybym była handlarzem bronią, to by mi wręcz krzyczało: *tajny agent rządowy* do mnie.

Spires wyglądała na zaskoczoną, jakby w ogóle jej to nie przyszło do głowy. Mądra kobieta, ale taka, która, jak zgadywała Jess, zbyt rzadko wyściubia nos poza swoją stołeczną enklawę. Wystukała szybką wiadomość, prosząc Liane, by natychmiast załatwiła gazetę.

— Jeśli się da, *San Diego Union-Tribune* — mruknęła, dopisując to do prośby. — Powinna być dostępna i nie wskaże naszej lokalizacji. Montalban ma jakieś powiązania z San Diego?

— Sporo transakcji dopinanych tam z klientami po obu stronach granicy. Dobry wybór — powiedział Montoya, a Jess w duchu powtórzyła sobie, że jego aprobata absolutnie nie powinna sprawiać, że robi jej się ciepło w środku.

Nie. Nawet nie zaczynaj znajdować go atrakcyjnym — rozkazała sobie surowo. *Zły pomysł. Złe libido.*

Liane dostarczyła gazetę kilka minut później i nagrali krótki filmik, na którym Pascal siedzi w jednym z foteli Jess i kartkuje wydanie. Zasłonięte żaluzje za jego plecami gwarantowały, że nikt nie rozpozna miejsca nagrania, a Jess starannie usunęła wszystkie metadane, zanim wgrała plik.

Po kilku minutach przyszła odpowiedź. Link do nowego pliku wideo. Jess sprawdziła go pod kątem wirusów i narzędzi śledzących, zanim go otworzyła.

— Co do diabła? — mruknęła Spires, gdy kadr przesunął się przez coś, co wyglądało na hotelowe lobby, po czym przeskoczył nad basen, wokół którego leżało kilka pięknych kobiet w bikini.

— *Machajcie, dziewczyny* — rozkazał głos, i dziewczyny posłusznie pomachały do kamery.

— *Jesteście zaproszeni* — powiedział wtedy głos. — *na bardzo szczególną aukcję w bardzo szczególnym miejscu. A teraz powiem wam, że plotki, które słyszeliście, wcale nie są przesadzone, bo mam na sprzedaż nie jedno urządzenie.*

Kadr znów się zmienił i Spires, Montoya oraz Jess jednocześnie gwałtownie wciągnęli powietrze.

— *Mam trzy.*

— Kurwa! — Spires ujęła na głos to, co wszyscy myśleli, wpatrując się w ekran, w obraz trzech twardych walizek leżących otwartych, z których każda zawierała coś, co wyglądało jak mała bomba jądrowa.

— *Będziecie mieli trzy okazje, by licytować jedno z tych urządzeń. Stawcie się na lotnisku Boquerón w Portoryko w środę o jedenastej rano i bądźcie gotowi zostać przez kilka dni w mojej prywatnej wyspowej rezydencji. Nie zabierajcie ze sobą żadnych urządzeń komunikacyjnych ani w ogóle żadnej technologii. Każda próba obejścia tego wymogu spowoduje, że nie zostaniecie dopuszczeni do udziału w aukcji.* — Głos, który spoważniał, znów rozbrzmiał wesoło, gdy kadr wrócił od walizek-bomb do kobiet przy basenie. — *Możecie przywieźć osobę towarzyszącą, jeśli chcecie się rozerwać; w przeciwnym razie moje przyjaciółki chęt-*

nie dotrzymają wam towarzystwa. Do zobaczenia wkrótce na Isla Fortuna!

Ekran pociemniał, gdy nagranie się skończyło.

— Puść to jeszcze raz — zażądała Spires, a Jess kliknęła link ponownie, ale wideo już zniknęło, samo usuwając się z internetu. — Cholera!

— Spokojnie — Jess uniosła uspokajająco dłoń. — Nagrywałam je w trakcie. Mogę je znowu odtworzyć. Ale jeśli szukasz cech identyfikacyjnych, to chyba będzie trudno. Nagranie wykonano bardzo ostrożnie, nigdzie nie widać elementów krajobrazu. Coś może da się zrobić z ujęciami stylizowanymi na hotelowe lobby, jeśli znajdę coś pasującego, ale wyglądają bardzo zwyczajnie. Napiszę program do wyszukiwania, ale nie robię sobie wielkich nadziei.

— Prywatna wyspa — powiedział Montoya, wyraźnie myśląc na głos. — To wiele tłumaczy w sprawie Fortuny. On sprawdza potencjalnych kupców i ściąga ich do siebie; nie musi jeździć do nich.

— I nic tu nie wskazuje, że urządzenia naprawdę są na wyspie — zauważyła Jess, gdy z jej nagrania ponownie poleciało wideo i znów pojawiły się walizki-bomby. — Mogą być gdziekolwiek. Moim zdaniem są gdzie indziej; gdyby ktoś zrobił nalot na Fortunę, nie chciałby, żeby znaleziono coś obciążającego. Tylko jego i kumpli, jak spędzają sobie wakacje w słońcu.

— *Trzy* urządzenia — powiedziała Spires, wyglądając na lekko zemdlałą, gdy wróciła do foteli i usiadła, na moment chowając twarz w dłoniach. — To koszmar. Trzy urządzenia, trzech kupców... trzy potencjalne incydenty, które mogą wywołać wojnę światową.

— Musimy powstrzymać wszystkie — powiedział Montoya, ewidentnie układając plan. — A skoro na Isla

Fortuna — gdziekolwiek jest — nie wolno wnosić technologii, nie będę mógł przekazać wiadomości, kim są pozostali kupcy ani gdzie znajdują się urządzenia.

— Technologia tam jest — natychmiast się nie zgodziła Jess. Przewinęła nagranie, zatrzymała na jednym z ujęć lobby. — Widzisz? Kamera dozorowa, i to całkiem nowa. Podłączona do Wi-Fi. Nie możesz tylko zabierać technologii ze sobą. Będziesz musiał przejąć to, co już tam jest.

— A jeśli nie dam rady? Jestem pewien, że to jest pod ochroną. I zaszyfrowane też. Powiem ci wprost: technologia to nie moja mocna strona. Podstawy mam, ale nie miałbym pojęcia nawet, jak się zabrać do zhakowania czegoś zabezpieczonego hasłem.

— W takim razie będę musiała wejść z tobą — wzruszyła ramionami Jess. W środku mały głosik wrzeszczał, *Co ty robisz??? Nienawidzisz roboty w terenie!* — Słyszałeś go; powiedział, że możesz wziąć osobę towarzyszącą. Pojadę jako twoja dziewczyna.

— Absolutnie nie — uciął Montoya.

— Chwileczkę, Pascalu — powiedziała Spires. — Nie widzę, żebyśmy mieli wybór.

— Oczywiście, że mamy! Na liście płac CIA musi być ktoś, kto potrafi to zrobić.

— Nie sądzę, żeby Andy był przekonujący jako twoja dziewczyna — kąciki ust Spires drgnęły na własny żart. — Nie mamy *czasu* — dodała, gdy on nie zaśmiał się. — Musisz być w Portoryko za mniej niż dwa dni. Musielibyśmy kogoś ściągnąć z Langley, przeszkolić, wdrożyć — i szczerze mówiąc, naprawdę nie przychodzi mi do głowy nikt dostępny teraz, kto podołałby zadaniu. Jess może. Nie wątpię w jej umiejętności techniczne.

Jess nie mogła się powstrzymać, by choć odrobinę się nie napuszyć.

— Ja też nie wątpię w jej umiejętności techniczne, ale ta druga część roli... — wskazał na Jess. — Nie wygląda odpowiednio.

— Nie w twoim typie, Montoya? — uszczypnęła go, urażona.

— Nie wyglądasz na kobietę-trofeum handlarza bronią — odparł dobitnie.

— Za mało ładna? — Skrzyżowała ramiona.

— Twarz — tak. Figura — w porządku. Włosy i ciuchy? Katastrofa.

— No powiedz jeszcze, co naprawdę myślisz!

— Dzieci — powiedziała łagodnie Spires. — Wystarczy. Pani Hagerty. Czy jest Pani gotowa wejść tam z Pascalem? Ryzyko jest Pani na pewno znane. Zapewnimy godne wynagrodzenie... ale naprawdę potrzebujemy Pani pomocy. Próba dołączenia na tym etapie innego agenta z odpowiednimi kompetencjami wiąże się z poważnym ryzykiem.

— Rozumiem. Tak. Jestem gotowa wejść. A pan Montoya będzie musiał zaufać, że potrafię się zaprezentować jako taki rodzaj ozdóbki, przy którym Fortuna nawet nie mrugnie. — Posłała mu jadowite spojrzenie.

Pascal skrzywił się, gdy Jessikah zmroziła go spojrzeniem. Pewnie zasłużył. — Masz dokumenty? — zapytał pojednawczo. — W przeciwnym razie możemy ci coś zapewnić.

— Mam kilka tożsamości przykrywkowych. Jedna się nada. Daj mi swoją kartę kredytową. — Wyciągnęła rękę.

— Słucham?

— Czego nie mam, to odpowiednich ciuchów, żeby wyglądać jak ozdóbka bogacza. Pójdę zrobić coś z włosami... i na zakupy. Najmniejsze, co CIA może zrobić, to za to zapłacić.

Spires przytaknęła, a Pascal westchnął. Wyciągnął portfel i wręczył jej służbową kartę Agencji, już z ponurą rezygnacją zastanawiając się, jak wytłumaczy rozliczenie wydatków. Miał nadzieję, że Spires po prostu je podpisze i oszczędzi mu zachodu.

— Zawsze chciałam pójść na zakupy na Rodeo Drive. — Uśmiech Jessikah był szelmowski. — Teraz mam wymówkę.

Pascal znów się skrzywił.

— Znajdziemy hotel. Zarezerwujemy loty, żebyście dotarli do Portoryko na czas... z San Diego, tak będzie najlepiej. Pojedzie Pani tam jutro wieczorem, przenocuje i złapie poranny samolot. — Spires zerkała w telefon. — Boquerón leży po drugiej stronie wyspy względem San Juan — lepiej od razu zorganizować śmigłowiec.

— To już zostawię waszym zasobom. — Jessikah podniosła się, i nie mieli innego wyjścia, jak pozwolić jej odprowadzić się na parter i na zewnątrz. — Mój numer. — Podała Spires wizytówkę. — Proszę dać znać, gdzie i o której jutro się spotykamy.

Samochód z kierowcą, który ich przywiózł, wciąż czekał; Pascal milczał, gdy wsiedli na tylne siedzenie, a Spires poleciła kierowcy zawieźć ich do hotelu. Mimo że kierowca był również agentem, nie rozmawiali o misji w aucie. Zbyt wrażliwa, zbyt krytyczna.

— W zasadzie będzie Pan zdany na siebie — powiedziała Spires, gdy już byli w pokoju hotelowym i szybko sprawdziła, czy nie ma pluskiew. — Nie może Pan mieć przy sobie żadnej technologii, co oznacza, że nawet nie odważymy się przypiąć Panu nadajnika. Spróbujemy śledzić Pana w czasie rzeczywistym satelitarnie, ale...

— Musimy założyć, że Fortuna to przewidzi i podejmie kroki.

— Będzie tylko Pan i pani Hagerty, dopóki nie zdoła znaleźć i schakować jakiegoś sprzętu, żeby przesłać nam wiadomość.

— I nie możemy ryzykować, by robiła to zbyt często — zauważył Pascal. — Może mieć tylko jedną okazję. Jeśli ją przyłapią... — nie chciał nawet o tym myśleć. Fortuna mógłby się wahać, zanim zrobiłby coś jemu, wiedząc, że Pascal Montalban ma potężnych przyjaciół. Jessikah nie miałaby takiej ochrony — poza tą, którą sam Pascal mógłby jej zapewnić, a on musiał uważać, by nie wyjść z roli. Bezwzględny, amoralny pośrednik Montalban nie przejąłby się szczególnie jakąkolwiek kobietą na swoim ramieniu i na pewno nie interweniowałby, gdyby Fortuna przyłapał ją na włamaniu do jego systemów, by przekazywała informacje CIA!

— Myślę, że może Pana zaskoczyć — powiedziała Spires. Rzuciła Pascalowi wizytówkę, którą dała jej Jessikah. — Proszę zrobić swoje ustalenia. I proszę pamiętać. Ma Pan z nią sypiać. Widzę, że za nią Pan nie przepada, ale radzę wymyślić, jak to wiarygodnie zagrać, bo Fortuna zauważy, jeśli będziecie sobie dogryzać zamiast się pieprzyć.

— Potrafię to wiarygodnie zagrać — odparł oschle Pascal.

— Proszę dopilnować, żeby tak było. — Wstając, Spires ruszyła do drzwi. — Wracam do DC, nie jestem tu potrzebna. Proszę mnie informować, jak długo się da. Porozmawiam z ludźmi z Homeland, żebyśmy wszyscy byli na tej samej stronie w sprawie przechwyceń.

Skinął głową, bez zaskoczenia, że wyjeżdża. Trochę zaskoczony, że w ogóle przyjechała, choć i z ulgą; miał wyraźne przeczucie, że sam nigdy nie przedostałby się nawet przez drzwi do biura Jessikah, nie mówiąc już o przekonaniu jej do współpracy przy operacji.

— Powodzenia — rzuciła Spires w drzwiach. — Cała potęga zasobów Agencji stoi za Panem, Pascalu. Proszę korzystać z tego, co trzeba.

Cała potęga zasobów Agencji, a i tak wszystko sprowadzi się do niego i młodej, niebieskowłosej hakerki white hat, pomyślał, gdy drzwi się zamknęły, żeby trzy walizkowe głowice nie trafiły Bóg wie dokąd, w ręce Bóg wie kogo.

Fantastycznie.

Po prostu, kurwa, fantastycznie.

ROZDZIAŁ CZWARTY

PASCAL ZERKNĄŁ NA TELEFON, podjechał wynajętym autem do krawężnika przed stalową bramą i zajrzał przez szczeble z uniesionymi brwiami.

Wyglądało na to, że Jessikah Hagerty faktycznie radzi sobie w sektorze prywatnym całkiem nieźle, jeśli to był jej dom. Na ślepej uliczce w Hidden Canyon Estates ocenił, że ten elegancki, szklano-stalowy modernistyczny budynek kosztowałby lekko licząc co najmniej cztery miliony.

— Zaraz wyjdę — zadźwięczał głos w interkomie, zanim zdążył sięgnąć do przycisku, a on uśmiechnął się krzywo. Oczywiście, pewnie obserwowała jego przyjazd na kilku różnych kamerach.

Ze skąpych informacji, jakie zdołał wyszperać o jej czasie w NSA, wynikało, że była tak drobiazgowa, iż pewnie sklonowała mu telefon, kiedy był w jej biurze, i od tamtej pory śledziła go właśnie nim.

Brama rozsunęła się akurat na tyle, żeby można było wysunąć dużą walizkę na kółkach, a zaraz potem wyszła Jessikah.

Pascal nie należał do ludzi, których łatwo wprawić w osłupienie, ale opadła mu szczęka, bo była niemal nie do poznania. Zniknęła wczorajsza niebieskowłosa boho-hippiska, a w jej miejsce stanęła olśniewająca blondynka w bezrękawowej białej sukience w fasonie marynarki i na niebotycznych szpilkach, z cienkim złotym łańcuszkowym paskiem podkreślającym wąziutką talię; przód był rozpięty na tyle, by odsłaniać imponujące V dekoltu.

Zatkało go, oślepiony.

— Zdaję egzamin? — Wyszczerzyła się do niego, po czym pchnęła walizkę do przodu. — Zachowasz się jak dżentelmen i wpakujesz to do auta? Waży tonę, obawiam się. Jessica Berry-Sandford, modelka z Instagrama, nie pakuje się lekko.

— Ja... jasne. Modelka z Instagrama?

— Jeden z moich aliasów. Łatwy do utrzymania. Jest bogatą dziewczynką, która wrzuca swoje zdjęcia tylko wtedy, kiedy ma na to ochotę; większość jej ujęć to estetyczne obrazki... ściągnięte z całego internetu. — Wsuwając na nos wysadzane kryształkami okulary Cartiera, co do których szczerze miał nadzieję, że nie poszły na jego kartę kredytową, przepłynęła obok niego i wsunęła się na fotel pasażera. — Co za nudny samochód. Mam rozumieć, że wciąż jesteś Pascalem Montoyą?

Mimo woli rozbawiony, wrzucił walizkę — Louis Vuitton, a jakże — do bagażnika i dosiadł kierowcy. — Pascal Montalban nigdy nie dałby się przyłapać w takim samochodzie. Woli klasyczne wozy sportowe. Najchętniej Jaguary z lat 60. Ale jeszcze nie jestem Pascalem Montalbanem. W USA jest persona non grata. Wyjdzie na scenę dopiero, gdy dotrzemy do Portoryko. Na razie jestem Peter

Miller, agent ubezpieczeniowy. Lecę na urlop do San Jua n... z dziewczyną zdecydowanie nie z jego ligi, jak widać.

Śmiech Jessikah rozległ się, gdy odpalał silnik. — No, trafiłeś w punkt, skarbie.

Miała południowy akcent i brzmiał całkowicie naturalnie. Nie mógł się powstrzymać, żeby o to nie zapytać, gdy jechali na południe, a ona odpowiedziała bez oporów, mówiąc, że dorastała w południowej Wirginii. Rodzice oboje lobbystami w DC, ona i jej siostry spędzały sporo czasu u babci w Macon w Georgii... skąd wziął się akcent.

— To mój naturalny akcent. Ciężko pracowałam, żeby się go pozbyć, kiedy byłam w NSA. Ludzie nie traktują cię poważnie.

— A tego problemu i tak miałaś już dość — powiedział.

— Dokładnie! A nie mogę komunikować się ze wszystkimi wyłącznie mailem, choć bardzo bym chciała spróbować. — Odchyliła oparcie do końca, zrzuciła buty i zarzuciła stopy na deskę rozdzielczą. — Ugh, jedyne, na co nie miałam czasu, to znowu przyzwyczaić się do szpilek.

— Nie będziesz musiała długo — poczuł potrzebę zauważyć Pascal. — Nie widzę, żeby na Isla Fortuna miały się do czegokolwiek przydać, gdziekolwiek by to było.

— Żartujesz? — Zsunęła okulary na czubek nosa i spojrzała na niego znad oprawek. — Przyjrzałeś się uważnie dziewczynom na tamtym nagraniu?

Wcale się nie przyjrzał, ale nie chciał się do tego przyznać.

— Dosłownie nie miały na sobie nic poza skąpymi bikini... i wysokimi obcasami. Fortuna nie oczekuje niczego mniej. Mam w tej walizce sześć par Jimmy Choo.

— Mam szczerą nadzieję, że nie poszły na moją kartę kredytową! — Skrzywił się.

Parsknęła w dłoń. — Spokojnie — powiedziała, ale nie dodała, że nie były na jego karcie.

Ruch był niewielki i dotarli na lotnisko z zapasem czasu.

— Montalban nie lata prywatnie? — szturchnęła go lekko Jess, kiedy się odprawiali.

— *Peter Miller* na pewno nie — powiedział ostrzegawczym tonem Pascal. — Za to szarpnął się na klasę biznes. Pewnie, żeby zaimponować swojej kapryśnej, wymagającej dziewczynie.

— Do przyjęcia — prychnęła lekko. — Ledwo.

Ledwo mógł uwierzyć, że nie była Instagramową modelką, za którą się podawała. Głowy się odwracały, gdy kroczyła przez lotnisko na tych cieniutkich obcasach, biodra kołysały się w niebezpiecznym rytmie, od którego mężczyźni nie mogli oderwać wzroku. Złote włosy falujące niemal do bioder — aż się wzdrygnął na myśl, ile mogły kosztować doczepy — mówiła i śmiała się odrobinę zbyt głośno, wszystko w niej było przerysowane, obliczone na przyciągnięcie wzroku.

Krótko mówiąc, była piekielnie dobrą aktorką i wszelkie jego wątpliwości, czy zdoła zrobić w konia Fortunę, wyparowały. Nie była może dokładnie takim typem kobiety, jaki widywano dotąd u boku Montalbana — piękna, owszem, ale trochę zbyt pewna siebie — ale Pascal uznał, że wystarczy zasugerować, iż jest w niej trochę zauroczony.

To nie byłoby trudne.

Naprawdę wolałby nie czuć pociągu do Jessikah. Była od niego o ponad dekadę młodsza, a on odpowiadał za jej bezpieczeństwo podczas jednej z najbardziej skomplikowanych i niebezpiecznych misji w swojej karierze, ale zawsze miał słabość do mądrych, mających własne zdanie kobiet. Była bystra jak brzytwa, absolutnie piękna w obu wcieleniach, jakie dotąd widział, i najwyraźniej nie znała strachu.

— Mówiłaś, że odeszłaś z NSA cztery lata temu? — zapytał, kiedy siedzieli w cichym kącie salonu biznesowego.

— Tego akurat nie powiedziałam wprost, nie, ale to zdecydowanie informacja, do której mogłeś dotrzeć, kiedy kopałeś. — Kąciki jej ust znów uniosły się w tym małym uśmieszku.

— Hm. Jestem pewien, że NSA miała wymagania fizyczne wobec agentów. Chcę wiedzieć, czy utrzymałaś trening, odkąd odeszłaś.

— Aha. — Przechyliła lekko głowę. — Zastanawiasz się, czy będziesz musiał mnie nieść, jeśli zacznie się strzelanina.

— Mam szczerą nadzieję, że do tego nie dojdzie i nie będziesz musiała robić nic, ale zrób mi tę przyjemność. Nie mamy czasu na ocenę twoich umiejętności, więc potrzebuję, żebyś była ze mną szczera. — Wbił w nią bezpośrednie spojrzenie.

— W porządku. — Jess oparła się, zakładając długą nogę na nogę.

Zmusił się, by nie spojrzeć w dół, utrzymać kontakt wzrokowy. *Nie daj się rozproszyć.*

— Skoro prosisz o szczerość, przyznaję, że po odejściu z NSA i odpaleniu Hestii trochę sobie odpuściłam fizycznie. Kiedy jednak w zeszłym roku dołączyła do nas moja siostra, praktycznie chwyciła mnie za kark i zaciągnęła z powrotem na siłownię, a także na strzelnicę. Jestem pewna, że nie spełniam jakichś ninja-standardów na czarny pas, których Agencja mogłaby wymagać od agentów terenowych, ale dam sobie radę.

Jej niebieskie oczy nie drgnęły i pokiwał powoli głową, wierząc jej. — Twoja siostra ma niezłą reputację. ATF bardzo żałowało, że ją stracili. — Poczytał też o Liane Hagerty, której teczka okazała się znacznie grubsza niż Jessikah. Lektura imponująca.

— To nie powinni traktować jej jak śmiecia. Trzymali ją pod przykrywką za długo i była praktycznie wypalona po tej całej aferze z Brethren. Rok prowadzenia przydrożnego baru na końcu świata, w Idaho... nie wiem, jak wytrzymała tak długo.

— Praca pod przykrywką wymaga mnóstwa cierpliwości. — Pomyślał o pięciu latach, które w to włożył, cierpliwie budując legendę Pascala Montalbana. Robiąc rzeczy, które zostawiły plamy na jego duszy, lecz zostały usankcjonowane przez Agencję w imię większej misji.

— Ty coś o tym wiesz, co? — Jess znów się uśmiechnęła, tym razem bardziej współczująco niż z przekąsem. — Rozumiem, że ty tu prowadzisz — dodała, nagle się pochylając i lekko dotykając jego kolana, czym go zaskoczyła. — Nie zamierzam podkopywać ci autorytetu ani robić nic głupiego czy brawurowego. Jestem tu, bo potrzebujesz wsparcia technicznego, a w tej roli czuję się jak ryba w wodzie, uwierz mi. Z rolą głupiej lali... postaram się jak najlepiej.

— Poradzisz sobie świetnie. — Mówił serio. Wyglądała i brzmiała jak trzeba. — Tylko jedno. Pamiętaj, żeby zrobić straszliwą awanturę, kiedy każę ci oddać telefon.

— Modelka z Instagrama byłaby niemal tak przywiązana do telefonu jak ja. — Jessikah zachichotała cicho. — Będę też pamiętać, żeby marudzić o tym już na wyspie.

Jakiś biznesmen przysiadł się do ich kąta w saloniku, gapiąc się bez żenady na nogi Jessikah. Ona obdarzyła go kokieteryjnym uśmieszkiem i wdzięczyła się, jak przystało na instagramową modelkę, która z góry przyjmuje należny jej podziw.

W tym momencie wywołano ich lot i Jess z gracją podniosła się na równe nogi, obdarzając oszołomionego biznesmena uśmiechem, po czym rozkołysanym krokiem odpłynęła w stronę wyjścia do samolotu. Pascalowi nie pozostało nic innego, jak iść w jej ślad.

Lot minął bez przygód i tuż przed północą ulokowali się w ekskluzywnym hotelu na obrzeżach San Juan. Pascal zarezerwował apartament z dwiema sypialniami, świadom, że to ostatnia noc prywatności, jaką Jessikah dostanie przez najbliższy czas. Nadal musieli porozmawiać o tym, czego mogą się spodziewać po dotarciu na Isla Fortuna, więc zamówił kolację z room service'u, podczas gdy Jess brała prysznic, zbierając się w sobie do rozmowy.

— Pachnie świetnie. — Jess wróciła do pokoju, owinięta frotowym szlafrokiem. — Tamten posiłek w samolocie niewiele zapełnił żołądek, mimo że to było menu klasy biznes.

— Miałaś wołowinę, więc uznałem, że nie jesteś wegetarianką. — Zdjął stalową pokrywę z talerza, odsłaniając idealnie wysmażony, średnio krwisty stek, z frytkami i sałatką na boku.

— O mój Boże, pycha. — Omal nie rzuciła się na krzesło i chwyciła nóż z widelcem. — Umieram z głodu.

— Czego się napijesz? — Otworzył minibar, żeby przejrzeć wybór.

— Piwo — powiedziała Jess z ustami pełnymi pierwszego kęsa steku.

— Jasne. — Otworzył butelkę i postawił ją przed nią. — Yyy... wiesz, że...

— Na Isla Fortuna muszę jeść i pić jak modelka z Instagrama. Ta. — Stuknęła się z nim piwem. — Ale wciąż jesteśmy w Portoryko, więc jak dla mnie: co się dzieje w San Juan, zostaje w San Juan.

— Pewnie. — Siadając, zabrał się do swojego posiłku, czekając na odpowiedni moment, żeby poruszyć to, o czym musiał porozmawiać.

Znów go zaskoczyła.

— To co — powiedziała między kęsami — porozmawiajmy o kwestii bliskości.

— Eee? — wymamrotał elokwentnie Pascal, zaskoczony.

— Bo musimy wyglądać na parę swobodnie czującą się ze sobą, a jak na razie nie idzie nam to najlepiej. O mało nie wyskoczyłeś ze skóry, kiedy wcześniej dotknęłam ci kolana.

Powstrzymał odruch, by zaprzeczyć, bo miała rację. Tak właśnie było. Zareagował na jej dotyk, bo pociąg, jaki do niej czuł, był zbyt silny. Zbyt silny. Nie mógł nie zareagować.

A jednak musiał to jakoś opanować. Musiał sprawiać wrażenie, że czuje się przy niej swobodnie i jest pewny jej uczuć. Że dotykanie jej to dla niego coś zupełnie zwyczajnego... i że ma do tego pełne prawo, kiedy tylko mu się zachce, bo właśnie tak Pascal Montalban traktowałby kobietę.

— Starałem się dawać ci jak najwięcej przestrzeni — powiedział w końcu — bo musisz zrozumieć, że przez najbliższe kilka dni nie będę okazywał ci żadnego szacunku.

— Domyśliłam się. — Oparła się, sącząc piwo. — Opowiedz mi o Pascalu Montalbanie. Muszę zrozumieć, kim on jest.

— Myślałem, że wiesz o nim wszystko — dogryzł łagodnie.

— Ha. Nie mam wątpliwości, że bardzo starannie kontrolujesz każdą najmniejszą wzmiankę, jaka o nim krąży. Wszystko, co o nim wiem poza informacjami o transakcjach, które przeprowadził, to że rzekomo jest Francuzem algierskiego pochodzenia. — Przechyliła głowę na bok, przyglądając mu się. — Co zresztą pasuje do twojej twarzy. Blisko prawdy?

— Jak w każdej dobrej legendzie. Moja matka jest Francuzką algierskiego pochodzenia, ojciec Kubańczykiem-Amerykaninem. Stąd nazwisko Montoya.

— Brzmi jak ciekawa historia, jak się poznali ludzie z tak różnych światów!

— Pewnie uznasz to za całkiem romantyczne. — Uśmiechnął się, myśląc o rodzicach. — Mama pracowała jako sprzątaczka w ambasadzie USA w Paryżu. Tata był bardzo młodym pracownikiem Departamentu Stanu, na pierwszej placówce. Oboje twierdzą, że to była miłość od pierwszego wejrzenia.

— To jest *bardzo* romantyczne! Nadal są razem?

— Tak. Kilka lat temu razem przeszli na emeryturę do Francji, mieszkają w cichej małej wiosce w Dolinie Loary. Sielski raj. — Pomyślał o tym z tęsknotą; minęło zbyt dużo czasu, odkąd mógł wpaść z wizytą. Może po tej misji.

— Czyli musisz być dwujęzyczny — trójjęzyczny?

— Czterojęzyczny od dziecka. Angielski, hiszpański, francuski i arabski algierski. A języki łapię całkiem nieźle — powiedział aż nazbyt skromnie.

— Aaaa. — Przeciągnęła dźwięk. — Nagle absolutnie jasne, że CIA cię zgarnęła.

— Tak, armia próbowała skierować mnie do wywiadu wojskowego ze względu na języki, ale mnie marzyli się Rangersi. — Wzruszył ramionami. — CIA właściwie poczekała, aż zacznie mnie męczyć to, że do mnie strzelają, a potem wpadli i zwerbowali mnie.

— Żeby teraz strzelali do ciebie dla nich?

— Co może zaskakiwać, rzadko do tego dochodzi. Mogę policzyć na palcach jednej ręki, ile razy w ciągu ostatnich pięciu lat w ogóle wymierzono we mnie broń.

— Zgaduję, że Pascal Montalban źle reaguje, kiedy ktoś celuje do niego z broni?

— Powiedzmy tylko, że dla każdego, kto jest na tyle głupi, by spróbować, zwykle źle się to kończy!

Jessikah uśmiechnęła się szeroko, a potem, wciąż na niego patrząc, specjalnie bardziej się wyciągnęła w fotelu, zarzuciła nogi i położyła stopy na jego kolanach. — Bolą po szpilkach — podpowiedziała łagodnie, a Pascal, który musiał się spiąć, żeby nie drgnąć, skinął głową. Ostrożnie zaczął masować jej stopy, myśląc, jaka jest sprytna, wybierając sposób, by oswoić ich oboje z fizyczną bliskością, który nie był zbyt intymny.

Jak poradzi sobie, kiedy będą musieli stać się o wiele bardziej intymni, miało się dopiero okazać.

ROZDZIAŁ PIĄTY

JESS NAKAZAŁA SOBIE ODDYCHAĆ głęboko, gdy silne palce Pascala wciskały się w poduszki jej stóp, kojąc obolałą skórę. Drażniła go przed chwilą, że reaguje na jej dotyk, ale prawda była taka, że nawet najlżejsze muśnięcie jego palców o jej dłoń sprawiło, że każdy włosek na jej przedramieniu stanął dęba. Nigdy w życiu nie była tak wyczulona na obecność mężczyzny i było to zarazem dezorientujące i skrajnie kłopotliwe.

Nie dało się nie zauważyć, jaki jest atrakcyjny — te przeszywające, złote oczy i ostro wyrzeźbione kości policzkowe — ale gdy cała jego uwaga skupiała się na niej, czuła się, jakby wpatrywał się w nią orzeł przedni. Jakby była zwierzyną, a on rozważał przekąskę.

I najbardziej niepokojące było to, że coraz bardziej myślała, iż dać się pożreć brzmiało fantastycznie.

— Powinnam się trochę przespać — powiedziała nieco ostro. — Skoro helikopter ma nas odebrać o dziewiątej, muszę poświęcić co najmniej pół godziny na włosy i makijaż, a jest prawie druga.

— Jasne. — Pascal zsunął jej stopy ze swoich kolan i wstał. — To będzie ciężki tydzień. Odpocznij.

— Ty też — powiedziała cicho, odwracając się i kierując do pokoju, który zajęła.

— Jessikah?

— Słucham? — spojrzała przez ramię.

Obrzucił ją znów tym uważnym spojrzeniem i nie mogła powstrzymać dreszczu, który przebiegł jej po kręgosłupie.

— Świetnie sobie poradzisz.

Jess nigdy nie brakowało wiary w siebie, ale musiała przyznać choćby samej sobie, że od chwili, gdy zastępczyni dyrektora Spires zgodziła się, iż powinna brać udział w misji, zakradły się do niej wątpliwości. Nigdy w życiu nie pracowała pod przykrywką. Owszem, budowała aliasy i je utrzymywała, ale to było ćwiczenie abstrakcyjne, coś, co ją bawiło, a nie coś, co kiedyś może okazać się prawdziwą koniecznością. Włamywanie się do rządowych baz danych i sieci społecznościowych było treningiem.

Nagle wszystko stało się bardzo realne. Miała wejść do legowiska jednego z najbardziej poszukiwanych przestępców świata, spróbować wmówić mu, że jest pustą laleczką do towarzystwa, i zhakować jego własny sprzęt, by pomóc CIA przejąć trzy walizkowe ładunki jądrowe, zanim zostaną rozproszone wśród fanatyków i terrorystów, którzy mogliby użyć ich, by doprowadzić do niewyobrażalnej tragedii.

Usłyszeć od Pascala, że da radę, że on w nią wierzy — to mogły być tylko słowa, ale zdecydowanie dodały jej otuchy.

— Obyś miał rację — powiedziała cicho, zamykając za sobą drzwi sypialni.

Jeśli to w ogóle możliwe, następnego ranka Jessikah wyglądała jeszcze bardziej oszałamiająco — w niebieskiej sukience, która zdawała się być zaledwie kilkoma trójkątami materiału połączonymi złotymi łańcuszkami z dużymi ogniwami. Gładka, złocista skóra nieprzecinana śladami od ramiączek bielizny odsłaniała się po bokach i Pascal mimochodem zastanowił się, czy nie zrobiła sobie opalenizny natryskowej. Nie wyglądała mu na kobietę, która lubi leżeć i prażyć się w słońcu... szczerze mówiąc, wątpił, czy potrafiłaby wytrzymać bez ruchu wystarczająco długo.

— Wyglądasz spektakularnie — powiedział cicho, podnosząc jej walizkę. — Serio... tak spektakularnie, że nie wyobrażam sobie, by Fortuna i jego ludzie przestali myśleć rozporkiem na tyle długo, żeby uznać cię za jakiekolwiek zagrożenie.

— Oby. — Uśmiechnęła się do niego, po czym uniosła brew i powoli wspięła się, by pocałować go w policzek. Zastygł bez ruchu, a potem, równie powoli jak ona, objął ją wolnym ramieniem w pasie i przytulił do siebie. Poczuł, jak Jessikah na ułamek chwili sztywnieje, lecz zaraz potem mięknie, wtapiając się w niego i dopasowując.

— Damy radę — wyszeptała.

— Na pewno damy i na pewno to zrobimy. Bez względu na cenę. — W jego tonie pobrzmiewało ostrzeżenie; skinęła w milczącym zrozumieniu.

— Bez względu na wszystko.

Helikopter już na nich czekał, a gdy ruszyli w jego stronę, Pascal świadomie narzucił na siebie płaszcz roli Pascala Montalbana, pośrednika w ciemnych interesach najbardziej niepożądanych tyranów i terrorystów świata. Dodał krokowi odrobinę buńczuczności, wargom — pogardliwy grymas. A do głosu — francuski akcent, gdy powiedział:

— Dobrze. Jest pan na czas.

— Oczywiście, proszę pana. — Pilot był kimś, kogo już wcześniej zatrudniał, wiedział, kim Pascal jest, i okazywał należną uległość. Mężczyzna rzucił jedno, nieco oszołomione spojrzenie na Jess, po czym odwrócił wzrok i podniósł jej walizkę, by załadować ją do luku bagażowego śmigłowca.

— Ma pan kasetkę? — zapytał Pascal, gdy wsiedli do helikoptera i na pokaz pomógł Jessikah zapiąć pasy bezpieczeństwa.

— Tak, proszę pana, i będzie przechowywana w naszym biurowym sejfie, dopóki nie zażyczy sobie pan jej zwrotu. — Pilot podał mu otwartą metalową kasetkę. — Może pan sam ustawić kod, zgodnie z życzeniem.

Ustawił go podczas krótkiego lotu z San Juan do Boquerón na południowo-zachodnim wybrzeżu Portoryko. Gdy śmigłowiec osiadł na lądowisku, pomógł Jessikah wysiąść i wyciągnął do niej kasetkę. — Telefon.

— To absurd — burknęła głośno, ale wygrzebała telefon z torebki i wrzuciła go do środka. — Co ja mam robić tyle dni bez telefonu? Jak mam robić zdjęcia?

— Odłączysz się i potraktujesz to jak wakacje — powiedział łagodnie.

— Na wakacjach robi się mnóstwo zdjęć! — wydęła usta.

— Nie tym razem. — Wrzucił własny telefon do kasetki, zabezpieczył ją i podał pilotowi. — Będę w kontakcie.

— Oczywiście, proszę pana. Nasza wizytówka. Na wypadek gdyby nie miał pan numeru w pamięci. — Na twarzy pilota zamigotał cień uśmiechu.

— Niezły pomysł. — Pascal wsunął kartę do kieszeni, sięgnął po dłoń Jess. — No dobrze. Nie widzę tu nic, co przypominałoby terminal... ani komitet powitalny... ale tam jest trochę cienia. Proszę przynieść nasze bagaże, a potem lepiej niech się pan stąd ulotni — powiedział do pilota.

Jess czym prędzej usiadła na swojej walizce, gdy znaleźli się w cieniu dużej szopy obok pasa. Wyciągnęła z torebki paczkę gumy i wsunęła sobie listki do ust. — Chcesz?

— Nie. — Skrzyżował ramiona i patrzył, jak pilot wraca do śmigłowca i odlatuje w jasny poranek. — Cholera, gorąco. Mam nadzieję, że nie będziemy długo czekać. — Musiał zakładać, że już są pod obserwacją. Istniała spora szansa, że pilot również był na usługach Fortuny albo da się przekupić, by wyjawić wszystko, o czym rozmawiali.

— Niedługo, panie Montalban. — Obok nich zsunęły się drzwi, a Jessikah pisnęła, zrywając się na równe nogi i chwytając Pascala. — Przepraszam, proszę pani. Nie chciałem pani przestraszyć.

— Ale mnie pan przestraszył! — zajrzała zza ramienia Pascala, a on z trudem powstrzymał się od śmiechu. Był niemal pewien, że nie udawała.

Mężczyzna, który otworzył drzwi, roześmiał się. Miał na sobie trzyczęściowy garnitur i krawat, co musiało być gorące w portorykańskim słońcu, ale nie pocił się. Lokals, ocenił Pascal; kimś więcej niż najętym mięśniakiem. Jakiś zarządca, zapewne dobrze zaufany przez Fortunę. Może nawet sam Fortuna, ale raczej nie. Brakowało mu tej aury arogancji, jakiej można by się spodziewać po kimś takim jak Fortuna.

— Tędy, proszę. — Mężczyzna wskazał wnętrze szopy, małego hangaru, a potem samochód zaparkowany obok niewielkiego samolotu. — Nazywam się Josef i odprowadzę państwa na Isla Fortuna. Na tylne siedzenie, proszę. Ich bagaże. — Pstryknął palcami do innego mężczyzny, który wrzucił ich torby do bagażnika.

— Nie lecimy? — zapytała Jessikah.

— Na razie nie. — Josef wsiadł za kierownicę. — Wyruszamy za chwilę. Proszę poczekać.

Czekali w milczeniu, patrząc, jak tamten mężczyzna wsiada do samolotu, kołuje z szopy i toczy się po pasie, po czym startuje.

I tyle z satelitarnego śledzenia CIA — pomyślał Pascal, gdy Josef uruchomił samochód i wyjechał z szopy.

Josef nie odezwał się ani słowem. Zawiózł ich do mariny kilka minut drogi dalej i zaprowadził na całkiem pokaźny jacht motorowy, przywołując kolejnego mężczyznę, by niósł ich bagaże.

— Kabina wewnętrzna, proszę — poprosił Josef. — Na dole znajdą państwo jedzenie. Proszę się rozgościć.

— Jak długo będziemy na łodzi? — zapytała Jessikah. — I czy musimy cały czas siedzieć na dole? Mam chorobę morską. — Trzepnęła rzęsami.

Pascal dostrzegł, jak Josef przełyka ślinę, wyraźnie pod wrażeniem jej urody. — Około dwóch godzin — odparł. — I tak. Przykro mi. W szafce w łazience znajdzie pani jednak leki na chorobę morską.

— Dokąd płyniemy, że zajmie to stąd dwie godziny? — spytała Jess, gdy zeszli na dół. — Jesteśmy blisko Wysp Dziewiczych Stanów Zjednoczonych?

— Tak, ale leżą na wschód od Portoryko. Strzelam, że na razie kierujemy się do Dominikany. — A w duchu obstawiał, że stamtąd wsadzą ich jeszcze w śmigłowiec albo samolot. Fortuna był ostrożnym człowiekiem. Po drodze będzie kilka etapów, które zniechęcą ewentualnych śledzących. Przynajmniej tę rozmowę mogli prowadzić otwarcie; ciekawość co do miejsca docelowego była całkiem naturalna.

Łódź ruszyła z kopyta, a Jess poszła szukać łazienki. — Naprawdę mam chorobę morską — powiedziała do Pascala, machając mu przed nosem listkiem tabletek i chwytając z wiaderka z lodem butelkę wody mineralnej. Powstrzymał uśmiech i skinął, siadając na jednej z wygodnych kanap i rozglądając się mimochodem. To nie był wielki cruiser, ale łódź warta pewnie z pół miliona dolarów, i jeśli miał rację, Fortuna pewnie nigdy nie postawił na niej stopy. To tylko wabik.

Josef zszedł na dół i uprzejmie skinął mu głową. — Proszę wybaczyć, ale musimy teraz przeprowadzić skanowanie pod kątem technologii, zgodnie z ustaleniami.

— A jeśli oblejemy, to wyrzucicie nas za burtę? — spytał Pascal sucho.

— Oczywiście, że nie. Zatrzymamy jedynie wpłacony przez pana zadatek jako rekompensatę za kłopot, a państwo zostaną wysadzeni przy następnym przystanku i nie otrzymają pozwolenia na dalszy rejs na Isla Fortuna.

— Jak to, następny przystanek? Przecież płyniemy na Isla Fortuna? — zapytała Jess.

— Cicho, kobieto — powiedział twardo Pascal. — Mówiłem ci. To nie ty zadajesz pytania.

Spojrzała na niego oburzona i otworzyła usta. Podniósł ostrzegawczo palec, więc je zatrzasnęła, zapadając się w fotel i zaciskając usta w cienką, naburmuszoną kreskę.

— Jest nowa — powiedział do Josefa Pascal. — Wciąż uczy się zasad naszego świata. — Wykrzywił usta w niby-czułym uśmiechu. — Ale warto ją edukować.

— To na pewno — mruknął pod nosem Josef, zerkając na nią ukradkiem. Skinął Pascalowi. — O ile nie zada pani panu Fortunie pytań, które mu się nie spodobają, nie powinno być problemu.

Trzymaj swoją kobietę krótko, bo to ty zapłacisz — taki był niewypowiedziany podtekst.

Josef otworzył szafkę i wyjął kilka urządzeń; Pascal rozpoznał w nich wszystkie komercyjne, dostępne z półki skanery. Skinął, gdy Josef zapytał, czy może otworzyć ich bagaże.

— Moje rzeczy... — urwała Jess, kiedy Pascal znów uniósł ostrzegawczo palec, ale zaraz wyprostowała plecy i zadarła brodę. — Pascal! Nie chcę, żeby mi grzebał w bieliźnie!

Josef parsknął śmiechem. — Nie chciałem urazić — powiedział szybko, gdy Pascal posłał mu mordercze spojrzenie. — Proszę. Odwrócę się, a pani włoży, hm, prywatne rzeczy do tej torby. Potem przeskanuję z zewnątrz torby.

Jess to rozważyła i z godnością skinęła głową, przyjmując kompromis. Jedno powieka opadła w ledwo dostrzegalnym puszczeniu oka do Pascala, gdy Josef się odwrócił.

Co ona kombinuje?

Żadne z urządzeń Josefa nie wydało nawet piknięcia, gdy skanował ich rzeczy, a potem Jess spakowała torbę, podczas gdy Josef skanował Pascala.

— Teraz podnieś ręce, Jess — polecił Pascal, a ona westchnęła i posłusznie tak zrobiła.

— Mam nadzieję, że będzie pan mniej obmacujący niż przeciętny agent TSA — mruknęła do Josefa.

— Nie śmiałbym pani dotykać.

Josef dotrzymał słowa — był dokładny w skanowaniu, ale pilnował, by jej nie dotknąć. Rzucił kilka szybkich, ostrożnych spojrzeń w stronę Pascala i ten utwierdził się w ocenie miejsca Josefa w hierarchii. Kimś więcej niż mięśniakiem, ale nie na tyle wysoko w organizacji Fortuny, by uznać się za ponad konsekwencje, jeśli podpadnie potężnym, zamożnym, dobrze umocowanym gościom Fortuny.

— Dziękuję za współpracę — powiedział Josef, gdy skończył, spakował sprzęt i się wycofał. — W chłodziarce przygotowano jedzenie. — Wskazał dużą, wbudowaną chłodziarkę z tyłu pomieszczenia. — Proszę się częstować.

— Głodna? — spytał Pascal Jess.

Pokręciła głową. — Trochę mi niedobrze. Tabletki powinny za chwilę zadziałać. Jedz, jeśli chcesz, kochanie.

Powstrzymał drgnienie na te słowa, podszedł do chłodziarki. Znalazł w niej dwa elegancko przygotowane talerze sushi, owoce oraz wędliny i sery.

— Przynajmniej głodni nie będziemy.

— Ładne — pochwaliła, gdy rozkładał talerze na stole.

— Szkoda, że nie mogę tego obfotografować!

— Daj spokój. — Usiadł z powrotem i sięgnął po trochę sushi.

Podróż mijała spokojnie. Chwilę później Jess wyglądała na na tyle lepiej, by skubnąć kawałek arbuza, ale głównie spędzili czas, gapiąc się przez okna: linia brzegowa Portoryko najpierw się oddalała, aż widać było tylko wodę, a potem w końcu przed nimi na horyzoncie znów wynurzył się ląd.

— W Punta Cana jest lotnisko — mruknął Pascal.

— Myślisz, że wsadzą nas w kolejny samolot?

— Tak sądzę. Jeśli Fortuna naprawdę ma własną wyspę. Z grubsza znam lokalną geografię i u wybrzeży Dominikany niewiele jest zamieszkałych wysepek. Na północ są Turks i Caicos. W zasięgu śmigłowca, w każdym razie.

— To dlaczego nie polecieliśmy prosto tam? A, nieważne, bez pytań. Rozumiem.

Nawet gdy się dąsała, była piękna — pomyślał Pascal — choć mignął mu jeszcze przelotny uśmiech i wiedział, że rola sprawia jej sporą frajdę.

Łódź zacumowała niedługo potem i czekał na nich kolejny samochód. Josef zawiózł ich na lotnisko w Punta Cana, jak Pascal przewidywał, ale nie czekał tam na nich śmigłowiec, tylko mały prywatny odrzutowiec. Wystartowali niemal od razu i skręcili na południe, a nie na północ, jak się spodziewał.

Po godzinie lotu Jess wymruczała: — Ameryka Południowa?

— Prawie na pewno. — Lecieli niemal idealnie na południe, o ile mógł ocenić; wkrótce mieli być nad Wenezuelą. Samolot zaczął schodzić do lądowania, ale nie wylądowali na lotnisku w Caracas.

— Flamingo Airport? — przeczytała Jess nazwę z napisu na jednym z budynków i roześmiała się. — Gdzie to?

— Bonaire — odparł Pascal.

— Powtarzam: gdzie?

— Niedaleko Curaçao. Należy do Holandii.

— Daleko jeszcze? — westchnęła teatralnie do Josefa, gdy wrócił ich odebrać.

— Prawie, proszę pani. — Uśmiechnął się, wyraźnie nią rozbawiony. — Jeszcze tylko jeden etap podróży. — Wskazał czekający na płycie śmigłowiec.

Kilka minut później znów byli w powietrzu, tym razem lecąc na wschód, i nawet obszerna znajomość regionu Pascala zaczynała się kurczyć. Mniej więcej kojarzył, że u wybrzeży Wenezueli jest niewielki archipelag wysp; to musiał być ich cel i rzeczywiście, niespełna godzinę później śmigłowiec osiadł na niedużej, skalistej wyspie z kępką niskich, białych budynków ustawionych półkolem wokół pięknej, białej, piaszczystej plaży.

— No, widok to chyba wynagradza podróż — pomarudziła Jess, gdy pomagał jej wysiąść ze śmigłowca — ale co to za wyprawa, męczymy się z tym cały dzień!

Słońce wcale jeszcze nie zachodziło. Pokręcił do niej głową z łagodnym wyrzutem za przesadę, ujął jej dłoń pod ramię i poprowadził naprzód, gdy Josef eskortował ich do największego z budynków, a inny mężczyzna podbiegł z ich bagażami. Śmigłowiec od razu znów wzbił się w powietrze i Pascal zastanowił się, czy nie poleciał po któregoś z innych potencjalnych nabywców — i jakimi zawiłymi trasami oni mogli tu dotrzeć.

Rozdział szósty

Jess była niemal pewna, że Isla Fortuna, nieważne, czy to jej prawdziwa nazwa, była niegdyś luksusowym hotelem. Prawdopodobnie takim, który nie utrzymał się na rynku, bo dotarcie tu było zbyt kłopotliwe. Rozejrzała się, gdy weszli do lobby, tego samego, które widzieli na nagraniu; otwarta kolumnada, marmurowe płytki i pięknie wypielęgnowane palmy.

Co oznaczało, że Fortuna przejął to miejsce bardzo niedawno albo przynajmniej zatrzymał personel sprzątający i ogrodników.

— Uroczo —przeciągnęła, gdy Josef się zatrzymał. — Bywałam w gorszych. Chyba. Gdzieś.

— Jess, bądź cicho. Nie obrażamy naszego gospodarza —powiedział stanowczo Pascal.

Skrzyżowała ramiona, westchnęła i przewróciła oczami, ale nie powiedziała już nic.

— Zaprowadzę Państwa do willi. Proszę wrócić tutaj, do lobby, na siódmą, by spotkać się z panem Fortuną... i muszę prosić, by pozostali Państwo do tego czasu w swojej willi i nie kręcili się po okolicy —powiedział Josef, po czym gestem zaprosił ich, by poszli za nim.

Poszli alejką wzdłuż palm po łagodnym zboczu, minęli trzy mniejsze budynki, które ewidentnie były osobnymi willami. Josef skręcił przy czwartej, otworzył drzwi i gestem zaprosił ich, by weszli pierwsi.

Willa była absolutnie zachwycająca, wypolerowane drewno i marmur, przez łuk z salonu było widać duże łóżko, drzwi francuskie otwierały się na prywatny taras z jacuzzi, a dalej zaczynała się plaża. Jessikah doszła do wniosku, że nawet jej instagramowe alter ego nie miałoby tu na co narzekać, więc tylko rozglądała się w milczeniu.

— Bardzo ładnie —przyznał Pascal z kiwnięciem głowy.

— Tam znajdą Państwo w pełni zaopatrzony barek i mam nadzieję, że pobyt będzie wygodny —powiedział Josef. — Proszę tylko pamiętać...

— Zostać tu do siódmej. Rozumiemy.

— To przecież niedługo —mruknęła z nadąsaną miną Jessikah. — Skoro podróżowaliśmy *cały dzień*.

— Idź się wykąpać —powiedział twardo Pascal. — Może spłucze ci trochę tego focha.

Machnęła na niego włosami, zmierzyła wzrokiem Josefa i drugiego mężczyznę, który właśnie stawiał ich torby. — Co, przy tych dwóch?

Gdy żaden z mężczyzn się nie poruszył, tylko się na nią gapili, wsparła dłonie na biodrach i zmierzyła ich spojrzeniem. — Proszę wyjść!

Josef podskoczył, odwrócił się na pięcie i czym prędzej wyszedł, łapiąc drugiego za ramię i wlekąc go za sobą. Jessikah uśmiechnęła się do Pascala, który natychmiast przyłożył palec do ust, potem wskazał na ucho i zatoczył dłonią kółko w powietrzu.

Podsłuchy. Skinęła, że rozumie. Wskazała na własne ucho... potem na oko.

Kamery?

Pascal wzruszył ramionami. Wskazał na oczy, potem rozejrzał się po pokoju.

Rozejrzę się.

Nie było mowy, żeby Jessikah brała prysznic, dopóki nie dowie się, czy jest na kamerze, czy nie. Chwyciła go za rękaw, wciągnęła do łazienki i zatoczyła dłonią krąg.

Najpierw tu!

Pascal roześmiał się bezgłośnie, ale skinął głową. Obszedł łazienkę, sprawdzając każdy kąt i zakamarek. W końcu odwrócił się do Jess. Wskazał na oczy i pokręcił głową. Potem na ucho i wzruszył ramionami.

Kamer nie, dźwięk może —zinterpretowała i skinęła. — Biorę prysznic —powiedziała.

— No to zrób to, aniołku.

Pieszczotliwe słowo spłynęło mu z ust całkiem naturalnie, ale Jess na moment znieruchomiała. Pascal nie zdawał się tego zauważać; odwrócił się i wyszedł z łazienki, pewnie żeby sprawdzić resztę willi pod kątem ukrytych kamer.

Zrzuciła z siebie ubrania, odkręciła prysznic i uśmiechnęła się, gdy w kamiennej kabinie strzeliły zewsząd strumienie wody.

Do takiego luksusu mogłaby się przyzwyczaić.

Choć wolałaby nie musieć w tym celu mieszkać w kryjówce superłotra. Może po powrocie po prostu wyremontuje łazienkę.

Zakładając, że w ogóle wróci do domu.

Westchnęła, uniosła twarz ku strugom wody i spróbowała mentalnie przygotować się na znacznie trudniejsze dni, które nadejdą.

Pascal zawahał się przed drzwiami łazienki. Był przekonany, że po dokładnym przeszukaniu w willi nie ma ukrytych kamer, ale podsłuchy potrafią być małe i znacznie lepiej ukryte. Musiał zakładać, że jakieś są.

Co oznaczało, że powinien się zachowywać tak, jakby z Jess byli parą, całkowicie swobodną w swoim towarzystwie... i że powinien po prostu wejść do łazienki jak gdyby nigdy nic, jakby to, że była naga, nie było żadnym problemem.

Nie potrafił. Jess mogłaby krzyknąć. Zamiast tego podniósł swoją torbę na łóżko, zaczął ją rozpakowywać i wieszać ubrania, jakby był pedantycznym, perfekcjonistycznym typem A, który nie zniesie nawet jednego zagniecenia na koszuli.

Kiedy skończył, Jess wychodziła z łazienki owinięta ręcznikiem. Posłała mu pytające spojrzenie i zerknęła wymownie w sufit.

Pokręcił głową, pstryknął palcem w płatek ucha, a potem wzruszył ramionami. Skinęła, podeszła do niego, wspięła się i głośno cmoknęła go w policzek.

— Skończyłam, kochanie. Nie spiesz się.

— Zostawiłaś mi trochę ciepłej wody? — Klasnął dłonią głośno w materac obok jej uda. Dla kogoś, kto tylko słuchał, mogło to zabrzmieć tak, jakby klepnął ją w tyłek, a Jess załapała natychmiast, piszcząc i chichocząc.

— Hej! Nie będzie na to czasu, jeśli mamy wrócić do lobby na siódmą. A może możemy się spóźnić? —zmruczała.

— Lepiej nie —odrzekł ochryple. — Choć kusisz.

Wpatrywali się w siebie z odległości ledwie kilku centymetrów i Pascal nagle poczuł, jak oddech mu przyspiesza. Oczy Jess były tak przejrzyste, tak niebieskie; nie odwracała wzroku, jakby była równie oczarowana jak on. Prześlizgnęła językiem po wargach i chyba nawet nie zauważyła, że to zrobiła.

Przez moment pomyślał, by ją pocałować. I tak będzie musiał to zrobić, prędzej niż później, żeby przekonać Fortunę. Ale to byłoby co innego — tylko we dwoje.

Cisza przeciągnęła się na tyle, że uznał, iż każdy podsłuchujący i tak założyłby, że się całują. Nie przerywając kontaktu wzrokowego, cofnął się o krok.

Jess przełknęła ślinę i zobaczył w jej oczach nagłe zrozumienie. Że byli o krok od zrobienia czegoś, co mogło poprowadzić ich w nieładne rejony.

— Rozpakuj się i załóż coś ładnego —powiedział. — Chcę się tobą pochwalić.

— Kiedy ja niby nie wyglądam ładnie? —Udawała oburzoną.

— No cóż, był ten raz, kiedy byłaś tak pijana, że nie zmyłaś makijażu i obudziłaś się z efektem pandy i włosami jak stóg siana —powiedział bez mrugnięcia okiem.

Widział, jak bardzo chciało jej się śmiać, ale zamiast tego z oburzonym pisknięciem pacnęła go w ramię.

O cholera.

W chwili, gdy drzwi łazienki zamknęły się za Pascalem, Jessikah opadła na łóżko, bo kolana nagle zrobiły jej się zbyt miękkie, żeby ją utrzymać.

Czy on mnie przed chwilą prawie nie pocałował?

To było niedorzeczne, że czuła się jak rozchichotana szkolna dziewczynka. Przecież i tak będą się *musieli* całować — wiele razy i z przekonującą namiętnością — przez najbliższe dni. To jednak było inne. Jakby Pascal prawie ją pocałował tylko dlatego, że tego chciał.

A Bóg jeden wie, że bym go nie powstrzymała.

Im więcej czasu spędzała z Pascalem, tym bardziej ją do niego ciągnęło. Jego suchy humor, sposób, w jaki jego oczy w kolorze whisky błyszczały skrywaną wesołością, gdy zerkał na nią ukradkiem, zapraszając, by dostrzegła komizm ich sytuacji, mimo że była rozpaczliwa — to było nieznośnie pociągające, nie wspominając już o tym, że był wyjątkowo przystojnym mężczyzną. Tak, musiał być co najmniej o dekadę starszy od Jessikah, ale szczerze mówiąc, nigdy nie pociągali jej rówieśnicy, odkąd skończyła liceum i studia kilka lat przed swoimi rówieśnikami. Mężczyźni w jej wieku wydawali jej się potwornie niedojrzali. Taki mężczyzna jak Pascal... to ktoś, kto sprawiał wrażenie bardzo pewnego swojego miejsca w świecie. Ktoś, kto wie, czego chce, i potrafi po to sięgnąć.

Pamiętaj, że on gra rolę — zganiła się w duchu.

Ale odgrywanie ról bywa fajne — szepnął diabełek na jej ramieniu. *Jest taki seksowny, kiedy cię strofuje.*

— Niedorzeczne — mruknęła pod nosem, zmuszając się, by wstać i rozpiąć walizkę, po czym zaczęła wyciągać sukienki i wieszać je w szafie. — Ogarnij się, Jess. Zakochanie się w tym facecie to szybka droga do złamanego serca.

Nie miało znaczenia, czy ktoś to usłyszy. To było zgodne z postacią, którą miała odgrywać — dziewczyną, która na papierze nie była wcale tak daleka od samej Jess. — Jest bogaty, pobłażliwy i seksowny —powiedziała nieco głośniej. — Można znieść odrobinę apodyktyczności i okazjonalne wizyty w tym, do diabła, jakimś rodzaju kryjówki superłotra.

Musieli udawać, że nie wiedzą, iż są podsłuchiwani — rozumowała Jessikah, chowając ubrania i nucąc pod nosem. A rozpuszczona bogata dziewczynka, w którą się wcielała, z pewnością miałaby wiele do powiedzenia — przynajmniej prywatnie — o ich sytuacji.

— Hm. — Wybrała jedną z sukienek, uniosła ją przed sobą i spojrzała w lustro w drzwiach szafy w pełnym wymiarze. — To będzie w sam raz.

Pascal zagwizdał na jej widok, gdy wyszła z łazienki, a Jessikah nie skrywała satysfakcji. Wiedziała, że wygląda zjawiskowo w białej i złotej sukience Donna Karan na ramiączkach; asymetryczny dół odsłaniał całe jej prawe udo aż po biodro, a dekolt opadał nisko z przodu i jeszcze niżej na plecach.

— No i co, może być? —wypaliła kąśliwie.

— Wyglądasz cholernie oszałamiająco i dobrze o tym wiesz.

Uśmiechnęła się, chwyciła kosmetyczkę i przedefilowała obok niego do łazienki. — A jakże, skarbie.

Jessikah wyglądała jeszcze lepiej, gdy wyszła, i to zaskakująco szybko. Była naturalnie piękna, ale najwyraźniej potrafiła użyć makijażu tak, by maksymalnie wydobyć swoje atuty, gdy tylko chciała. Jej oczy wydawały się większe i jeszcze bardziej niebieskie, delikatne rysy twarzy subtelnie podkreślone. Na uszach, nadgarstkach i szyi połyskiwało złoto.

Wyglądała... Pascal szukał słowa. *Drogo*, wymyślił w końcu. Wymagająco. Na kobietę, którą trzeba traktować z szacunkiem, bo inaczej odejdzie na niebotycznych szpilkach i nawet nie rzuci spojrzenia przez ramię. A przy okazji prawdopodobnie zniszczy twoją reputację na swoim Instagramie.

Uśmiechnął się na tę myśl, potem zgiął ramię i podał jej je. — Gotowa?

— Skoro musimy. Umieram z głodu; mam nadzieję, że jakość cateringu dorównuje standardowi noclegów. — Oplotła palcami jego biceps i delikatnie ścisnęła. — Chodźmy to załatwić, Pascal.

— Tylko pamiętaj —powiedział —: masz być widoczna, nie słyszana.

— Tak, tak, mówiłeś —westchnęła teatralnie. — Tylko dla ciebie w ogóle się postaram, skarbie. I pamiętaj o tej diamentowej bransoletce, którą mi obiecałeś, kiedy wrócimy do Stanów.

— Nie zapomnę, aniołku. — Cmoknął głośno jej włosy, po czym wyprowadził ją z willi.

— Wypatruj jakiejkolwiek elektroniki. Nawet okablowania —szepnęła Jess, gdy wracali w stronę głównego budynku. — Strzelam, że zorganizowali centrum nadzoru w biurze za tym, co kiedyś było recepcją, ale musi być coś jeszcze. Na dachu są anteny satelitarne. Pewnie serwerownia.

— To znaczy masz nadzieję, że serwerownia nie jest w centrum nadzoru —odszepnął cynicznie. — Bo ktoś cały czas siedzi przy monitorach.

Uszczypnęła go w wewnętrzną stronę ramienia. — Po prostu znajdź ten sprzęt. Bo dopóki tego nie zrobimy, nikt nie wie, gdzie jesteśmy. Włącznie z nami!

Jessikah miała rację, pomyślał Pascal z lekkim przygnębieniem. Biorąc pod uwagę pokrętną drogę, jaką tu dotarli. Nawet on sam nie był do końca pewien. Łańcuch wysp, na którym, jak sądził, się znajdowali, leżał jakieś pięćdziesiąt mil od północnego wybrzeża Wenezueli, zbyt daleko, by było widać jakiekolwiek światła. Niebo nocą wyglądało niesamowicie bez śladów zanieczyszczenia światłem — czarna otchłań, a wysoko migotało więcej gwiazd, niż widział kiedykolwiek w życiu.

— Przynajmniej to miłe miejsce, żeby wziąć parę dni urlopu —powiedział już normalnym tonem. — Skorzystać ze słońca i basenu. Poznać nowych znajomych.

Prychnęła, a potem się zaśmiała. — Zaplanowałam na zapas tygodniową kolejkę postów na Instagramie. Ale zasugerowałam też, że wkrótce pokażę nową błyskotkę... więc nie zapomnij o tej bransoletce.

— Zasłużysz na nią.

I naprawdę tak myślał. Jeśli im się uda, jeśli przechwycą wszystkie trzy głowice nuklearne i wsadzą Fortunę za kratki... to do diabła, kupi jej diamentową bransoletkę z własnej kieszeni.

ROZDZIAŁ SIÓDMY

Pascal usłyszał jeszcze co najmniej dwa helikoptery, które przyleciały, gdy on i Jess byli w swojej willi, i nie miał pojęcia, ile innych mogło dotrzeć przed nimi. Albo nawet przypłynąć łodzią. Dlatego nie zdziwił się, gdy po wejściu do lobby zobaczył kilku innych mężczyzn stojących i oglądających fontanny. Dwóch rozpoznał; już wcześniej ich poznał. Prowadził dla nich interesy. Trzeciego kojarzył z widzenia, ale nigdy się nie spotkali. Czwarty był mu zupełnie obcy.

— Panie Yoon. — Skinął z szacunkiem w stronę Koreańczyka z Północy. Jeden z ludzi Czcigodnego Przywódcy, Yoon, o ile Pascal wiedział, nie mówił po angielsku, ale zawsze towarzyszył mu tłumacz. Tym razem była to drobna młoda Koreanka w tunice o militarnym kroju, z krótko ściętymi włosami.

— Panie Montalban — odezwała się młoda kobieta, gdy Yoon szybko coś do niej powiedział. — Nie spodziewaliśmy się Pana tutaj. Nie zatrudniliśmy Pana w tej sprawie.

— Cóż, wie Pan, że nie pracuję wyłącznie dla Pana, Panie Yoon. — Pascal raz jeszcze skinął z szacunkiem. — Choć mam nadzieję, że jeszcze będziemy współpracować, w tej sprawie reprezentuję innego klienta.

— A któż to taki? — warknął inny głos, tym razem z ciężkim wschodnioeuropejskim akcentem.

Pascal odwrócił się z kolejnym uśmiechem do barczystego czeczeńskiego generała, który nawet w parnym karaibskim upale nosił pełne umundurowanie galowe, z baretkami i medalami przypiętymi do tuniki.

— No już, panie generale. Gdybym zdradzał takie poufne informacje, nie miałbym już klientów, prawda?

Dzhokharov parsknął, ale skinął lekko głową w geście uznania. — Czy miał Pan okazję poznać Dietera Breukela?

— Znam tylko z reputacji. — Pascal wyciągnął rękę do mężczyzny, którego twarz widywał na wielu zdjęciach z obserwacji. Breukel był Holendrem i, podobnie jak Pascal Montalban, pośrednikiem. Człowiekiem od załatwiania spraw.

— Wzajemnie. — Breukel uścisnął mu dłoń z grzecznym skinieniem, a jego oczy błyszczały, gdy mierzył Pascala wzrokiem. Tak jak pozostali mężczyźni, szybko przesunął pełnym uznania spojrzeniem po Jessikah, a potem równie wyraźnie wyrzucił ją z myśli.

— I ostatni z naszej wesołej gromadki. — Dzhokharov wskazał na mężczyznę, który stał nieco z boku. — Saul Hayworth.

Pascal poczuł, jak palce Jess nieznacznie zaciskają się na jego ramieniu. Imię nic mu nie mówiło, ale zgadł, że ona już je słyszała. Mężczyzna wyglądał i był ubrany jak Amerykanin.

— Widziałam go w telewizji — odezwała się. — Jego tatuś to Joshua Hayworth, prawda? Ten teleewangelista?

— Lepiej tak go nie nazywaj. — Dzhokharov zaśmiał się tubalnie. — Hayworth uważa się za drugie przyjście samego Chrystusa, a wszyscy jego wyznawcy się z nim zgadzają... łącznie z synem.

Typ przywódcy fundamentalistycznej sekty. I zapewne bardzo dobrze finansowanej. — Kaznodzieja ognia i siarki? — dopytał Pascal.

— Na sto procent. Jeśli jest kupcem, chcę wiedzieć, gdzie zamierza tego użyć. Żebym mogła zaplanować, jak znaleźć się bardzo daleko — powiedziała Jess, spoglądając na niego szeroko otwartymi oczami, a on skinął głową.

— Rozumiem twoje obawy, aniołku. Zobaczymy. Może okaże nam zawodową kurtuazję i zasugeruje, gdzie będzie bezpiecznie.

— Na przykład Nowa Zelandia. — Dzhokharov znów się roześmiał, a Pascal pomyślał, że Czeczen już wlał w siebie alkohol. Albo coś mocniejszego. Był nieco zbyt pobudzony, niemal maniakalny.

— Moi przyjaciele — rozległ się w lobby donośny głos i wszyscy odwrócili się, by zobaczyć kolejnego przybysza wchodzącego w towarzystwie Josefa i dwóch innych mężczyzn. Ubrany cały na biało, nowo przybyły rozłożył ramiona w geście powitania. — Witajcie na Isla Fortuna Continental. Jestem waszym gospodarzem... Baz Fortuna.

Tylko ogromnym wysiłkiem woli Pascal powstrzymał się, by szczęka nie opadła mu z wrażenia. Bo wiedział, kim w rzeczywistości był mężczyzna w bieli, i na pewno nie nazywał się Baz Fortuna.

— Pascal? — szepnęła Jess, gdy Baz Fortuna obchodził salę, ściskając dłonie i witając gości. — Co się dzieje? Zesztywniałeś cały.

— To były agent CIA. Rzekomo nieżywy. Sebastian Maroney. — Pascal mówił bardzo cicho, nie odrywając oczu od Maroneya, czy Fortuny, czy jakkolwiek się teraz nazywał.

— Były CIA!

— Nie będzie wiedział, kim jestem. — Rzucił na nią krótkie spojrzenie. — Nie było okazji, żebyśmy się spotkali. Podobno zginął siedem lat temu.

Zanim Pascal dołączył do Agencji, Jess zrozumiała natychmiast i skinęła głową. Nigdy nie słyszała nazwiska Maroney, co niemal na pewno oznaczało, że Agencja nie miała bladego pojęcia, iż Maroney nadal żyje i przeszedł na ciemną stronę. O martwych bohaterach mówi się zdecydowanie mniej niż o żywych superzłoczyńcach.

To też tłumaczyło, dlaczego „Baz Fortuna" unikał spotkań twarzą w twarz, kiedy tylko mógł. Musiał schodzić z radaru CIA jeszcze skuteczniej niż większość. Jedno zdjęcie, na którym spotyka się ze znanym złoczyńcą, i jego wizerunek trafiłby do wyrafinowanych algorytmów rozpoznawania twarzy, które Jess współtworzyła w NSA. Nawet oficjalny status „zmarłego" nie uchroniłby go wtedy przed identyfikacją. W końcu nie był pierwszym szwarccharakterem, który upozorował własną śmierć. NSA nauczyła się tego na własnej skórze.

— Pascal Montalban. — Fortuna stanął przed nimi, z szerokim, oślepiająco białym uśmiechem. — Pańska reputacja Pana wyprzedza. Moja, jak widać, też. — Zaśmiał się głośno, po czym obrzucił Jess długim, oceniającym spojrzeniem. — A kto to nam tu towarzyszy? — Ujął jej dłoń, uniósł do ust i długo całował.

— Jessica Berry-Sandford. — Uśmiechnęła się, pokazując dołeczki. — Czy to pana wyspa, Baz... czy mogę zwracać się do pana: Baz? Jest urocza.

— Może Pani nazywać mnie, jak Pani zechce. — Jego oczy sunęły po niej, rejestrując ubranie, biżuterię, jakość manicure'u. — Podobają mi się Pani buty, Jessica.

— Naprawdę? Louboutiny. — Podniosła stopę, pokazując czerwoną podeszwę. — Wiedział Pan, że robią też espadryle na koturnie? Znalazłam je w Nordstromie. Urocze.

— Sam wolę ich sneakersy. — Wskazał na własne stopy, obute w białe tenisówki z ząbkowanymi, czerwonymi podeszwami. — Loubisharks.

Wydobyła z siebie zachwycony trel śmiechu. — Mężczyzna o dobrym guście!

— Mam nadzieję, że nadal będzie Pani miała o mnie takie zdanie. Josef. — Fortuna skinął na swego pomocnika. — Otwórz drzwi, proszę.

Josef pospieszył wykonać polecenie, otwierając parę dwuskrzydłowych drzwi z boku lobby i wpuszczając grupę do dużej sali bankietowej, urządzonej jako jadalnia z jednym długim stołem pośrodku i w pełni zaopatrzonym barem przy jednej ze ścian. Przy barze kłębiło się kilka kobiet w skąpych sukienkach.

— Panowie. I panie. Proszę, zapraszam na kolację.

— Nie przyjechaliśmy tu jeść — odezwała się koreańska tłumaczka, najwyraźniej na polecenie pana Yoona. — Kiedy odbędzie się aukcja?

— Wszystko w swoim czasie, moja droga. — Fortuna uśmiechnął się rekinim uśmiechem, jego oczy były czarne i martwe. — Na dziś mam nadzieję, że skorzystacie z gościnności Isla Fortuna Continental. Rozumiecie wszyscy znaczenie tej nazwy, prawda? Widzieliście *John Wick*?

The Continental. Neutralny grunt. Jess nie skinęła głową, ale zobaczyła, że Pascal ją pochylił, podobnie Breukel i Hayworth. Yoon i Dzhokharov patrzyli tępo, a Josef i jeden z innych pomocników Fortuny przysunęli się do nich, najwyraźniej by wyjaśnić koncepcję.

— Niektórzy z was przywieźli własne towarzystwo — powiedział Fortuna — ale proszę... pozwólcie też moim przyjaciółkom was zabawić. — Wskazał na kobiety przy barze, które ruszyły naprzód na wyraźny, wcześniej umówiony sygnał, oferując kieliszki szampana i wypracowane uśmiechy.

Tłumaczka towarzysząca Yoonowi cofnęła się o krok, niesmak wykrzywił jej cienkie wargi, ale Yoon zdawał się tego nie zauważać ani nie przejmować. Jess po raz pierwszy dostrzegła, że z Dzhokharovem była też kobieta... właściwie dziewczyna, chuda i drobna, w połyskującej srebrnej sukience ledwo sięgającej górnej części ud. Szła tuż za czeczeńskim generałem, trzymając się w zasięgu jego ręki jakby na uwięzi, z oczami wbitymi w podłogę. Dzhokharov nie zwracał na nią uwagi, szeroko się uśmiechając i rzucając rubaszne uwagi, gdy kobiety Fortuny podchodziły do niego.

— Dziękuję. — Jess przyjęła kieliszek szampana, upiła łyk i mruknęła z uznaniem. Drogi trunek, pomyślała. Biorąc pod uwagę wysokość bezzwrotnych zaliczek, jakie wpłacili licytujący, Fortuna mógł się postarać. Jej wpłata była największa — niecałe ćwierć miliona dolarów — ale łącznie w piątkę przekraczało to milion dolarów, co przynajmniej pokryłoby koszty ściągnięcia wszystkich tutaj i ugoszczenia ich z rozmachem.

Po drugiej stronie sali otworzyły się drzwi i do środka zaczęła wchodzić obsługa, niosąc półmiski z jedzeniem i ustawiając je na stole. Fortuna namawiał gości, by zajęli miejsca, i ku niewielkiemu zaskoczeniu Jess, gdy usiadła obok Pascala, zobaczyła, że Fortuna zajął krzesło po jej drugiej stronie. Jego uwagę od razu zmonopolizował jednak Dzhokharov, który usiadł naprzeciw, więc Jess spróbowała rozluźnić się i po prostu cieszyć się naprawdę znakomitym jedzeniem.

Dziewczyna w srebrnej sukience usiadła przy Dzhokharovie, z dłońmi złożonymi na kolanach i opuszczonym wzrokiem; skubała po dwa kęsy z tego, co Dzhokharov kładł jej na talerzu, i milczała. Jess przez moment rozważała opcje, uznała, że jej persona przynajmniej spróbuje być miła, i podczas przerwy w rozmowie pochyliła się nieco i odezwała.

— Cześć, jestem Jess. Jak masz na imię?

Oczy dziewczyny strzeliły do twarzy Jess. Wyglądała na zaskoczoną, że ktoś do niej mówi.

— Och... przepraszam... nie mówisz po angielsku? Ja nie mówię po rosyjsku. *Parlez-vous français*?

— Trochę mówię po angielsku — powiedziała niepewnie dziewczyna, rzuciwszy krótkie, boczne spojrzenie na Dzhokharova, który ją ignorował, rozmawiając z kobietą po swojej drugiej stronie. — Ja... Mariska.

— Miło cię poznać, Mariska. — Jess miała już zadać kolejne pytanie, gdy wtrącił się Fortuna.

— Mówi Pani po francusku, Jess?

— Oczywiście. — Trzepnęła do niego rzęsami. — Tam poznaliśmy się z Pascalem. Tatuś ma chalet w Val d'Isère; co wiosnę jeździmy tam na narty.

— Rozumiem. Czym zajmuje się Pani ojciec, czy mogłem o nim słyszeć?

— Wątpię! Jest traderem walutowym. — Zachichotała, lekko machając palcami. — Całe dnie zakopuje się w wykresach na ekranach komputerów. Jest w tym *bardzo* dobry.

Implicite: jest *bardzo* bogaty. A jeśli ludzie Fortuny zaczęliby sprawdzać, znaleźliby bezbłędny ślad elektroniczny jednego Emmanuel(a) Sandforda, z majątkiem netto w wysokich ośmiu cyfrach.

Taka osoba w rzeczywistości nie istniała, ale ustalenie tego zajęłoby co najmniej kilka dni i wymagało sporych zasobów, a do tego czasu — jeśli Fortuna w ogóle by się tym zajął — Jessikah miała nadzieję, że ich już tu nie będzie.

— Nie interesuje Panią pójście w ślady ojca? — dociekał Fortuna.

Jess posłała mu puste spojrzenie. — A niby dlaczego? Jest śmiertelnie nudny. Połowę czasu, nawet kiedy jesteśmy w Val d'Isère, jest zbyt zajęty pracą, żeby wyjść i nacieszyć się stokami. Ja wolę korzystać z życia.

— To kobieta, która wie, jak żyć. — Pascal włączył się do rozmowy, obejmując ją ramieniem. — Nieustraszona! Powinien Pan ją widzieć na czarnej trasie. Nie mogłem jej dogonić, choć naprawdę się starałem. Jeździ Pan na nartach, Panie Fortuno?

— Zdarza się. W Val d'Isère jednak nie byłem. Może się wybiorę. — Fortuna nie odrywał od Jess oczu; czuła, jak skóra pełznie jej z dyskomfortu pod intensywnością jego spojrzenia, ale zachowała beztroski, niewzruszony wyraz twarzy.

— Zawsze jesteśmy tam na Wielkanoc. Może zobaczymy się w przyszłym roku. Pascal, skarbeńku, mój kieliszek jest pusty. — Odwróciła się, potrzebując choć na chwilę przerwać kontakt wzrokowy, zanim się zdradzi i pokaże odrazę.

— Moja obsługa zawodzi. — Twarz Fortuny pociemniała; pstryknął palcami i wskazał na kieliszek Jess. Kelner o mało się nie potknął w pośpiechu, by dolać, z paniką wypisaną na twarzy.

— Niech to się więcej nie powtórzy — warknął Fortuna.

— Tak jest, proszę pana!

— Moi goście oczekują uważnej obsługi. Proszę to zapewnić. — Fortuna westchnął, najwyraźniej wyrzucając mężczyznę z myśli. — Najmocniej Panią przepraszam, moja droga.

— Nic się nie stało, skarbie. Swoją drogą, komplementy za szampana. Wyborny. Jak i jedzenie!

— Aż ją skręca, że nie może porobić zdjęć na Instagrama — powiedział Pascal do Fortuny.

— Ach... przykro mi z tego powodu, Jessico. Oczywiście rozumie Pani delikatny charakter mojej działalności. Prywatność moich gości też musi być szanowana.

Westchnęła teatralnie, przewróciła oczami, ale dodała uśmiech, by pokazać, że gra. — W porządku. To Pana miejsce, panie Fortuno. Pana zasady.

— Jest Pani bystrą kobietą. Rzadko zdarza się znaleźć kogoś, kto tak wygląda i ma mózg do pary. Trafił się Panu skarb, Montalban. Mam nadzieję, że to Pan docenia.

— Och, doceniam — powiedział Pascal, podczas gdy Jessikah w milczeniu kipiała z wściekłości na mizoginiczny komentarz Fortuny.

Fortuna wciąż ją *dotykał*. Lekkie ściśnięcie ramienia, klepnięcie po dłoni, muśnięcie jej uda swoją nogą, gdy szeroko rozparł się na krześle. Musiało to być celowe, bo nie robił tego wobec kobiety po swojej drugiej stronie, a Jess kosztowało wiele, by nie odskakiwać przy każdym dotyku. Każdy instynkt podpowiadał jej, żeby następnym razem chwycić go za palec i wygiąć do bólu, aż zapiszczy, ale to było ostatnie, co mogła zrobić. Kiedy jednak położył dłoń na jej udzie, musiała coś zrobić.

— Wybaczcie, kochani. — Odsunęła krzesło i wstała. — Muszę odwiedzić damską toaletę.

— Pozwoli Pani, że pokażę... — Fortuna odsunął krzesło i już chciał wstać, ale położyła mu dłoń na ramieniu, śmiejąc się.

— Słodziaku, widzę znak tuż tam! Nie zgubię się. Za minutkę wracam, kotku. — Posłała Pascalowi całusa i odmaszerowała, aż nazbyt świadoma oczu Fortuny wlepionych w jej plecy.

ROZDZIAŁ ÓSMY

PASCAL DOSKONALE ZDAWAŁ SOBIE sprawę, że spoufalanie się Fortuny z Jess było pokazem siły. Sposobem na zademonstrowanie dominacji, przypieczętowanie swojej władzy i pokazanie, że wszystko na wyspie należy do niego i może po to sięgnąć, kiedy zechce. A prawda była taka, że gdyby Fortuna postanowił, że chce Jess i ją sobie weźmie, Pascal nie mógłby nic z tym zrobić. Było ich więcej, a on był kompletnie nieuzbrojony — i pod względem siły ognia też bez szans. W grę wchodziłoby co najwyżej to, że dałby się zabić albo pobić na kwaśne jabłko, a to zostawiłoby Jess bez wsparcia.

Musiał zaufać Jess, że sama sobie poradzi z Fortuną. Albo liczyć, że któraś z pozostałych kobiet odpowiednio go rozproszy; olśniewająca brunetka siedząca po drugiej stronie Fortuny wyraźnie próbowała, pochylając się do niego i ściskając łokcie tak, że piersi niemal wylewały się z góry jej skąpej czerwonej sukienki.

Jess wróciła wtedy z łazienki i patrząc, jak idzie, jak biało-złota sukienka opina jej giętkie kształty, Pascal musiał przyznać przed sobą, że nawet w sali z dziesięcioma innymi pięknościami Jess przyciągała wzrok wszystkich.

Musiał coś zrobić, inaczej wszyscy będą ją nagabywać, nie tylko Fortuna. Musiał zaznaczyć, że jest zajęta — jego — tak, by chociaż inni potencjalni kupcy dwa razy się zastanowili, zanim go wkurzą.

Wstał, gdy Jess wróciła do stołu, i wyciągnął do niej rękę, starając się dać jej do zrozumienia, o co mu chodzi. Ujęła jego dłoń z pytaniem w oczach, a on przyciągnął ją bliżej, drugą ręką obejmując w talii i przyciskając ich ciała od piersi po biodra.

— *Och* — powiedziała bezgłośnie, rzuciła krótkie spojrzenie w bok i on zobaczył, jak jej mózg wskakuje na właściwe obroty, przeliczając, co robi i dlaczego.

A potem jej usta wygięły się w tajemniczy, mały uśmiech i pochyliła się jeszcze bliżej, sięgając do niego i przymykając rzęsy, aż spoczęły na policzkach.

To była cicha zgoda i skorzystał z niej, nachylając usta nad jej i całując ją długo, powoli i głęboko.

Byli zbyt blisko innych, by udawać — to musiał być prawdziwy pocałunek, a Jessikah była albo znakomitą aktorką, albo naprawdę jej się to podobało, bo odwzajemniła go w pełni, wtapiając się w niego i wsuwając palce wolnej dłoni w jego włosy.

To był ten rodzaj pocałunku, który potrafi całkowicie wytrącić mężczyźnie świat z osi, i przez kilka długich sekund Pascal zapomniał o pozostałych w sali. Terroryści i pomniejsi tyrani, których obaleniu poświęcił życie, łapczywie wypatrywali u siebie nawzajem szczelin w pancerzu, czegokolwiek, co da się wykorzystać, by ściągnąć rywala na dół — jak sfora hien.

Jess nie była jednak jego słabością. Była jego siłą. Oni ją zlekceważą, zobaczą tylko piękną twarz i ciało, i nawet przez moment nie domyślą się błyskotliwego umysłu, który się za tym kryje.

Zakończył pocałunek powoli, unosząc głowę, a Jess otworzyła oczy, znów uśmiechnęła się tym tajemniczym uśmieszkiem i zaskoczyła go, celowo przejeżdżając paznokciami po jego karku. Drgnął lekko, a po ciele przebiegła mu gęsia skórka.

— No, skarbie — powiedziała, na tyle głośno, by usłyszał to Fortuna. — Wiesz, nie musisz być zazdrosny o to, że gadam z innymi facetami. Jestem cała twoja.

— I lepiej o tym nie zapominaj. — Klasnął ją lekko w pośladek, potem puścił i przytrzymał oparcie krzesła, by mogła usiąść.

Fortuna przyglądał się im, z nieruchomą, zamyśloną twarzą, ale gdy tylko Pascal napotkał jego wzrok, wyraz zmienił mu się na dawny — wylewny, hojny gospodarz, pełen bonhomii.

— Desery! — zawołał Fortuna, a z kuchni pośpiesznie wyszła obsługa, niosąc kilka tac i półmisków z wymyślnymi słodkościami. — Musicie spróbować bomby alaska, moi przyjaciele. Uznałem, że to nader stosowny deser na to spotkanie! — Roześmiał się głośno, zapraszając ich do wspólnej wesołości, i Pascal z Jessikah posłusznie się przyłączyli.

Mariska, czeczeńska dziewczyna, przyglądała się im. Dzhokharov upijał się, jak zwykle z doświadczenia Pascala — facet nie miał żadnej dyscypliny — i już trzymał na kolanach jedną z dziewczyn Fortuny, z czego Mariska wyglądała na wyraźnie ulgowaną. Pascal miał wyjątkowo złe przeczucie, że jest jeszcze młodsza, niż wygląda.

W ostatnich latach widział wiele okropieństw i zbyt często musiał przymykać oczy. Miał jednak silne przeczucie, że Jessikah nie będzie w stanie tego zrobić. Nie, jeśli przewodnikiem miały być jej zmrużone oczy, gdy patrzyła, jak Mariska odruchowo uchyla się od przesadnych gestów Dzhokharova.

— Pamiętaj, po co tu jesteśmy — szepnął jej miękko do ucha, udając, że zmysłowo je podgryza. — Mała Czeczenka to nie nasz cel.

— Właśnie, mała dziewczynka — wyszeptała w odpowiedzi Jess, ale w jej spojrzeniu ku niemu zobaczył rezygnację. Zrozumiała.

Trzy ładunki nuklearne przeważały nad losem jednej osoby. Gdy tylko je zabezpieczą, jeśli będzie mógł coś zrobić dla Mariski, zrobi to, ale do tego czasu musieli trzymać się zadania.

— No, najadłem się — oznajmił — i po takim dniu chyba pora do łóżka. Może najpierw przejdę się trochę, jeśli pan nie ma nic przeciwko, panie Fortuna? Z grzeczności: czy są miejsca niedostępne? Nie chciałbym nikomu nadepnąć na odcisk.

— Dobrze, że pan pyta, panie Montalban. — Fortuna skłonił głowę w podziękowaniu za zawodową grzeczność. — Willa na szczycie wzgórza jest moja; proszę nie przechodzić za bramę w ogrodzeniu, które ją otacza. Jeśli któryś z moich ludzi każe panu się zatrzymać, proszę to zrobić, w przeciwnym razie może pan chodzić po całej wyspie, gdzie tylko pan zechce.

— A jutro robimy interesy?

— Po południu. — Fortuna uśmiechnął się wilczo. — Myślę, że część moich gości nie byłaby zachwycona, gdybym zarządził wczesny start. — Rzucił szybkie spojrzenie przez stół na Dzhokharova i, być może zaskakująco, na Haywortha, syna kaznodziei, który również wyglądał na nieźle pijącego, z dziewczyną na kolanach. A może wcale nie tak zaskakująco. Może Hayworth zwykle siedział na krótkiej smyczy u ojca.

A może obaj Hayworthowie byli zwyczajnie wielkimi hipokrytami, którzy nie praktykowali tego, co głosili, co było równie prawdopodobne, pomyślał Pascal, wstając i pociągając Jess za sobą.

— A pani życzę dobrej nocy, moja droga — powiedział do Jess Fortuna, wyciągając rękę, by uchwycić jej dłoń i złożyć na jej grzbiecie przeciągły pocałunek. — Chyba że chciałaby pani porzucić nudnego pana Montalbana i zostać na przyjęciu? Sprawiłbym, że warto by się było skusić.

— Och, słodziutki. — Roześmiała się figlarnie, cofając dłoń. — Nie stać pana na mnie.

O cholera. To było złe zdanie. Pascal zobaczył błysk wyzwania w oczach Fortuny. Nic teraz nie mógł powiedzieć, by zminimalizować szkody, więc uśmiechnął się uprzejmie i wyprowadził Jessikah z sali.

— Cholera — wyszeptała, gdy wyszli do ogrodów. — Chyba właśnie spieprzyłam.

— Naprawię to, ale będę musiał wrócić i porozmawiać z nim sam. I tak muszę. Chce cię i wcale się z tym nie kryje.

— A co, do diabła, zamierzasz powiedzieć? — syknęła.

— Wciąż to obmyślam — przyznał. — Ale jeśli tego nie zrobię, uzna, że jesteś wyzwaniem, któremu nie sposób się oprzeć, i po prostu rozkaże swoim ludziom mnie zabić, żeby usunąć mnie z drogi. Muszę sprawić, żeby zaczął myśleć głową od interesów, a nie tą w spodniach.

— Musi być bystry, skoro był w Agencji i zdołał latami utrzymywać się poza ich radarem — odparła Jess zamyślona, gdy spacerowali po ogrodach oświetlonych tu i ówdzie płonącymi w ciemności pochodniami tiki, pochylając głowy ku sobie jak kochankowie wymieniający czułe słówka. — Gdybym tego nie wiedziała, pomyślałabym, że to sama pycha i blichtr.

— Łamię sobie głowę, co o nim wiem. Zniknął gdzieś w Ameryce Południowej, może nawet w Wenezueli. Agencja dostała nagranie, na którym go torturowano i zabito, jeśli dobrze pamiętam.

— Musiał to być niezły deepfake. Chciałabym to zobaczyć.

— Nie wątpię. — Pascal pokręcił z żalem głową. — Uznali to za prawdę, bo zobaczyli to, czego oczekiwali, ale to musiał być jego własny teatrzyk, drań.

— Dorwiemy go. Dopilnuję, żeby twój szef dowiedział się, kim on jest, kiedy znajdziemy komputery i uda się wysłać wiadomość.

— Taa. — Pascal nie wierzył w ich szanse, ale nic nie powiedział. Ludzie towarzyszący Fortunie nosili radiostacje, nie telefony, i nie widział charakterystycznych prostokątów w żadnej kieszeni. Fortuna mądrze trzymał w ryzach technologię, która musiała być na wyspie, ale przez to ich zadanie będzie trudne i niebezpieczne, a co więcej, bardzo możliwe, że będą mieli tylko jedną okazję, by wysłać wiadomość. Musieli wybrać moment z najwyższą ostrożnością.

Dotarli z powrotem do swojej willi i Pascal otworzył Jess drzwi. — Lepiej wrócę i z nim porozmawiam. Nie chcę tego zostawiać do rana. Będzie się gotował przez tę uwagę: „nie stać pana na mnie".

— Przepraszam — powiedziała skruszona.

— W porządku, aniołku. Zostań tu. Zaraz wrócę. — Dał jej głośnego całusa w policzek, na użytek ewentualnych podsłuchujących, po czym obrócił się na pięcie.

Gdy Pascal wrócił do jadalni, do jego boku podszedł Josef. — Wszystko w porządku, panie Montalban? Czy jest coś, czego pan i panna Berry-Sandford potrzebują w swojej willi?

— Chciałbym zamienić na osobności słowo z panem Fortuną. Nie o sprawie, która nas tu sprowadziła. Prywatna kwestia.

Josef uniósł brwi.

— Wydaje mi się, że moja dziewczyna mimowolnie powiedziała coś panu Fortunie, co mogło go urazić. Chcę się upewnić, że to naprawimy — wyjaśnił Pascal.

— Tędy, proszę.

Josef poprowadził go z powrotem do holu i na drugą stronę, do małego saloniku, który zapewne kiedyś służył podróżnym czekającym na podwózkę. — Zapytam, czy pan Fortuna pana przyjmie — powiedział Josef, po czym zostawił go samego.

Pascal domyślał się, że Fortuna każe mu poczekać, więc wykorzystał okazję, by niby to niedbale przejść się po pokoju i dyskretnie, ale bardzo dokładnie obejrzeć wszystko dookoła.

I wtedy to zobaczył. Przez okno patrzył na coś w rodzaju zaplecza przy tylnej ścianie głównego hotelowego budynku i mógł zajrzeć przez oświetlone okno do innego pomieszczenia. Takiego, w którym były komputery. Kilka sztuk.

Przesunął się nieznacznie na drugą stronę okna, próbując dostrzec, czy w pokoju z komputerami ktoś jest, ale wyglądało na to, że jest pusty. Z tej strony widział drzwi; próbował odgadnąć, dokąd wychodzą.

— Panie Montalban — odezwał się za nim głos i odwrócił się, by zobaczyć Fortunę, z rękami w kieszeniach białych spodni i lekkim uśmieszkiem na twarzy. — Czym mogę służyć? W imię uczciwości nie jestem gotów rozmawiać o interesach bez obecności pozostałych kupujących.

— Rozumiem. Nie o to chodzi. — Pascal wyprostował się i spojrzał drugiemu mężczyźnie prosto w oczy. — To sprawa między nami.

— Tak? — Fortuna przekrzywił głowę, uśmiechnął się z ciekawością. — O ile wiem, to dziś widzimy się po raz pierwszy, choć oczywiście o panu słyszałem. Zdarza się, że mamy wspólnych klientów.

— Owszem, ale sądzę, że Jessica mogła pana niechcący urazić. — Pascal wzruszył ramionami. — Tą uwagą, że „nie stać pana na mnie".

— Przez chwilę, być może. Ale potem pomyślałem i doszedłem do wniosku, że... to nie jest kobieta, którą można kupić, prawda?

— Jej tatuś jest pewnie wart więcej niż my dwaj razem wzięci. I wcale nie dorobił się wszystkiego legalnie, choć dziś wszystko może wyglądać czyściutko. Na rozruch dostał pieniądze za pranie dla karteli. — Pascal trochę koloryzował, ale musiał dać Fortunie powód, by się wycofał, nie tracąc twarzy. — *Ja* nie ryzykowałbym wkurzania go. Jess jest jego jedynym dzieckiem, a choć lubi gadać na niego i nazywać go nudnym kujonem, uwielbiają się nawzajem. Gdyby jej się coś stało, wydałby każdy cent, żeby wytropić winnego, i uznałby to za dobrze wydane.

— Ach — mruknął Fortuna.

— Powiem wprost. Widzę, że Pana do niej ciągnie. Każdy pełnokrwisty facet, który na nią spojrzał, od kiedy ją poznałem, był nią zauroczony. — Uśmiechnął się z lekkim zakłopotaniem, zapraszając Fortunę do podzielenia rozbawienia. — Ale rzecz w tym, że jej nie da się kupić, wziąć ani zawłaszczyć. Ją trzeba wygrać. I ja wygrałem. — Stwardniał mu ton, gdy patrzył Fortunie prosto w oczy. — I przy całym szacunku, nie podoba mi się, że kładzie Pan ręce na tym, co moje. Pańska gościnność nie daje Panu do tego prawa.

— Dajże spokój. — Fortuna próbował to obśmiać.

— To pana dom i pana zasady, szanuję to. Interesy stoją na pierwszym miejscu dla nas obu, sądzę, i liczę, że zrobimy interes na tej transakcji, a może i na następnych. Ale szacunek musi działać w dwie strony i jasno go tu nie ma, skoro próbuje Pan dobrać się do Jess na moich oczach.

Przez napiętą chwilę wpatrywali się w siebie w milczeniu. Pascal niemal widział, jak w głowie Fortuny kręcą się tryby, gdy głęboko egoistyczny, arogancki handlarz bronią wykonywał kalkulacje. Próbował wyliczyć, czy może mieć wszystko, czego chce, bez kosztownych i być może druzgocących konsekwencji.

W końcu Fortuna wzruszył ramionami i się roześmiał. — W czym problem, Montalban? Przecież to tylko kobieta.

— *Moja* kobieta.

— Jak pan uważa. Wracam na *moją* imprezę. Proszę miłego wieczoru. — Fortuna obrócił się na pięcie i odszedł bez słowa więcej, zostawiając Pascala z pytaniem, czy właśnie poprawił, czy pogorszył sprawę.

ROZDZIAŁ DZIEWIĄTY

Jess potrzebowała mniej więcej trzech minut samotności w willi, żeby stwierdzić, że nie chce tu być. A niecałej minuty więcej, by zerwać z siebie sukienkę i buty, wciągnąć spodnie od jogi, top na ramiączkach i czapkę z dzianiny, do której upchnęła włosy... wszystko czarne, wszystko ukryte w torbie na bieliznę, której wcześniej nie pozwoliła przeszukać Josefowi. Czarne baleriny dopełniły jej strój do skradania się i była gotowa do wyjścia.

Gdzieś na tej cholernej wyspie były komputery. I zamierzała je znaleźć.

Wysunęła się po cichu w noc, od razu schodząc z oświetlonych pochodniami ścieżek i polegając na jasnym blasku księżyca i gwiazd, by znaleźć drogę.

— To musi być w głównym budynku — wyszeptała do siebie. — Ale z tyłu... może za kuchniami?

Przecisnęła się na tyły budynku. Prawie potknęła się o kosz na śmieci i w ostatniej chwili podparła dłonią o ścianę, sycząc z wdechem. W samą porę, bo nagle otworzyły się drzwi i wyszedł pracownik kuchni, wrzucając kolejny worek do śmieci, cały czas coś pod nosem mamrocząc.

Jess nie śmiała nawet oddychać. Stała tylko przyklejona do ściany, licząc, że cienie wystarczająco ją ukryją.

Mężczyzna odwrócił się i wrócił do kuchni, a Jess wypuściła powietrze. To było o włos. Gdyby nie potknęła się o kosz, weszłaby na niego prosto z marszu, a absolutnie nie miała żadnego wiarygodnego wytłumaczenia, dlaczego kręci się po ciemku w tej serwisowej alejce.

Cicho powędrowała dalej, minęła kuchenne drzwi i podeszła pod dwa oświetlone okna po obu stronach alejki. Głosy z okna po prawej zatrzymały ją, zanim do niego dotarła.

To był głos Pascala. I Fortuny. Wpadła na coś, co brzmiało jak końcówka rozmowy.

— W czym problem, Montalban? To tylko kobieta. To był głos Fortuny, zimny i pogardliwy.

— *Moja* kobieta — powiedział Pascal cicho, ale stanowczo.

— Jak sobie życzysz. Wracam na swoją imprezę. Miłego wieczoru.

Loubisharki Fortuny lekko zapiszczały, gdy obrócił się na pięcie i wyszedł.

Jess zaryzykowała i zajrzała przez okno; zobaczyła tylko plecy Pascala, gdy i on opuszczał pokój.

Moja kobieta.

Nie była do końca pewna, co o tym myśleć. Dziwnie jej się ścisnęło w brzuchu. Oczywiście to była poza ze strony Pascala, ale... ten wcześniejszy pocałunek był diabelnie prawdziwy w odczuciu.

Moja kobieta.

Część jej chciała, żeby to było prawdziwe.

Z oddali, z dwóch pokoi dalej, dobiegł głośny śmiech, a Jess otrząsnęła się. Stanie tu i rozmyślanie o Pascalu nie pomagało jej wcale w realizacji planu.

Odwróciła się, ostrożnie przeszła przez alejkę i przykucnęła pod parapetem drugiego okna, unosząc się na tyle, by zajrzeć do środka jednym okiem.

Jest! Pozwoliła sobie na mały gest triumfu. Znalazła komputery. I to porządne; doświadczone oko wychwyciło serwery, łącze satelitarne i sporo więcej. Za to bez sprzętu do monitoringu. Jak przypuszczała, to musiało być w innym pokoju i pewnie na wewnętrznym serwerze, odizolowanym od reszty Internetu. Sama tak by to zrobiła. A że Fortuna przeszedł szkolenie CIA, nie był głupi. Dostęp do serwerowni był zapewne ściśle kontrolowany... teraz nikogo tam nie było. Ostrożnie obmacała ramę okna, ale było uszczelnione, najwyraźniej nieprzeznaczone do łatwego otwierania, jeśli w ogóle. Musiała znaleźć, dokąd wychodzą drzwi po drugiej stronie pomieszczenia, ale nie dziś, bo Pascal mógł w każdej chwili wrócić do willi, a kiedy odkryje, że jej brakuje, natychmiast wróci tutaj i narobi rabanu.

Pobiegła z powrotem na cichych stopach, trzymając się z dala od oświetlonych ścieżek, i spotkała Pascala akurat, gdy wchodził do willi. Rzucił na nią jedno spojrzenie, widząc czarny strój i czapkę, a jego usta się zacisnęły.

O rety, mam kłopoty. Uśmiechnęła się do niego szelmowsko. — Znalazłam serwerownię — wymówiła bezgłośnie z triumfem.

— Ja też — odpowiedział bezgłośnie.

Och. Pewnie widział ją przez tamto okno. Oklapła, przybita świadomością, że ryzykowała skradanie się na darmo.

Twarz Pascala złagodniała i wyciągnął rękę, zsunął jej czapkę z włosów i wcisnął do kieszeni. — Rozmawiałem z Fortuną — powiedział na głos, z myślą o ewentualnych niewidocznych słuchaczach. — Dałem do zrozumienia, że szacunek działa w obie strony.

— Głupoty gadasz — powiedziała, podchwytując ton. — Tylko flirtował. Poradziłabym sobie.

— Może. To nie jest facet przyzwyczajony do odmowy, ale musi zrozumieć, że próba zabrania cię ma konsekwencje, i to nie tylko ode mnie.

Jess uniosła z zaciekawieniem brwi, a Pascal... czy on naprawdę wyglądał na *zakłopotanego*? Co powiedział Fortunie, zanim usłyszała ten urywek?

— Powiedziałem mu, że twój ojciec mógłby nas oboje kupić za drobne... i że zaczynał od prania pieniędzy dla karteli.

Jess mrugnęła, zaskoczona, po czym się uśmiechnęła. Pascal nie mógł o tym wiedzieć, ale to był błysk geniuszu, który wytłumaczyłby wszelkie powierzchowne nieścisłości, gdyby Fortuna kazał ludziom sprawdzić jej fikcyjnego ojca.

— No, skarbie — zamruczała, oplatając go ramionami za szyję — wiesz, że nie powinnam o tym nikomu mówić. Tatuś jest dziś w stu procentach szanowany.

— A komu Fortuna ma to powiedzieć, aniołku? Chciałem tylko, żeby zrozumiał, że jeśli pozwoli, by kutas rządził jego myśleniem, to nie tylko ze mną będzie miał do czynienia.

— Jesteś zaborczy. I całkiem mi się to podoba.

Jess zaczynała tracić rachubę, co odgrywa dla niewidocznej publiczności, a co naprawdę czuje. Ta cała przykrywka była cholernie myląca; jak Liane mogła tak żyć latami? Jess była pod przykrywką *jeden dzień* i już była wykończona.

— Chodź — powiedział Pascal. — Zmyj makijaż i chodźmy spać.

Dobry pomysł, ale już wiedziała, że nie mogą od razu zasnąć. Będą musieli przynajmniej odegrać odgłosy kochania, by nie wzbudzić podejrzeń; omawiali to podczas długiej jazdy do San Diego, dochodząc do wniosku, że muszą pozostawać w rolach od chwili lądowania w Portoryko, na wypadek, gdyby byli obserwowani. Jess wypuściła ciche westchnienie i skinęła, spotykając spojrzenie Pascala.

— Pięć minut.

Skinął głową, odwrócił się i ściągnął przez głowę koszulę. Wpatrywała się jak zaczarowana, gdy pod gładką, brązową skórą falowały mięśnie jego pleców, po czym otrząsnęła się i ruszyła do łazienki.

Ogarnij się — rozkazała sobie w myślach, przecierając twarz chusteczką do demakijażu. *Tak, jest wysportowanym, atrakcyjnym facetem i całuje jak sen, ale...*

Ale żadnego „ale" nie było, uświadomiła sobie ponuro. Jej libido absolutnie nie słuchało. Coś w niej było dziko podniecone wszystkim, co dotyczyło Pascala, i nie potrafiła tego wyłączyć chłodną, twardą logiką.

Może to też przez ciągłe ryzyko dekonspiracji, rozmyślała, myjąc zęby. Ten dodatkowy element zagrożenia sprawiał, że adrenalina bez przerwy krążyła jej w żyłach, wyostrzając każde doznanie i każdą reakcję.

— Skończyłaś, Jess? — zapytał Pascal cicho spod drzwi łazienki.

— Prawie. — Spłukała toaletę, umyła ręce i otworzyła drzwi.

Zmiótł ją spojrzeniem z góry na dół i uśmiechnął się. — Nieźle.

Przebrała się w piżamę, którą przywiozła: top na ramiączkach i luźne spodnie z jedwabistego materiału. Zakrywały ją całą, lecz ten drogi, śliski materiał sprawiał, że w walizce wyglądały jak seksowna bielizna.

— Cieszę się, że ci się podobają — odparła zadziornie.

— W worku po ziemniakach wyglądałabyś oszałamiająco i dobrze o tym wiesz.

Drzwi zamknęły się za nim, a Jess próbowała stłumić ciepły rumieniec po komplementach. Weszła do łóżka, poprawiła poduszki i zrzuciła na podłogę stertę ozdobnych poduch.

— Kto mógłby spać z tyloma poduszkami? — mruknęła z przekąsem. — Wybieram wygodę nad estetykę, zawsze. Wierciła się chwilę i odkryła, że przynajmniej materac jest wygodny. A klimatyzacja ustawiona na rozsądną temperaturę, więc będzie mogła spać — o ile rozbiegane myśli pozwolą — przynajmniej tyle.

Pascal wyszedł z łazienki w samych bokserkach, gasząc po drodze górne światło. Jess wyciągnęła rękę do lampki nocnej, ale on pokręcił głową.

— Nie, zostaw. Chcę widzieć twoją twarz.

Zrozumiała, że chce się upewnić, iż wszystko, co zrobi, jest dla niej w porządku, i że potrzebuje sygnałów niewerbalnych, skoro ona może nie móc dawać werbalnych, by nie wzbudzać podejrzeń podsłuchujących.

— Wyglądałaś dziś jak milion dolarów — powiedział cicho, wsuwając się do łóżka obok niej. — Ta sukienka była warta każdego centa, ile by nie kosztowała.

— Nie milion dolarów. Obiecuję. Ale jeśli dajesz dziewczynie swoją kartę kredytową i spuszczasz ją ze smyczy na Rodeo Drive... — zachichotała. — Musisz się liczyć z pewnymi stratami.

— Warto. — Oparł się na boku, patrząc na nią. — Wiem, że jesteś przyzwyczajona do rozpieszczania przez kochającego tatusia. Zapewniam, że utrzymam cię w stylu, do którego przywykłaś.

— Wiem. Nadal się martwisz, że skusi mnie facet z prywatną wyspą? — droczyła się. — Kochanie. Oświadczali mi się już pewnie z dwudziestu gości z prywatnymi wyspami. Moja najlepsza przyjaciółka ze szkoły to, do cholery, europejska arystokracja. Trudno mnie zaimponować.

— Przypomnij mi jeszcze raz, dlaczego jesteś tu ze mną?

— Bo zaoferowałeś mi coś, czego nie kupi się za pieniądze. — Wyciągnęła rękę i dotknęła jego twarzy. *Przygoda*, wymówiła bezgłośnie, a głośno dodała — Szczerość.

Pokręcił głową, a w jego oczach pojawiło się uczucie, którego nie umiała nazwać. Podejrzewała, że to troska. Obawa, że ona, bez doświadczenia w pracy pod przykrywką, wpadnie lekkomyślnie w coś, co pogrąży ich oboje.

Weźmy choćby ten wieczór. Powinna była poczekać na jego powrót, a nie ruszać się przy pierwszej okazji i ryzykować dekonspirację tylko po to, by odkryć coś, co Pascal już wiedział. Musieli lepiej koordynować działania, a Jess wiedziała, że to ona zawiniła. Jej kompetencje to technologia. Dlatego tu była. Pascal był szpiegiem i powinna zostawić szpiegowanie jemu, chyba że przydzieli jej konkretne zadanie.

— Gotowa? — wymówił bezgłośnie, a ona skinęła głową.

Pascal przyłożył dłoń do ust i głośno pocałował jej grzbiet.

Jess zdławiła śmiech. Zamiast tego wydała cichy jęk.

Pascal walnął dłonią w wezgłowie. Łóżko zapiszczało, a on się uśmiechnął.

Zaczęli na przemian kołysać się tam i z powrotem, tak by łóżko skrzypiało, oboje z trudem tłumili śmiech, starając się zamiast tego jęczeć i wzdychać w wiarygodnej imitacji seksu.

Jess wbiła twarz w poduszkę, bo nie mogła już dłużej powstrzymywać śmiechu. Pascal musnął lekko jej drżące ramiona, naciskając między łopatkami. Zerknęła na niego ukradkiem, zobaczyła uśmiech na jego twarzy i musiała wcisnąć róg poduszki do ust. Wydobywały się z niej małe pisknięcia i piski, a myśl, że każdy słuchający mógłby uznać je za dźwięki, jakie wydaje podczas seksu, tylko potęgowała jej wesołość. Napięcie puściło, poczuła łzy spływające po policzkach.

— Moja piękna dziewczyna — mruknął Pascal, gładząc jej ramię. — Świetnie sobie radzisz.

Te słowa pasowały do obu sytuacji, ale wiedziała, że uspokaja ją z powodu wcześniejszej wpadki. Braku doświadczenia w pracy w terenie.

Impulsywnie przewróciła się na bok i objęła go ramieniem. — Tak się cieszę, że tu z tobą jestem — wyszeptała, niepewna, czy jakieś ukryte mikrofony ją wychwycą, i nie dbając o to.

Pascal na moment zamarł, po czym jego duża dłoń powędrowała, by delikatnie pogładzić jej włosy. — Nie ma nikogo innego, kogo chciałbym tu mieć, żeby to dokończyć — powiedział cicho.

Uśmiechnęła się, wpatrując się w jego oczy, i coś się między nimi zmieniło. Leżąc obok siebie, już się dotykając, jakby powietrze między nimi nagle się naelektryzowało.

Jess oblizała usta, zupełnie nieświadomie, a Pascal gwałtownie wciągnął powietrze. Jego palce wsunęły się w jej włosy, obejmując głowę. Przyciągnął ją o maleńki cal, tak lekko, że wiedziała, iż bez trudu mogłaby się cofnąć, gdyby chciała.

Każdy gram zdrowego rozsądku wrzeszczał, że powinna się odsunąć. Że to Zły Pomysł, że granice między relacją osobistą a zawodową już i tak były tu boleśnie zamazane.

Mimo to go pocałowała. Jess nigdy nie była dobra w odmawianiu sobie czegoś, czego bardzo chciała, a teraz chciała pocałować Pascala bardziej niż prawie czegokolwiek w życiu.

Zajęczał tym razem naprawdę, gdy pocałunek się pogłębił, a ona też jęczała, bo ten pocałunek był jeszcze doskonalszy, jeszcze gorętszy niż ten, który wcześniej odegrali dla publiczności w jadalni.

Jess wbiła palce w jego ramię, przyciągając się do niego bliżej i dociskając ciało do długości jego ciała. Był twardy, jego członek napierał przez cienki materiał bokserek na jej brzuch. Jej reakcja nie była tak oczywista, ale sutki miała twarde jak małe czubki, wbijające się w jego klatkę, a wilgoć między udami sprawiała, że miała ochotę wysunąć się z luźnych spodni i ujeżdżać go, aż oboje będą krzyczeć.

Nie była do końca pewna, kto się odsunął. Może oboje zbiorowo odzyskali rozum, ale jakoś ich usta się rozdzieliły i patrzyli sobie w oczy, szybko oddychając, z dudniącymi pulsami.

— Jess — powiedział cicho, po czym pokręcił głową. — Sprawiasz, że czuję... za dużo. Muszę trzymać myśli przy... interesach.

Miał rację. Oboje musieli trzymać myśli przy pracy, przy powodzie, dla którego tu byli. Stawka była zbyt wysoka, by dali się rozproszyć.

— Kiedy wrócimy do domu — powiedziała cicho — myślę, że powinniśmy odbyć parę poważnych rozmów. O przyszłości.

— Zasługujesz na to. Ale ta transakcja jest zbyt ważna. Dla mnie, dla mojego klienta. Muszę się skupić.

— Rozumiem. Obiecuję, że... będę się grzecznie zachowywać. Nie będę cię rozpraszać.

Nagle się roześmiał, złote oczy błysnęły. — Jesteś rozproszeniem już samym swoim istnieniem, Jess, ale to nie twoja wina. To ja muszę trzymać koncentrację.

— Ja też — powiedziała cicho.

Skinął głową, a jego wyraz twarzy spoważniał, ale na głos powiedział: — Och, aniołku, ty się tylko skup na tym, żeby dobrze się bawić, póki tu jesteśmy. Łap słońce. Może zaprzyjaźnij się z innymi dziewczynami.

— A propos — powiedziała — jak myślisz, ile ma ta mała Rosjanka?

— Czeczenka. Dzhokharov jest Czeczenem i założę się, że ona też. Nie angażuj się, Jess.

— Ona na pewno nie ma osiemnastu lat! — oburzenie nie było udawane.

— Nie. Angażuj. Się. Nie jesteśmy tu dla niej.

— *Ty* nie jesteś tu dla niej. Ja mam pieniądze. Zasoby. Gdybym chciała jej pomóc...

— Dzhokharov zabije cię bez mrugnięcia okiem. Fortuna może by się zastanowił po wyjaśnieniu mu konsekwencji, ale Dzhokharov nie myśli w ten sam sposób, a stoi za nim prezydent jego kraju. Nie. Angażuj. Się.

ROZDZIAŁ DZIESIĄTY

Sama myśl, że Dzhokharov mógłby z czystej irytacji wymazać Jess z istnienia — bo tyle zapewne znaczyłaby dla czeczeńskiego generała utrata Mariski — sprawiła, że krew w żyłach Pascala zastygła.

— Wiem, że jesteś oburzona. Ale musisz mieć grubszą skórę, jeśli chcesz żyć w moim świecie. I wiesz, że chcę cię tutaj.

— Wiem. Wiesz, że niejedno gówno widziałam. Nie mam problemu z tym, że zarabiasz w taki sposób. Ale stawiam granicę przy *dziećmi*.

Wiedział, że nie da się jej od tego odwieść. Że spróbuje jakoś pomóc Marisce, bez względu na wszystko.

I oczywiście, gdyby udało im się uciec, Dzhokharov nigdy by jej nie znalazł, by się zemścić, bo Jessica Berry-Sandford nie istniała.

— Kiedy dopniemy transakcję — powiedział —, pogadam z Dzhokharovem. Niczego nie obiecuję, ale patrząc, jak oglądał się za kobietami Fortuny — może aż tak mu nie zależy na Marisce. Zaproponuję mu coś w zamian, zasugeruję, że być może mam na nią chętnego. Nigdy by jej nie puścił, gdyby pomyślał, że chcę jej dla siebie, ale przy tobie i tak by tego nie założył.

— Dziękuję — powiedziała, wtulając się w jego pierś i chowając głowę pod jego brodą. — Doceniam to, Pascalu.

Westchnął, wciągając zapach jej włosów, gdy sięgnął, by zgasić lampkę. — Muszę tylko domknąć ten interes, Jess.

— Wiem. — Szturchnęła go nosem w pierś. — *My* to dopniemy — wyszeptała.

Zdawało się, że zasnęła w kilka minut — świadczył o tym jej spowolniony oddech i to, jak zwiotczała w jego objęciach. Pascal jednak leżał jeszcze godzinami, wpatrzony w ciemność, zamartwiając się wszystkimi sposobami, na jakie to mogło się nie udać. Tym, jak niebywałą skalę mogłaby przyjąć katastrofa, gdyby on i Jess zawiedli.

A także tym, że pracuje z kobietą kompletnie nieobytą w terenie i nawet niezatrudnioną przez rząd USA.

Przynajmniej tak mu się wydawało. Wciąż nie miał jasności, czym właściwie jest Hestia Global Security, a teraz już nie bardzo mógł ją o to zapytać.

Westchnęła przez sen i przytuliła się do niego jeszcze mocniej, a Pascal zaklął pod nosem, kiedy jego zdradliwe ciało po raz kolejny zareagowało na jej bliskość. Przestał już liczyć, ile pięknych kobiet przez ostatnie lata jego pracy pod przykrywką wieszało mu się na szyi, i nigdy, ani razu, nie doświadczył takiej fizycznej reakcji, całkiem wymykającej się spod kontroli.

Musiał w końcu zasnąć, bo obudził się w chłodnym świetle wczesnego poranka, gdy Jess wyślizgnęła się z jego objęć.

— Za wcześnie, żeby wstawać — mruknął, a ona cicho się zaśmiała.

— Wizyta w łazience. Zaraz wracam.

— Mhm. — Znów przymknął oczy i już odpływał, kiedy wsunęła się z powrotem do łóżka i rozgrzała zimne stopy na jego goleniach, chichocząc na jego pomruk niezadowolenia.

Kolejnym razem, gdy się obudził, siedziała przy toaletce i rozczesywała włosy.

Opierając się o poduszki, zaplątał dłonie za głową i po prostu patrzył. Przebrała się z piżamy w luźną, krótką sukienkę na ramiączkach wiązanych na karku i podejrzewał, że ma pod spodem bikini albo strój kąpielowy.

Rzuciła mu spojrzenie w lustrze i uśmiechnęła się. — Dzień dobry, śpiochu.

— *Bonjour, cherie.* — Płynnie przeszedł na francuski, co często robił, będąc pod przykrywką. W końcu jego postać miała dorastać w slumsach Marsylii. Musiał przyznać, że był też ciekaw, jak dobra w francuskim jest sama Jess. Wątpił, by składała deklaracje o corocznych wizytach we Francji, gdyby nie umiała ich poprzeć, kiedy przyjdzie co do czego, choć jej rodzina oczywiście nie miała żadnego domku narciarskiego w Val d'Isère.

A może jednak? W końcu o prawdziwej Jessikah Hagerty wiedział prawie nic.

Rzuciła mu rozbawione spojrzenie i odpowiedziała w tym samym języku, pytając, jak spał.

— Całkiem nieźle. A ty?

— Zawsze dobrze, kiedy jestem z tobą. — Skończyła szczotkować włosy, odłożyła szczotkę i sięgnęła, by wydzielić pasma i upleść skomplikowany warkocz, który opasał tył głowy i zostawił pojedynczy splot opadający na jedno ramię.

— Jak, do cholery, robisz to bez patrzenia? — zdumiał się, rozbawiając ją.

— Mnóstwo praktyki, kochanie! — Zawiązując koniec gumką, wstała i podeszła do łóżka, żeby musnąć go pocałunkiem w policzek. — Umieram z głodu, a w lodówce tylko przekąski. Myślisz, że w głównym budynku dostaniemy jakieś śniadanie?

— Bez wątpienia.

— To spotkamy się tam?

— Absolutnie nigdzie nie pójdziesz beze mnie — powiedział ostrzegawczo, a ona westchnęła i usiadła na skraju łóżka.

— No to chyba poczekam na ciebie, cukiereczku. — Przeszła z powrotem na angielski. — I mam nadzieję, że pomogłam ci zrobić apetyt... po wczorajszej nocy.

— O tak, aniołku. — Uśmiechnął się, usiadł i zsunął na krawędź łóżka. — Dobra. Już idę.

— Znowu? — rzuciła z zaczepnym uśmiechem.

— Później, ty bezczelna łobuziaro.

Każdy, kto by podsłuchiwał, nigdy by nie pomyślał, że są kimś innym niż kochankami całkowicie swobodnymi w swoim towarzystwie, pomyślał Pascal, idąc do łazienki. Z Jess przekomarzanie przychodziło tak łatwo, tak naturalnie. Nie mógł nie myśleć o tym, jak bardzo chciałby to robić bez konieczności pamiętania, że każde ich słowo jest podsłuchiwane przez ludzi, którzy bez mrugnięcia okiem by ich zabili, gdyby odkryli, kim on i Jess naprawdę są.

— Czas brać się do roboty — wyszeptał do siebie do lustra, gdy mył twarz. — Bądź czujny.

Ubrał się w luźne, piaskowe, bawełniane spodnie i białą koszulę rozpiętą pod szyją, na stopy wsunął żeglarskie mokasyny. Wszystko było francuskiego pochodzenia, jak zresztą niemal cała reszta w jego walizce, zgodnie z legendą przykrywkową. Pascal Montalban kreował się na człowieka o prostych gustach, bezwzględnego w dążeniu do domknięcia interesu. Jess do tego obrazu nie do końca pasowała, ale liczył na to, że Fortuna nie zna go osobiście i może tego nie wyłapać, a Dzokharov i Yoon, którzy go wprawdzie *naprawdę* znali, nie będą się fatygować, by to komentować.

Poza tym Jess była taką kobietą, która potrafi skłonić każdego mężczyznę do przewartościowania gustów i priorytetów.

Razem zeszli do głównego budynku. Jess założyła okulary przeciwsłoneczne od Cartiera i wielki, miękki kapelusz, głośno oznajmiając, gdy przechodzili przez strefę basenową, że jej opalenizna pochodzi z natryskowego sprayu, dziękuję bardzo, nie uśmiecha jej się rak skóry. Dwie dziewczyny już opalające się przy basenie spojrzały na nią krzywo.

— Bądź miła, Jess — zganił ją Pascal. — Zaprzyjaźnij się z pozostałymi dziewczynami. Będziesz się nudzić, jeśli wszystkie je do siebie zrazisz i nie będziesz miała z kim pogadać.

Westchnęła przesadnie i był pewien, że przewraca oczami za ciemnymi szkłami. — Chyba tak. Skoro mi *zarekwirowałeś telefon*. Nikt mi tego nie zrobił, odkąd byłam w szkole z internatem.

— Dziewczyny i ich telefony. — Dieter Breukel, Holender, usłyszał jej uwagę, gdy wchodzili do jadalni, i odwrócił się do nich, kręcąc głową. — Zgadnę. Instagram?

— Rozpoznajesz mnie? — Jess zadarła nieco nos. — To znaczy, nie jestem *super* sławna. Mam tylko sześć milionów obserwujących.

Spojrzenie, które Breukel posłał Pascalowi, było szczerze współczujące, a on przestał się powstrzymywać od śmiechu, choć nie z tego powodu, o jaki Breukel pewnie go podejrzewał. Jess była piekielnie dobrą aktorką.

— Co na śniadanie? — Jess obdarzyła Breukela słonecznym uśmiechem i podeszła do bufetu ustawionego wzdłuż ściany. — Oby była porządna herbata. Och, kucharz od jajek! Jest sos holenderski? Zjadłabym jajka po benedyktyńsku.

— Zjawiskowa — mruknął do Pascala, gdy Jess odpłynęła, — ale za bardzo wymagająca jak na mój gust.

— Na początku też myślałem, że będzie dla mnie — ale okazuje się, że jest warta zachodu — odparł Pascal.

— Nie boisz się, że ktoś uzna ją za twój słaby punkt?

Cóż, bez ogródek. Pascal zwrócił się do tamtego wzrokiem, zastanawiając się, o co Breukelowi chodzi. — Każdy, kto spróbowałby wykorzystać Jess, żeby w jakikolwiek sposób dobrać się do mnie, szybko by odkrył, że popełnił śmiertelny błąd — powiedział bezbarwnym tonem.

Breukel skłonił głowę, zerknął jeszcze na Jess, marszcząc brwi, i nic więcej nie powiedział, tylko nałożył sobie tostów, bekonu i grillowanych pomidorów, po czym usiadł i dał znak kelnerowi, by nalał mu kawy.

Poza obsługą nikogo więcej nie było na śniadaniu. Jessikah starała się prowadzić uprzejmą rozmowę — nie zagadywała Breukela, ale próbowała go wciągnąć. On odpowiadał monosylabicznie i w końcu dała spokój, wzruszając wymownie ramionami do Pascala. Poklepał ją pocieszająco po dłoni.

— To gdzie reszta? — zapytała Jess po kilku minutach jedzenia w ciszy.

— Chyba mieli długą noc — odparł Breukel.

— A ty nie? — zapytał Pascal.

— Wyszedłem z imprezy około drugiej. Przydałoby się jeszcze trochę snu, ale jet lag postawił mnie na nogi tuż po świcie. — Uśmiech Breukela był napięty. — Wczoraj był długi dzień w podróży.

— Widzisz, nie chcę już słuchać twojego marudzenia na trudy podróży — zauważył Pascal do Jess. — Przynajmniej nie musieliśmy lecieć z Europy!

— Albo z Korei Północnej. — Breukel nieco ściszył głos, kiwając głową w stronę drzwi, a Pascal zobaczył, jak do sali wchodzi pan Yoon z jedną z dziewczyn Fortuny uwieszoną u ramienia, a za nimi podąża jego tłumaczka, ze spuszczonym wzrokiem.

— O rany — mruknęła Jessikah —, ciekawe, czy musiała mu tłumaczyć, kiedy był w łóżku z tamtą drugą? Biedaczka, co za gówniana robota.

Breukel prychnął śmiechem, zakrywając usta serwetką, i zerknął na Pascala. — Zaczynam rozumieć, czemu uważasz, że jest warta zachodu — mruknął. — Dziewczyna jest zabawna.

— I mądra. — Pascal przybrał minę dumną i czułą zarazem. — Nawet jeśli bywa czasem trochę jędzowata.

— A co było jędzowatego w tym, że żal mi tej biedaczki? — obruszyła się Jess.

— Dobra, dobra. — Położył jej rękę na ramieniu w łagodzącym geście. — Potrafisz być miła.

— *Bardzo* miła. — Rzuciła mu spojrzenie spod rzęs.

— Kiedy chcesz.

Prychnęła i wróciła do swojego śniadania.

Yoon i dwie towarzyszące mu kobiety usiedli na drugim końcu długiego stołu, choć tłumaczka rzuciła w ich stronę szybkie, niemal tęskne spojrzenie, jakby wolała siedzieć gdziekolwiek indziej niż z szefem i jego nową faworytą.

— Skończyłam — powiedziała po chwili cicho Jess. — I co teraz? Czekamy po prostu na pana Fortunę?

— Ja poczekam. Ty idź się zabawić. Poznaj inne dziewczyny, poleż przy basenie. — Przyciągnął ją na pocałunek. — Nie oddalaj się. — Podkreślił to ostatnie spojrzeniem z wyraźną sugestią.

— Nie będę. Obiecuję. — Delikatnie ścisnęła jego dłoń.

— Żadnego włóczenia się, chyba że jesteś ze mną.

— Grzeczna dziewczynka. — Pocałował ją jeszcze raz i klepnął ją w tyłek, kiedy wstawała.

Jess posłała mu udawanie oburzony grymas, ale też dorzuciła trochę więcej kołysania biodrami, wychodząc z sali, co rozbawiło go cicho. Breukel odwrócił się, żeby popatrzeć, jak odchodzi, a nawet Yoon zabrał rękę z uda miejscowej dziewczyny i się zapatrzył.

— Dzień dobry, panie Fortuna. — Pascal zesztywniał, kiedy usłyszał, jak głos Jess dobiega z korytarza tuż za jadalnią.

— Dzień dobry, moja droga. Dobrze spałaś? Mam nadzieję, że śniadanie smakowało?

— Tak na oba pytania, dziękuję ślicznie. A teraz idę dalej korzystać z pańskiej gościny i popływać w tym pięknym basenie. Smacznego!

Fortuna obejrzał się przez ramię, jak wychodził z sali, najwyraźniej doceniając widok pleców Jess oddalającej się... mimo że miał po pięknej dziewczynie pod każdym ramieniem. Odwracając się, złapał wzrok Pascala i bezwstydnie się wyszczerzył.

— Oglądanie wystaw nie jest zabronione — rzucił lekko.

— Ta. Tylko niegrzecznie macać cudzy towar, kiedy nie jest na sprzedaż — powiedział Pascal z łagodną nutą groźby w głosie.

— Och, i tak mam już pełne ręce roboty. — Fortuna zaśmiał się swobodnie, ściskając talie kobiet po obu stronach. — Widzę, że prawie wszyscy już są. Został tylko generał i pan Hayworth.

— Hayworth to jakaś dziwna sztuka. — Pascal postanowił trochę podpytać. W końcu naturalna rzecz — być ciekawym. — Nigdy o nim nie słyszałem, ale Jess mówi, że jego ojciec to jakiś fundamentalistyczny kaznodzieja.

— Na to wygląda — zgodził się bez oporu Fortuna, siadając po tym, jak kazał jednej z dziewczyn przynieść sobie śniadanie.

— Coś w rodzaju apokaliptycznej sekty? — dopytał Breukel, też wyraźnie zaciekawiony. — Też o nim nie słyszałem — dodał, kiedy Pascal na niego spojrzał. — I bądźmy szczerzy: ludzie zwykle nie wchodzą od razu na ten koniec rynku. Gdzie i co kupował do tej pory i z kim?

— No właśnie — przytaknął Pascal. — Resztę tutaj znam z reputacji, nawet jeśli nie spotkałem ich wcześniej osobiście. Hayworth to czysta karta i tego nie lubię. Skąd wiesz, że jest prawdziwy, a nie jakąś wtyką, Fortuno?

— W ten sam sposób, w jaki wiem, że panowie też jesteście prawdziwi — odparł Fortuna nieco chłodno. — Odrabiam lekcje. Hayworth to autentyczny kupiec i pewnie ma więcej gotówki pod ręką niż którykolwiek z klientów, których panowie tu reprezentujecie. Zauważcie zresztą, że nie naciskam, byście mi ich przedstawili, bo *rozumiem*, jak działa dyskrecja w naszym fachu.

Pascal skłonił głowę, starając się wyglądać na lekko przytemperowanego. Breukel wydał z siebie dźwięk, który mógł być przeprosinami.

— Pan i ja nie poznaliśmy się wcześniej — powiedział Fortuna wprost do Pascala —, ale od lat pośrednio ze sobą handlujemy i mamy wspólnych klientów; nieraz w tych samych transakcjach wylądowaliśmy jako pośrednicy. Wiem, że jest pan legitny, a z Dieterem handlowaliśmy już bezpośrednio. Będziecie musieli mi zaufać.

— Zaufanie nie przychodzi łatwo w tym biznesie — powiedział Pascal, pośrednio przepraszając —, a my już i tak dużo na panu opieramy. Jesteśmy na pańskiej prywatnej wyspie, odcięci od wszelkiej łączności, nikt żywy nie ma jak się dowiedzieć, gdzie jesteśmy... ani co mogło nam się stać, jeśli w pewnym momencie nie pojawimy się z powrotem na radarze. Nie mówiąc już o skali interesu, który tu robimy; nie oszukujmy się, to dość ekstremalne nawet jak na naszą branżę. Nie wiem, jak czuje się Breukel, ale mnie robi się cholernie nerwowo, kiedy jest tu gość, którego obecność nie ma sensu.

Fortuna westchnął. — Rozumiem, skąd to się bierze. Jak pan mówi, to poważny deal. Warunki są jednak ustalone. Wszyscy licytujący zostali sprawdzeni. Szczerze mówiąc, mieliście szczęście, że pozwoliłem wam wejść w zastępstwie zamiast zażądać, by wasi klienci ujawnili tożsamość i stawili się osobiście; to wyłącznie wasze reputacje otworzyły wam drzwi.

— I nasze słone zaliczki, rzecz jasna — odparł sucho Breukel.

— Oczywiście. Wygraliście przecież wstępne aukcje online. — Uśmiech Fortuny był chytry. — Niemniej, gdybyście nie przeszli moich weryfikacji, nie byłoby was tutaj.

I nie byłoby też Haywortha, więc dopóki planujecie zostać na finałowe licytacje, nie chcę już o tym słyszeć.

— W porządku — zgodził się w końcu Pascal, wzruszając ramionami. — Pewnie ma pan więcej do stracenia niż ja. A *on* pewnie więcej niż którykolwiek z nas. — Skinął głową w stronę drzwi, gdzie akurat wchodził Hayworth, sam.

— Dzień dobry, Saul! — Fortuna posłał Pascalowi ostrzegawcze spojrzenie, po czym przywołał Haywortha. — Gdzie Camila? Nie zadowoliła cię?

— Jasne, że tak — odparł Hayworth. — Wciąż odsypia. Może byłem dla niej trochę zbyt ostry.

Pascalowi to się bardzo nie spodobało. I był cholernie zadowolony, że Jess nie była obecna, bo pewnie by wybuchła i pognała sprawdzić, czy z Camilą wszystko w porządku.

— Trzeba nie lada kozaka, żeby w łóżku skatować kobietę — mruknął półgłosem do Breukela, gdy Hayworth odszedł do bufetu. — Pieprzeni ewangelikalni. Zawsze coś sobie kompensują.

Breukel parsknął śmiechem, a Fortuna też się zachichotał.

— No więc. — Pascal podniósł głos do normalnego poziomu, odchylił się w krześle z filiżanką kawy w dłoni. — Kiedy zabieramy się do interesów?

— Po prostu wyluzujcie i korzystajcie z dnia — wymigał się Fortuna. — Muszę poczekać, aż jeszcze kilka elementów wskoczy na miejsce. Wieczorem powinienem mieć wiadomość.

— W porządku. Mówił pan, że mamy się nastawić na kilka dni. Dawno nie miałem prawdziwego urlopu, a ten pański basen wygląda bardzo zachęcająco.

— Podobnie jak dziewczyny — dorzucił Breukel. — Wczoraj byłem zbyt styrany strefami czasowymi, ale...

Fortuna roześmiał się szeroko i klepnął go po plecach. — Przekonasz się, że są bardzo skore do współpracy, przyjacielu! Korzystajcie z mojej gościny, a jutro zabieramy się do interesów.

ROZDZIAŁ JEDENASTY

PRZY BASENIE BYŁO TERAZ pięć dziewczyn, a jedna z nich płakała i miała świeże, siniejące pręgi wokół nadgarstków oraz podbite oko. I to wcale nie była Mariska, młoda Czeczenka. Mariska próbowała pocieszyć płaczącą dziewczynę, której falujące ciemne włosy i miedziano-złota skóra sugerowały, że jest tutejsza.

— O mój Boże. — Jess ruszyła prosto przed siebie, czując, jak wzbiera w niej oburzenie. — Kto ci to zrobił? To był Dzhokharov? — zwróciła się do Mariski.

Czeczenka pokręciła głową. — On nie bić, dużo. Straszyć inne sposoby. — Skrzywiła się.

— Wystarczająco źle. — Jess przykucnęła przed płaczącą dziewczyną. — Pokaż, skarbie. — Spróbowała złagodzić głos, mimo wściekłości. — Jak masz na imię?

— C-Camila — czknęła dziewczyna. — To był Amerykanin. Ten kaznodzieja. Myślałam... myślałam, że bogobojny człowiek nigdy by...

— Najgorszy to właśnie tacy — mruknęła jedna z pozostałych.

— To tylko siniaki. — Camila odsunęła ręce, kiedy Jess próbowała obejrzeć ślady na nadgarstkach. — Znikną.

— Lepiej wróć do naszej willi — powiedziała inna dziewczyna. — Baz nie lubi, jak ktoś nas widzi, kiedy nie wyglądamy najlepiej.

— Dobra, idę. Powodzenia tej, która trafi na Amerykanina następna. — Camila pociągnęła nosem i otarła oczy.

Pozostałe dziewczyny spojrzały po sobie z jawnym przerażeniem.

— Może byśmy losowały? — powiedziała jedna. A przynajmniej tak Jess zrozumiała, bo dziewczyna mówiła po hiszpańsku, a hiszpański Jess nie był nawet w połowie tak dobry jak jej francuski. Miała jednak pewność, że łapie sens rozmowy, choć Mariska patrzyła bez zrozumienia.

— Wiesz, że to tak nie działa. Oni wskazują, a my idziemy. Dobrze nam płacą. Nie zarobię takich pieniędzy w sześć miesięcy z powrotem w Caracas. Dopóki nie ma połamanych kości, cóż. — Dziewczyna, która mówiła, oszałamiająca piękność o głębokiej, ciemnobrązowej skórze i czarnych włosach z mahoniowymi refleksami, wzruszyła ramionami. — Miałam siniaki. U mnie tak nie widać. Wezmę kaznodzieję na noc. Może nauczę go czegoś albo dwóch.

— Powodzenia z tym, Soraya — rzuciła cynicznie Camila, po czym wzruszyła ramionami i podniosła się na nogi.

— Dzięki — powiedziała po angielsku do Mariski i Jess. — Jesteście miłe. Dziękuję.

— Nie ma za co, kochanie. Na pewno dasz sobie radę? — zapytała Jess. — Jeśli będziesz potrzebować pomocy...

— Dam sobie radę. — Camila skinęła głową i odeszła, poruszając się powoli i sztywno.

— Co za skurwysyn — mruknęła Jess. — Nie znoszę facetów, którzy biją kobiety. Szumowina.

— Nie musisz się martwić. Przyszłaś ze swoim facetem, nie musisz iść z tym, kto cię wskaże — powiedziała Soraya tonem pełnym lekceważenia.

— I to znaczy, że mam nie obchodzić się o resztę z was? A właśnie, że mnie obchodzi! — odparła oburzona Jess.

Soraya cynicznie skrzywiła wargi, ale pozostałe dziewczyny patrzyły na Jess z lekkimi uśmiechami i otwartymi minami.

Sojuszniczki, pomyślała Jess, a jeśli dziewczyny będą do niej życzliwie nastawione, może będą mniej skłonne donosić, jeśli zobaczą, że robi coś, co w innych okolicznościach mogłoby wydać się podejrzane.

— Ile ty właściwie masz lat? — zapytała Mariskę.

— Piętnaście — powiedziała Mariska, a kilka z dziewczyn głośno westchnęło.

— ... w przyszłym miesiącu — dodała Mariska.

— *Cabronazo* — powiedziała jedna z pozostałych z wyraźnym obrzydzeniem.

Jess nie miała pojęcia, co to znaczy, ale domyślała się aż nadto. Zrobiło jej się niedobrze. *Jestem dwa razy starsza od tego dziecka. Muszę ją stąd wyciągnąć.*

Ale misja musiała być na pierwszym miejscu. Pascal miał co do tego rację. Zbyt wiele żyć było w grze.

Mariska jakby skurczyła się w sobie, patrząc ponad ramieniem Jess, a Jess odwróciła się i zobaczyła, jak Dzhokharov przechodzi przez strefę basenu, z inną dziewczyną pod rękę. Wyglądało na to, że nawet nie dostrzega Mariski.

— Przynajmniej damy ci od niego odetchnąć przez kilka dni — powiedziała Soraya dużo życzliwszym tonem, a Mariska obdarzyła ją małym, wdzięcznym uśmiechem.

— On nie taki zły — szepnęła. — Nie jest brutalny.

Ale lubi czternastolatki — pomyślała Jess i aż ugryzła się w język.

Gdy dziewczyny rozsiadły się na leżakach wokół basenu, Jess zadbała, by wzięła miejsce blisko Mariski; obie wybrały siedzenia w cieniu — Jess nie żartowała, mówiąc, że jej opalenizna pochodzi z kabiny natryskowej. Nie chciała się spalić, a Mariska, z bladą europejską skórą, spaliłaby się jeszcze łatwiej.

— Jak długo jesteś z Dzhokharovem? — zapytała cicho.

— Kilka miesięcy. — Twarz Mariski była spokojna. — Mój ojciec sprzedał mnie jemu, kiedy przejeżdżał przez naszą wioskę i zobaczył mnie.

Jess się zakrztusiła. — Twój ojciec... sprzedał cię?

— To nie tak rzadkie, w Czeczenii. Moja matka byłaby zła, ale ona umarła dwa lata. Ja mam starsze siostry, one gotują i sprzątają dla mojego ojca, ale ja jestem ładna. Generał chciał mnie. Zapłacił mojemu ojcu dużo pieniędzy.

Mariska była bezsprzecznie piękna, nie tylko ładna. Płowe, brązowo-złote włosy z rozświetleniami, koścista twarz z delikatnie spiczastym podbródkiem i jasnymi, trawiasto-zielonymi oczami, drobna figura i niemal krucha aura wokół niej.

— Mój ojciec jest bogaty — powiedziała Jess. — Dość bogaty, żeby dopilnować, że jeśli nie chciałabyś być znaleziona, to nie będzie. Kupić ci nową tożsamość. Kiedy stąd wyjdziemy, chcę, żebyś znalazła sposób, żeby uciec od Dzhokharova i skontaktować się ze mną.

— Dlaczego byś to robiła? Nie znasz mnie. — Mariska spojrzała podejrzliwie.

— Wiem, że nie lubię facetów, którzy kupują czternastolatki, i to mi wystarczy. Mówię serio, Mariska. Mogłabyś mieć zupełnie nowe życie, w Ameryce. Pomogę ci.

— Ty dobra osoba. — Twarz Mariski złagodniała. — Wierzę ci.

— Nie mam telefonu i jestem pewna, że ty też nie, ale dasz radę zapamiętać adres mailowy? — Jess podyktowała jeden z wielu swoich anonimowych adresów, notując w pamięci, żeby ustawić alert na cokolwiek, co mogłoby potencjalnie przyjść od Mariski.

— Pamiętam. — Mariska powtórzyła go. — Jeśli on kiedyś przywiezie mnie do Ameryki, znajdę sposób.

— Znajdź sposób, gdziekolwiek będziesz. Mówiłam ci. Mój ojciec jest bogaty. Załatwię ci nowe dokumenty, nowy paszport. On nawet nie będzie wiedział, od czego zacząć.

Dołączyła do nich wtedy jeszcze jedna kobieta, koreańska tłumaczka pana Yoona. Zatrzymała się, patrząc na kobiety wylegujące się przy basenie, spojrzała na wodę. Drobniutka, szczupła kobieta, ubrana kompletnie nieadekwatnie do klimatu: prosto skrojona granatowa garsonka i bluzka z wysokim kołnierzykiem.

— Nie masz stroju kąpielowego? — rzuciła lodowatym tonem Soraya. — Pożyczyłabym ci, ale chyba by nie pasował. — Wenezuelska piękność spojrzała z zadowoleniem na swój wspaniały biust.

— Och nie, dziękuję — odparła Koreanka twardą, pozbawioną akcentu angielszczyzną. — I tak nie chciałabym wyglądać jak dziwka. — Odwróciła się i odeszła w swoich rozsądnych płaskich pantoflach, zostawiając Sorayę z rozdziawionymi ustami i Jess, która z trudem tłumiła śmiech. Shamingowanie nie było miłe, ale zaczęła Soraya.

Wtedy zaczęli wychodzić mężczyźni; Pascal podszedł i usiadł na końcu leżaka Jess. Przywitała go pocałunkiem, jednocześnie kątem oka śledząc, dokąd idą pozostali. Yoon poszedł za swoją tłumaczką, pewnie wracał do willi, ale inni mężczyźni zajęli miejsca. Soraya, zgodnie ze słowem danym Camili, wstała z leżaka i podeszła do Haywortha, rozciągając się leniwie na sąsiednim krześle i wyraźnie ostro flirtując. Hayworth połknął przynętę; jego wzrok przykleił się do piersi Sorayi wylewających się z czerwonego bikini na sznureczkach.

— No i jaki plan na dziś? — mruknęła Jess, opierając brodę na ramieniu Pascala.

— Plan jest taki, że planu nie ma. Fortuna mówi, że niektóre elementy jeszcze nie są na miejscu. Interesy jutro, dziś rozrywka.

Ich spojrzenia się spotkały i Jess przełknęła frustrację. Z drugiej strony, więcej czasu na rekonesans, może zlokalizowanie drzwi do serwerowni, zdecydowanie się przyda.

— Brzmi uroczo. Chyba pójdę popływać — powiedziała. — Wskakujesz? — Mogli się przytulać i szeptać czułości — przynajmniej tak by pomyślał każdy obserwator — ale nawet najbardziej czuły mikrofon nie wychwyciłby ich słów ponad pluskiem wody.

— Jasne.

Oboje zdjęli wierzchnie ubrania do strojów kąpielowych i wsunęli się do wody; nikt inny jeszcze nie dołączył, siedzieli, rozmawiając i popijając sok lub kawę... albo szampana, bo Josef przyniósł butelkę i zaczął nalewać do kieliszków.

Upić wszystkich wcześnie i zapewnić im rozrywkę, pomyślała Jess. *Nie najgorszy plan.* Bogaci, wpływowi mężczyźni nie lubili czekać. Jess podejrzewała, że Fortuna był bardziej zirytowany, niż okazywał, tym że nie mógł jeszcze przeprowadzić pierwszej aukcji.

— I co ustaliłaś? — wymruczał Pascal, muskając nosem jej szyję.

— Hayworth lubi bić kobiety, a Mariska ma czternaście lat — wyszeptała.

— Jasna cholera. — Pascal zesztywniał, po czym wyraźnie zmusił się do rozluźnienia, wydychając powietrze. — Jess...

— Wiem. Nie po to tu jesteśmy. Ale to istotne; żadna z dziewczyn nie ma żadnej lojalności wobec Fortuny. Dobrze im płacą — Soraya, ta, która rozmawia z Hayworthem, powiedziała, że w Caracas zarabiałaby na to sześć miesięcy. A spójrz na nią. Taka piękność byłaby droga wszędzie.

— Hm. — Pascal lekko skubnął ząbkami jej płatek ucha, a po kręgosłupie Jess przebiegła gęsia skórka. — One wszystkie są pracownicami seksualnymi?

— Tak. Camila — ta, którą Hayworth pobił — mówiła, że jeśli mężczyźni wskażą, one muszą iść.

— Czyli nie ma ideologii, która pchałaby je do zgłaszania czegokolwiek niezwykłego.

— I raczej nic ich też nie uczuli. A Mariska wyraźnie nienawidzi Dzhokharova; jedyna, o którą bym się martwiła, to tłumaczka Yoona. Wiemy w ogóle, jak ma na imię?

— Z pewnością jej nie przedstawił. Traktuje ją jak robota. Ale będzie podzielać jego ideologię, więc uważaj przy niej.

— Pływacie, czy tylko się obściskujecie? — przerwał im wreszcie Breukel, Holender, który do nich dołączył w basenie. — Bo jeśli to drugie, to trzecim byłbym zainteresowany? — Rzucił Jess lubieżne spojrzenie, ale o dziwo, nie czuła się przez niego zagrożona.

— Pascal w zupełności mi wystarczy. — Jess wsunęła głowę pod jego brodę i uśmiechnęła się do Breukela. — Daj spokój. Jest tu pełno pięknych dziewczyn, które z radością dotrzymają ci towarzystwa.

— Tak, ale tylko jedna zdołała mnie jak dotąd rozśmieszyć. — Breukel westchnął, ale uśmiechał się i najwyraźniej wcale nie poczuł się urażony odmową. — Cóż. Nie można winić faceta za próbę.

— Można za próbę po raz drugi, po tym, jak już mu odmówiono. — Ton Pascala był ostrzegawczy.

— Nie martw się o mnie, Montalban. Wiem, co znaczy *nie*. W przeciwieństwie do niektórych. — Spojrzenie, które rzucił w stronę Fortuny, było wymowne.

To było... interesujące. I trochę niepokojące. Czy Breukel ostrzegał ich, że Fortuna mówił coś o tym, by nadal zalecać się do Jess, mimo ostrzeżenia Pascala? I jakie miałby powody, by to zrobić?

Jess uniosła głowę i spojrzała Pascalowi w oczy, widząc w nich odbicie własnych pytań.

— Dawał Breukel jakieś wskazówki, kim mogą być jego klienci? — zapytała cicho, gdy tylko Holender się oddalił.

— Nie. I zaczynam się zastanawiać, czy nie ma przypadkiem klientów podobnych do naszych — wymruczał Pascal.

— Na przykład...

— Interpol — ledwie wypuścił słowo. — Ale nie możemy mieć pewności. Więc nie opuszczaj gardy, bo jeśli się mylę, oboje jesteśmy martwi.

— Zrozumiałam.

— A teraz lepiej wyjdźmy z basenu. Chyba zaczynasz się marszczyć. — Uśmiechnął się zaczepnie.

— Ty. — Lekko uszczypnęła go w żebra. Cóż. Próbowała. Był tak umięśniony i szczupły, że ledwo zdołała złapać choć trochę luźnej skóry.

Pascal tylko się roześmiał, obejmując ją dłońmi w talii i unosząc. Instynktownie oplecionała go nogami w pasie, a on zaniósł ją do krawędzi basenu i podniósł ponad wodę.

Jess nie była niewiniątkiem i Pascal nie był pierwszym mężczyzną, z którym była blisko, ale patrząc w jego złocisto-bursztynowe oczy, szczerze nie potrafiła sobie przypomnieć, by kiedykolwiek czuła z kimś tak silną więź. Mimo bardzo różnych życiorysów, nawet różnicy wieku, wydawali się nadawać na tych samych falach. A przyciąganie, które do niego czuła, było nie do zaprzeczenia. Impulsywnie pochyliła się i musnęła jego usta swoimi.

Pół spodziewała się, że się spiął, odsunie, mimo publiczności. Nie odsunął się. Odwzajemnił pocałunek, palce zacisnęły mu się na jej talii, lekko wbijając.

To było wręcz śmieszne, że drżała w jego ramionach jak nastolatka całowana po raz pierwszy, ale nie potrafiła powstrzymać dreszczu, który przebiegł jej po kręgosłupie.

Kiedy wyszła z basenu, zupełnie inny dreszcz przeszył jej plecy i Jess bez patrzenia wiedziała, że Baz Fortuna ją obserwuje, chciwie śledząc wzrokiem jej ciało. Zmusiła się, by poruszać się wolno, niedbale, wróciła do leżaka i sięgnęła po ręcznik. Każdy instynkt krzyczał, by się nim owinąć, odgrodzić od jego spojrzenia, ale to wzbudziłoby podejrzenia. Zamiast tego osuszyła się obojętnymi klepnięciami, odrzuciła ręcznik na leżak i rozciągnęła się na nim z pozorną swobodą.

— Nie mam telefonu, więc nawet nie posłucham sobie muzy. Nie ma Pan choćby gramofonu czy coś, skoro tu wszystko takie analogowe? — Wykrzywiła wargi w stronę Fortuny.

— Możemy zorganizować trochę muzyki. — Pstryknął palcem na Josefa, który natychmiast się wyprostował. — Jakieś życzenia, Jessico?

Zsunęła okulary przeciwsłoneczne na czubek nosa i spojrzała na niego znad oprawek. — Bez urazy. Ale jest Pan trochę stary. Wątpię, żeby miał Pan coś, co pokrywa się z moim gustem muzycznym.

Kątem oka zobaczyła, jak Pascal odwraca głowę, wyraźnie tłumiąc śmiech. Breukel parsknął, Dzhokharov ryknął śmiechem, a Fortuna wyglądał na urażonego, choć Jess widziała, że próbuje to ukryć. *Za długo jest poza CIA*, pomyślała Jess. *Zapomniał, jak wygląda pokerowa twarz, i aż za bardzo przywykł, że wszyscy mu schlebiają. Zwłaszcza kobiety.*

— Nie znasz swojego miejsca, kobieto. Siedź cicho, bo ci ją zamknę.

Zaskoczona, odruchowo odwróciła głowę, by spojrzeć na mówiącego; Saul Hayworth, syn kaznodziei. Członek sekty. Już otwierała usta, żeby mu odszczeknąć, kiedy między nimi stanął Pascal.

— Jeśli jeszcze raz do niej coś powiesz, urwę ci fiuta gołymi rękami i każę ci go zjeść. — Jego ton był czystą groźbą, gdy górował nad mniejszym, drobniejszym mężczyzną, a Hayworth instynktownie cofnął się przed niebezpieczeństwem, które biło od Pascala, po czym najwyraźniej przypomniał sobie o własnej, urojonej sile. Otworzył usta ponownie, ale Pascal przysunął się bliżej, pochylając, by znaleźć się tuż przy jego twarzy.

— Gówno mnie obchodzi, kim jesteś, kim jest twój tatuś ani ile masz kasy. Zagrozisz mojej kobiecie — odpowiesz przede mną.

— Panowie. — Fortuna zerwał się na nogi i szybko stanął między nimi, choć Jess zauważyła, że nie dotknął Pascala, tylko uniósł do niego dłoń i gestem nakazał mu się cofnąć. — Dość. Saul, nie poczułem się urażony; Jess mnie bawi. Ale nie mogę pozwolić na groźby wobec innych gości.

— To go upomnij! — Hayworth trząsł się — ze strachu czy ze złości, a może z obu naraz.

— Pierwszą groźbę wygłosiłeś ty — powiedział łagodnie Fortuna. — Jess również jest moim gościem.

— Kobieta...

— *Gościem*.

Przez chwilę mierzyli się wzrokiem, po czym Hayworth niechętnie wzruszył ramionami. — Nieważne. — Rzucił jednak w bok spojrzenie pełne goryczy w stronę Jess, a ją nagle ścisnęło w dołku: miała nieodparte wrażenie, że niechcący bardzo pogorszyła sytuację tej, którą wybierze dziś do łóżka. Może Camila miała mimo wszystko szczęście.

ROZDZIAŁ DWUNASTY

DZIEŃ MINĄŁ W DZIWNEJ mieszance nudy i narastającego napięcia. Hayworth warknął coś pod nosem i twardym krokiem odmaszerował do swojej willi. Fortuna wskazał na Sorayę i skinął, żeby poszła za nim; dziewczyna westchnęła, wstała i wyszła.

— Pobił jedną z Pana dziewczyn — powiedziała Jess do Fortuny, najwyraźniej niezdolna trzymać języka za zębami. — Nie sądzę, żeby płacił im Pan dość, by znosiły takie gówno.

Fortuna popatrzył na nią z namysłem. — Jest Pani odważną młodą kobietą, Jess. Wezmę to, co Pani właśnie powiedziała, pod uwagę. — Pogroził jej palcem. — Ale musi się Pani nauczyć, kiedy trzymać język za zębami. W mojej i Pascala branży... spotka Pani wielu facetów z ogromnym ego. Niektórzy z nich nie zawahają się spełnić gróźb.

Skinęła głową, jakby uważnie rozważała jego słowa. — Rozumiem. — Schyliła głowę, niby zawstydzona, po czym dodała: — Po prostu wkurzam się, kiedy widzę, jak ludzie są okrutni bez powodu.

— Jest Pani bardzo młoda. — Nie brzmiało to jak komplement. Fortuna skinął na Pascala. — Przejdzie jej. Albo nie.

Pascal wiedział, co mężczyzna miał na myśli. Albo Jess stwardnieje na tyle, by przetrwać jako dziewczyna handlarza bronią, albo nie, i Pascal uzna, że nie warto się dla niej narażać.

Josef włączył muzykę, puszczoną przez głośniki zamontowane przy altanie obok basenu, a Jess była na tyle rozsądna, by nie komentować playlisty.

W porze lunchu obsługa przyniosła półmiski z jedzeniem i kolejne butelki szampana, a większość towarzystwa stopniowo coraz bardziej się upijała. Pascal i Jess pili z umiarem; widział, jak ona ukradkiem wylewa sporą część w bujne liście palm wokół nich, wykorzystując głównie jego szerokie plecy jako zasłonę.

Dzhokharov zrobił się szczególnie głośny i rubaszny, choć na szczęście zignorował Mariskę na rzecz Adelie, kolejnej z pięknych miejscowych dziewczyn Fortuny, i w końcu zabrał ją do swojej willi w środku popołudnia.

— Możemy też się wymknąć na chwilę. Nie będzie to wyglądało dziwnie — szepnęła Jess do ucha Pascalowi, a on skinął. I tak nikt na nich nie zwracał uwagi. Breukel spał na leżaku, najwyraźniej wciąż dopadnięty przez jet lag, a Yoon i Fortuna grali w szachy; brak wspólnego języka nie był przeszkodą w tej prastarej grze. Josef i dwóch innych mężczyzn siedzieli przy pobliskim stole, pijąc i rozmawiając.

— Robi się chłodniej. Chodźmy na spacer po plaży, zanim weźmiemy prysznic i przebierzemy się na kolację

— zaproponował normalnym tonem, a Fortuna nawet nie podniósł wzroku, tylko uniósł rękę na znak, że słyszy.

Wreszcie będą mogli porozmawiać bez obawy, że ktoś ich podsłucha, i Pascal poczuł, jak napięcie zaczyna go opuszczać, niemal od razu, gdy tylko wyszli poza zasięg uszu grupy wokół basenu.

— Jak wytrzymujesz z tym miesiącami? — mruknęła Jess, kręcąc ramionami, jakby i ona czuła napięcie. — Pilnować każdego słowa?

— Da się przywyknąć. Radzisz sobie świetnie. Szczerze mówiąc, nie potrafię odróżnić, co jest naprawdę tobą, a co twoją personą. Jest bardzo wiarygodna.

— Cóż. — Posłała mu zmęczony, ukradkowy uśmiech. — Jest mocno oparta na mnie. Kilka lat młodsza, dużo bardziej pod kloszem, ale równie skłonna mówić, co myśli, nie oglądając się na konsekwencje.

— Sprytne. Na początku myślałem, że za bardzo pchasz się na radar Fortuny, ale zmieniłem zdanie... uznał cię za naiwną i bardziej kłopotliwą, niż wartą zachodu.

Jess wyszczerzyła się. — Na to liczyłam. Po wczorajszej nocy stwierdziłam, że jest trochę zbyt uważny. Pomyślałam, że pokażę mu, jak dokuczliwa potrafi być dziewczyna z własnym zdaniem. To arogancki drań. Ostatnie, czego chce, to ktoś, kto będzie mu wiecznie odszczekiwać.

— Nie jesteś tylko sprytna jak hakerka, co? — Byli w zasięgu okien niektórych prywatnych willi, więc objął ją ramieniem i przyciągnął mocno do siebie.

— Myślałeś, że jestem nerdem od technologii bez obycia z prawdziwym światem, co? — Trzepotała rzęsami. — Nie masz całkiem nieprawdy, mówiąc szczerze, a my powinniśmy być wobec siebie szczerzy. Lecę na żywioł, ale zawsze wierzyłam, że mam dobre instynkty.

— Masz. — Zawahał się, po czym odwzajemnił się pełną szczerością. — Nigdy nie wątpiłem w twoje umiejętności techniczne, ale ta część? — Wskazał wolną dłonią wokół: ich otoczenie, wyspę, całą sytuację. — To dało mi do myślenia. Ale jestem pod wrażeniem. Gdyby nie było aż tak oczywiste, że świetnie ci idzie, gdy pracujesz na własny rachunek, bardzo bym się starał zwerbować cię do Agencji.

Odchyliła głowę i roześmiała się, wtulając się w niego. — Zabawne. Myślałam o tym samym.

— Co? — Zaskoczony, przystanął. — Ty... chcesz spróbować zwerbować *mnie*?

— Dobrze nam się razem pracuje, nie uważasz? Mogłabym ci płacić dużo lepiej. I nie musiałbyś żyć pod przykrywką jak teraz.

Był tak oszołomiony, że nie wiedział, co powiedzieć, choć Drew Murphy napomknął o dokładnie tym, gdy rozmawiali kilka dni temu w siedzibie Hestii. W końcu ruszył dalej, a Jess dotrzymała mu kroku, idealnie synchronizując z nim tempo.

— To, co robię, jest ważne — powiedział wreszcie.

— Oczywiście, że tak. A jeśli nam się to uda — kiedy nam się to uda, myślmy pozytywnie — liczba ocalonych istnień będzie dosłownie nieobliczalna. Ale jednocześnie, Pascalu — zerknęła na niego spod rzęs. — Jak oceniasz nasze szanse, że się uda, a twoja przykrywka się nie spali?

Znów zamurowało go, bo o tym *nie* pomyślał. Nie wybiegł dalej niż do zatrzymania tych atomówek przed wpadnięciem w niepowołane ręce.

Jess miała jednak rację. Jeśli tu odniosą sukces, wszyscy kupcy, Fortuna i jego ludzie pójdą do więzienia. Najpewniej do Guantanamo; było blisko, a CIA zdecyduje stamtąd, co z kim zrobić, ale Yoon i Dzhokharov najprawdopodobniej zostaną stosunkowo szybko wymienieni do swoich krajów w jakimś układzie quid pro quo. A to znaczyło, że Pascal Montalban nigdy nie mógłby się już pojawić, bo obaj wiedzieliby, iż powinien siedzieć zamknięty, z kluczem wyrzuconym.

Zakładając, że i tak nie będzie musiał całkiem spalić przykrywki, żeby wykonać zadanie.

— Cholera — mruknął pod nosem, uświadamiając sobie, jak to się rozegra. Jeśli im się powiedzie, oczywiście będzie bohaterem w Agencji, ale nie będą mieli wyboru i na stałe zdejmą go z pracy w terenie. Awansowałby za biurko.

Ale... podążył tym tokiem myślenia do końca. Nigdy nie mógłby awansować naprawdę wysoko. Nie na stanowisko z publiczną ekspozycją, bo zbyt wielu ludzi półświatka znało jego twarz. Yoon i Dzhokharov wpisaliby go na listy celów swoich rządów, gdyby tylko się dowiedzieli, że nie jest martwy ani w więzieniu.

— Pomyśl o tym — powiedziała w końcu Jess, przerywając ciszę, która zapadła między nimi, gdy rozmyślał.

— Oferta jest otwarta, kiedy tylko będziesz gotów, niezależnie od tego, jak to się potoczy z twoimi szefami, kiedy to wszystko się skończy. Wiesz, gdzie mnie znaleźć. Przebiję każdą ofertę, jaką złoży ci Agencja... i obiecuję, nie będziesz przykuty do biurka.

— Pomyślę o tym. *Jeśli* przetrwamy — powiedział tonem ostrzeżenia. — Przed nami jeszcze długa droga.

— A propos. — Jej nieposkromiony uśmiech wrócił, dołeczki zaigrały w policzkach. — Co ty na to, żebyś dał mi zgodę na trochę nocnego skradania się? Chcę rozgryźć, jak dostać się do tamtej serwerowni. Twój szef już pewnie wariuje, a Liane będzie się o mnie martwić.

— Masz plan? — Sam miał kilka pomysłów, ale chciał usłyszeć jej. Była wyraźnie piekielnie bystra, z dobrym instynktem taktycznym, i byłby głupi, gdyby nie wykorzystał jej mózgu jako atutu, którym była.

— Jakiś fortel. Fortuna pewnie znów zachęci do imprezy — jest leniwy — co zajmie gości, ale chcemy też czegoś, co zainteresuje jego ludzi.

— Tylko nie sugeruj, że zrobisz striptiz.

Uszczypnęła go w ramię. — Niewiele by się przydał, skoro to ja mam się skradać. Myślałam o kartach. Na początek blackjack. Potem może poker na wysokie stawki. Nawet jeśli strażników nie zaproszą do gry przy stołach, dadzą się wciągnąć w oglądanie.

— Genialne — mruknął. — A ty...?

— Zagram przez pierwszą część wieczoru. Porozdaję trochę karty w blackjacku, może trochę się przy tym popiszę. Potem stwierdzę, że jestem zmęczona, bo dałeś mi w łóżku taki wycisk, i pójdę do łóżka... tyle że od razu wymknę się z powrotem.

Nie podobało mu się to. — Jeśli cię przyłapią...

— Wyprzesz się mnie. — Jej spojrzenie było jasne i spokojne. — Przyznaj, że wpadłeś w pułapkę miodową. Rób, co musisz.

— Będzie chciał, żebym cię zabił. Nie mogę tego zrobić, Jess. Nie rozumiesz, jak głęboko w tym tkwimy.

Zawahała się, potem wzruszyła ramionami, uparcie zaciskając szczękę. — To lepiej, żebym się nie dała złapać.

— Jess...

— Masz lepszy plan?

Nie miał, i mu się to nie podobało. Ludzie Fortuny będą obserwować kupców, jego, o wiele uważniej niż Jess. Mimo że była niewyszkolona w fachu, to i tak ona musiała to zrobić, bo kiedy znajdą serwerownię, to ona będzie musiała wejść do środka. Iść dwa razy — raz, żeby on znalazł drogę, a raz, żeby ona weszła — podwajało ryzyko.

— W porządku — powiedział w końcu cicho. — Zrobimy po twojemu. Ale nie ryzykuj ponad konieczność, a jeśli cię złapią... zabij tego, kto cię złapie.

Tym razem to Jess zastygła zszokowana. — Co?

— Albo ty, albo oni. Jeśli przyłapią cię na skradaniu się i zaciągną przed Fortunę, jesteś martwa. Nie sądzę, żebyś trafiła na więcej niż jednego, dwóch strażników. Zaskocz ich i dasz radę.

— Czym?

— Jeśli będzie ich dwóch, spraw, żeby wyglądało, jakby się pobili i pozabijali nawzajem. — Mrugnął, widząc spojrzenie, jakim go obdarzyła. — Co?

— Ilu ludzi zabiłeś, że mówisz o tym tak lekko?

To było pytanie, na które nie chciał odpowiadać. I nawet nie wiedział, jak. — Zanim w ogóle dołączyłem do Agencji, byłem żołnierzem Rangersów — powiedział w końcu. — Zabijamy. Jesteśmy w tym dobrzy.

Nie musiał pytać, czy pracując w NSA, zdarzyło jej się strzelać do kogoś w gniewie. Tam spędzała czas za bezpieczną zasłoną ekranu komputera, to było oczywiste. Nie zamierzał jednak jej obrażać, pytając, czy da radę. Teraz rozumiała stawkę.

— Chodź. — Ujęła go za rękę. — Musimy wrócić i zaserwować kolejny koncert głośnego, entuzjastycznego seksu, a potem się szykować na kolację. Poczekaj, aż zobaczysz sukienkę, którą założę. Powiedziałam o niej też innym dziewczynom i widziałam, jak niejednej zabłysła w oku iskierka rywalizacji, więc też wyciągną wszystkie atuty.

— Tak, żeby wszyscy strażnicy byli maksymalnie rozproszeni — mruknął Pascal, kręcąc głową. — Masz, cholera, szybki refleks, Jess.

— Oby. — Uśmiechnęła się szeroko.

— Dasz sobie świetnie radę. — Starał się emanować pewnością siebie, której nie do końca czuł. Będzie go zżerało od środka, gdy będzie zmuszony siedzieć przy stole i grać w pokera, podczas gdy ona będzie się skradać w ciemnościach, wykonując właściwą, ważną część misji, ale to było coś, co tylko ona mogła zrobić, i doskonale o tym wiedział.

Sukienka, którą założyła, była po prostu niewiarygodna; połyskujący, morskozielony skrawek jedwabiu, bez pleców i z głęboko opadającym dekoltem z przodu. Patrzył z czystym zdumieniem, jak przykleja ją taśmą dwustronną przy bokach piersi, rzucając do niego przez ramię rozbawiony uśmiech.

— Co, nigdy wcześniej nie widziałeś, jak kobieta przykleja się taśmą do sukienki, żeby przypadkiem nie obnażyć się wszystkim?

— Całkowicie nowe doświadczenie — przyznał Pascal, rozciągając się na łóżku i patrząc na nią z jawną fascynacją.

Roześmiała się, chwytając konturówkę do ust. — Trzymaj się mnie, kolego. Otworzę ci oczy na cały świat nowych doznań.

— Już otwierasz. Za nic bym tego nie przegapił. Nigdy nie miałem takiego widoku.

Jess odwróciła się, z konturówką w dłoni, i uniosła elegancko brew. — Potrafisz powiedzieć naprawdę słodkie rzeczy, skarbie. Przypominasz mi, dlaczego w ogóle się z tobą związałam.

— Tylko to, co *mówię*? — Zszedł z łóżka i podszedł do niej.

— Och. Kilka innych rzeczy też. Biżuteria jest niczego sobie. — Musnęła palcami diament zwisający na złotym łańcuszku na jej szyi... taki, który, jak naprawdę miał nadzieję, nie został kupiony jego kartą kredytową, ale w jej oczach igrały rozbawione iskierki.

— Diablica — mruknął.

— No jasne. — Zachichotała i wróciła do lustra, pochylając się, by obrysować usta. — Będziesz mi winien przynajmniej kolczyki do kompletu, kiedy wrócimy do domu, skoro każesz mi tu cierpieć bez telefonu, nie wiadomo jak długo. I tę bransoletkę tenisową.

— Zasłużysz na jedno i drugie. — Mówił serio i sam jej je kupi.

Jeśli wrócą do domu.

Rozdział trzynasty

Wszystkie spojrzenia zwróciły się na Jess, kiedy weszli do głównego salonu, dokładnie tak, jak to zaplanowała. Dzhokharov, ewidentnie jeszcze bardziej pijany niż wcześniej po południu, zagwizdał ordynarnie.

— Oszałamiająco, Jess. Fortuna podszedł do niej, ujął jej dłoń i z rozmachem ją pocałował. — Doceniam, że się postarałaś, dla tak małej publiczności... nawet nie możesz wrzucić tego na Instagrama!

— Cóż, gdybyś zerknął na moje Insta, wiedziałbyś, że właściwie rzadko wrzucam swoje zdjęcia — odparła Jess zadziornie.

— Szkoda, bo jesteś naprawdę bardzo fotogeniczna. Fortuna posłał jej swój pogodny uśmiech, ten, który nigdy do końca nie sięgał oczu.

— To jaki plan na wieczór? — zapytała wesoło, uśmiechając się do Breukela. — Mam nadzieję, że coś fajnego!

Wystarczył jeden szept słowa *karty*, dyskretnie rzucony, gdy Fortuna rozmawiał z Yoonem i jego tłumaczką, a Dzhokharov natychmiast to podchwycił. Wkrótce Czeczen wręcz domagał się gry, a gdyby ktoś go potem zapytał, pewnie byłby przekonany, że to wszystko jego własny pomysł.

— Mogę rozdawać w blackjacku — powiedziała Jess wesoło. — Chcecie? Masz gdzieś parę talii kart, Baz?

— Jestem pewien, że coś skombinujemy. Fortuna pstryknął palcami na Josefa, który zniknął na kilka minut, a w końcu wrócił z trzema nieźle sfatygowanymi taliami. Rozrywka dla ochrony, zgadła Jess, biorąc talie od Josefa.

— Najlepiej grajmy tutaj, co? — Z wprawą zaczęła mieszać talie razem. — W salonie nie ma porządnego stołu. A przy zamkniętych drzwiach nikt nie zajrzy przez okno po drugiej stronie tej alejki i nie zobaczy, jak zakradam się do serwerowni.

— Bez rozdawania z dołu talii. — Fortuna usadowił się naprzeciwko niej, z kpiącym uśmieszkiem. — Patrzę ci na ręce.

— Nie ośmieliłabym się — odparła skromnie.

— Ale o co gramy? Nie wziąłem gotówki, a bez telefonów nie przelejemy aktywów — powiedziała tłumaczka Yoona, stojąc za ramieniem szefa, gdy ten siadał.

— Żetony. Z góry uzgodnimy, ile są warte. Josef. — Fortuna znowu pstryknął palcami. — Znajdź coś. Zanim wrócisz, zagramy parę rozdań treningowych. Chcę zobaczyć, jak Jess rozdaje.

Umęczony asystent przewrócił oczami za plecami szefa, ale znów się oddalił. Wrócił w końcu z ewidentnie naprędce wydrukowanymi i wyciętymi papierowymi żetonami, każdy z nadrukiem 100.

— Może być. Na początek. — Fortuna wziął stosik, zmierzył Josefa spojrzeniem. — Przynieś więcej.

— Tak jest, proszę pana.

Jess chciałaby pójść za nim, tam gdzie najwyraźniej stał komputer i drukarka, ale mogła tylko siedzieć i rozdawać. I tak lepiej było poczekać, pocieszyła się. Trudno byłoby się włamać do serwerowni, kiedy Josef drukuje w niej hazardowe żetony!

Ciekawe było obserwować różne strategie mężczyzn przy blackjacku. Pascal, Fortuna i Breukel grali bardzo podobnie, dość klasycznie. Yoon był niezwykle ostrożny, choć bardziej obeznany z grą, niż mogłaby się spodziewać. Hayworth był kompletnie brawurowy, a Dzhokharov, mimo upojenia, okazał się naprawdę dobrym graczem. Czeczen szybko uzbierał przed sobą całkiem pokaźny stosik żetonów.

Hayworth, jak to on, szybko zaczął się irytować własną kiepską grą i pod nosem mruczeć, że Jess musi jakoś oszukiwać.

— Nie oszukuje — uciął Fortuna. — Uwierz mi, wiedziałbym. Bardzo pilnuje, żeby zsuwać karty tylko z góry talii, a w tym stroju na pewno nie ma gdzie nic ukryć.

Wokół stołu rozległ się śmiech. Jess podsunęła kartę przed Hayworthem.

— Bez urazy, panie Hayworth, czy dużo Pan grał w tę grę?

Zawahał się chwilę, po czym pokręcił głową. — Nie mogę się pokazywać z takimi rzeczami publicznie, rozumiecie.

— Oczywiście — odparła ze zrozumieniem. — Zakładam, że zna Pan podstawowe zasady, ale jest też kilka prostych strategii, które naprawdę warto ogarniać. Proszę spojrzeć... ma Pan siedemnaście. Jak Pan myśli, co powinien Pan zrobić?

— No, on ma osiemnaście, więc muszę dobierać. — Hayworth wskazał na karty Breukela.

Breukel prychnął, po czym szybkim francuskim wyrzucił: — Co za skończony idiota.

Pascal, Fortuna i, ku pewnemu zaskoczeniu, Dzhokharov parsknęli śmiechem, usiłując go mniej lub bardziej skryć, co w przypadku Dzhokharova znaczyło wcale. Jess starała się ich zignorować.

— Nie gra Pan z *nimi*, panie Hayworth. Jedyna karta, o którą musi się Pan martwić, to ta przede mną, u rozdającego. A to szóstka, widzi Pan? Jest Pan więc w świetnej pozycji. Ja muszę dobierać, dopóki nie dobiję przynajmniej do siedemnastu, co oznacza sporą szansę, że się spalę.

— Och. — Wgapiał się w szóstkę przed nią, potem w ręce pozostałych. — Czyli nie muszę się przejmować, co mają?

— Nie w blackjacku. Grasz tylko przeciwko kasynu. Jeśli później przejdą do pokera, możesz mieć większy kłopot. — Uśmiechnęła się do niego łagodnie. Odkryła kolejną kartę i skrzywiła się. — Ojej. Dama. To daje mi szesnaście... niewiele mam opcji, żeby Pana ograć.

Hayworth wyraźnie się ożywił. Jess uśmiechnęła się do niego i odkryła kolejną szóstkę. — Przebicie.

— Jest! — Hayworth zacisnął pięść, a Jess zsunęła w jego stronę żetony.

— Pozwól, że ci pomogę. Ja dobrze w to gram. — Soraya, piękność, która wcześniej zniknęła z Hayworthem i wróciła bez siniaków, przemknęła za jego plecy, a on posadził ją sobie na kolanach.

— Właśnie. Potrzebuję talizmanu na szczęście.

Fortuna złapał spojrzenie Jess, przechylił głowę w stronę Haywortha i bezgłośnie wymówił coś, czego nie do końca zrozumiała. Zmarszczyła brwi, zdziwiona.

— *Daj mu dobre karty.*

Tym razem odczytała słowa. Spojrzała na swoje dłonie i błyskawicznie pomyślała. Potem znów uniosła wzrok na Fortunę i zrobiła bezradną minę. — Nie mogę — wymówiła bezgłośnie.

Przyznanie się, że potrafi oszukiwać, mogłoby znowu wzbudzić w nim podejrzenia, a chciała, żeby wciąż widział w niej pyskatą, naiwną dziewczynę bez szczególnego doświadczenia.

Fortuna posłał jej łagodny uśmiech i skinął głową, przyjmując odpowiedź. Odwrócił się, by zawołać Josefa z kolejnymi żetonami.

Grali jeszcze godzinę, a potem Jess zaczęła się trochę mylić, parę razy ziewnęła w dłoń. Gdy upuściła połowę kart przy tasowaniu i musiała je niezręcznie zbierać, Pascal zapytał: — Zmęczona, Jess?

— Niestety tak. — Uśmiechnęła się do niego, spuszczając lekko rzęsy z odrobiną zawstydzenia. — Chyba mnie wykończyłeś.

Wokół stołu rozległy się sprośne śmiechy, a ona pozwoliła, by rumieniec oblał jej policzki, trzymając wzrok spuszczony.

— Do łóżka, aniołku — powiedział Pascal. — Obudzę cię, jak wrócę.

— Dobrze. Może któraś z dziewczyn będzie wam rozdawać. Soraya?

— Mogę — odparła swobodnie wenezuelska piękność. — Saul teraz lepiej rozumie, tak myślę.

— Jakoś sobie radzę. — Grał tak ostrożnie jak Yoon, co ograniczało i jego wygrane, i przegrane.

Soraya zajęła miejsce Jess, a ona przystanęła przy krześle Pascala, pochyliła się i go pocałowała. Klepnął ją w tyłek.

— Utnij sobie sen dla urody. Nie żeby ci był potrzebny.

— Och, słodziaku. Za to masz jeszcze jednego buziaka.

— Znajdźcie sobie pokój — rzucił dobrotliwie Breukel.

— Mamy! Ale Pascal ma z wami chłopcami za dużo zabawy, żeby pójść ze mną! — Wydęła usta w udawanym dąsaniu, po czym odeszła, z premedytacją kołysząc biodrami i zerkając przez ramię, żeby upewnić się, że Pascal patrzy.

Patrzyli wszyscy, czego się spodziewała. Szła dalej, chichocząc cicho.

Dziesięć minut później z powrotem skradała się ciemnym korytarzem, który obczaiła poprzedniej nocy, ubrana w czarny strój do skradania, nasłuchując śmiechów dobiegających z jadalni niedaleko stąd. Z podsłuchanych rozmów wywnioskowała, że przerzucili się na pokera, co na pewno zajmie im dłonie i uwagę na dłużej, a pewnie i strażnikom każe się wpatrywać jak zaczarowani. Pascal musiał ich szturchnąć do zmiany gry, żeby każdy był naprawdę pochłonięty.

Kuchnia była cicha i ciemna, obsługa dawno posprzątała i poszła spać. Przemknęła obok, jak cień w mroku, i znalazła kolejne drzwi kawałek dalej wzdłuż alejki. Sprawdziła je.

— Cholera. — Cóż, była przygotowana. Josef na szczęście nie przyjrzał się zbyt uważnie jej zestawowi do manicure, bo zauważyłby, że narzędzia wyglądają nieco inaczej niż w jakimkolwiek kupnym zestawie.

— Dzięki, siostrzyczko — mruknęła, gdy zamek kliknął po zaledwie kilku sekundach ostrożnego manipulowania. Liane spędziła długie godziny, szkoląc Jess w użyciu wytrychów, powtarzając, że nigdy nie wiadomo, kiedy ta umiejętność się przyda.

Uchyliła drzwi o włos i nasłuchiwała; w środku było ciemno, a po chwili ciszy odchyliła je odrobinę bardziej, akurat tyle, by się przez nie wsunąć.

Po drugiej stronie pokoju, do którego weszła, łuk prowadził do kolejnej części wypoczynkowej, której jeszcze nie widziała. Urządzono ją na stację nadzorczą: pół tuzina monitorów stało na kilku biurkach ustawionych w kształt litery U, dwóch gości siedziało w środku. Odwróceni do niej plecami, pochylali się intensywnie nad jednym z monitorów, na którym leciała partia pokera... a kamera była wyostrzona na spektakularny biust Sorayi.

Jess uśmiechnęła się pod nosem, zerkając na drzwi po lewej, które musiały prowadzić do serwerowni, biorąc pod uwagę położenie okna na zewnątrz w alejce. Miały klamkę z zamkiem podobnym do tego sprzed chwili, ale miała nadzieję, że nie są zamknięte. Pokój monitoringu był dość ciemny, jedyne światło biło z ekranów, ale panowała też cisza i każdy dźwięk, który by wydała, mógł sprawić, że dwaj strażnicy odwrócą się do niej.

Zmierzyła wzrokiem wielką kanapę między nią a strażnikami, przykucnęła i przeczołgała się za nią w stronę drzwi do serwerowni. Wyciągnęła ostrożnie dłoń, położyła palce na klamce i bardzo powoli, bardzo delikatnie spróbowała ją przekręcić.

— Kurwa — wymówiła bezgłośnie, zanim znów wyciągnęła wytrychy.

Jeden ze strażników palnął coś grubiańskiego po hiszpańsku i obaj głośno się roześmiali, co przynajmniej dało

Jess szansę wsunąć wytrych w zamek i pospiesznie nim pokręcić.

Nie puścił i zaklęła w duchu, czekając na kolejną okazję. *Powoli i spokojnie — wtedy się wygrywa wyścig.* W głowie rozbrzmiały jej wskazówki Liane.

No tak, ale założę się, że ona nigdy nie musiała otwierać zamka dosłownie za plecami dwóch pijanych strażników. Na stołach między monitorami stał rządek pustych butelek po piwie. Wciąż nie mogła ryzykować najmniejszego hałasu. Nie chciała ich zabijać.

Przy czwartej salwie grubiańskiego śmiechu zamek kliknął, a Jess bezgłośnie wypuściła z ulgą powietrze. Zaczekała na kolejną falę śmiechu, po czym szybkim ruchem wślizgnęła się do środka i bezszelestnie zamknęła za sobą drzwi.

— No właśnie o to chodzi — wyszeptała, rozglądając się. Nie na jej standardy, oczywiście, ale komputery były nowoczesne, a na modemie satelitarnym widziała rządek zielonych lampek. — Chodź do mamusi.

Wsuwając palce pod top i niżej, między piersi, Jess wyciągnęła jeszcze jeden gadżet ze swojej torby sztuczek. Najbardziej ryzykowny ze wszystkich — pendrive. Na wyspę dotarł przykręcony w metalowych obcasach jednej z jej markowych par butów i miała ogromną nadzieję, że przejdzie testy Josefa, choć sama go zbudowała i zaprojektowała tak, by był niewidzialny dla skanerów szukających elektroniki.

Mogłaby to zrobić bez robaków hakerskich zapisanych na tym kluczu. Ale z nimi było to o niebo szybsze, co skracało czas, jaki musiała tu spędzić.

Serwer był zabezpieczony hasłem, ale weszła do środka w niecałą minutę, a trzy minuty później Isla Fortuna Continental po cichu, niewidzialnie przesyłała każdą posiadaną daną do Hestia Global Security. I miała dalej przesyłać każdą nową, dopóki Jess nie każe jej przestać.

Poświęciła jeszcze trzydzieści sekund na bardzo szybką wiadomość do Liane, wypisując nazwiska kupców i to, co Pascal opowiedział jej o oficjalnie martwym agencie CIA Sebastianie Maroneyu, który odrodził się jako Baz Fortuna. Jess aż widziała oczami wyobraźni fale wstrząsów, jakie *to* wywoła w Agencji; nawet niewzruszona zastępczyni dyrektora Spires pewnie straci na moment zimną krew.

Niecałe pięć minut po wejściu do serwerowni Jess wsunęła pendrive z powrotem do stanika i podczołgała się z powrotem do drzwi. Przyłożyła do nich ucho i czekała, po czym po dwóch minutach bezgłośnie warknęła. Cholernie dobre wygłuszenie. Nie słyszała ani dźwięku. Pozostało uchylić je o milimetr i zerknąć.

Mdłości zakręciły jej się w żołądku i na moment zerknęła na okno, rozważając ucieczkę tędy, ale nie byłaby w stanie go za sobą zamknąć, a to groziło tym, że ktoś, kto zarządza tym pomieszczeniem, zorientuje się, że ktoś tu był. Jess była pewna, że nie zdołają odkryć, co zrobiła — była za dobra, by zostawić ślad — ale i tak nie chciała ich stawiać w stan gotowości.

Nie, musiała zaryzykować drzwi. I pamiętać, by je za sobą zamknąć na klucz, tak samo jak zewnętrzne, którymi weszła.

Wziąwszy głęboki oddech, przekręciła klamkę niewyobrażalnie powoli i uchyliła drzwi akurat tyle, by zerknąć.

I natrafiła na zaskoczone spojrzenie Mariski, która właśnie weszła do pokoju innymi drzwiami po drugiej stronie.

Jess zamarła z przerażenia. Przez parę sekund obie tylko wpatrywały się w siebie, a potem jeden ze strażników przy stanowisku monitoringu wstał.

— Co ty tu robisz, kobieto? — zapytał po angielsku z ciężkim akcentem.

— Generał Dzhokharov, on wysłać mnie po więcej wódki. W barze w tamtym pokoju, nic nie zostało. Pan Fortuna mówić, że więcej butelki są tutaj. Tutaj? — Mariska wskazała drugi barek.

— Tak, będą tam. — Strażnik się rozluźnił, znów usiadł. — Bierz, co chcesz.

— Dziękuję. — Mariska już więcej nie zerknęła w stronę Jess, tylko podeszła do barku i zaczęła głośno grzechotać butelkami.

Co dało Jess idealną zasłonę, by po cichu wysunąć się z serwerowni i zamknąć za sobą drzwi na klucz, po czym znów skryć się za kanapą. Poczekała tam, aż Mariska wyjdzie, obawiając się, że strażnicy mogliby odwrócić głowy, żeby zerknąć, jak Mariska wychodzi tamtymi drzwiami, i przyłapaliby ją na skradaniu się przez łuk.

— Ładna dziewczyna — skomentował jeden ze strażników po hiszpańsku, na tyle prosto, że Jess zrozumiała.

— Za młoda — warknął drugi. — Biustu nie ma. Za to ta blond Amerykanka? To jest kobieta.

Jess skrzywiła się, po cichu przeczołgując się przez łuk do zaciemnionego zewnętrznego pokoju. Nie chciała słyszeć, co jeszcze mogliby o niej powiedzieć. A już na pewno nie chciała myśleć, co by zrobili, gdyby ją przyłapali.

Czy Mariska coś powie? Czy rozpoznała Jess przez tę wąską szparę w drzwiach? W zasadzie mogła zobaczyć tylko jedno oko i kawałek twarzy Jess, też w cieniu, ale

Jess miała jaśniejszą skórę niż jakakolwiek inna kobieta na wyspie poza samą Mariską. Nietrudno byłoby złożyć dwa do dwóch.

Nie mogła nic na to poradzić, nawet jeśli Mariska od razu wróciła do jadalni i powiedziała Fortunie, że widziała, jak Jess kręci się tam, gdzie nie powinna. Jedyne, co Jess mogła zrobić, to pobiec tak szybko i cicho, jak się da, z powrotem do willi, wskoczyć do łóżka i udawać, że była tam cały czas, jeśli wpadną strażnicy, żeby ją zgarnąć.

Leżała w łóżku, trzęsąc się od adrenaliny i strachu, ponad godzinę, nim w końcu uznała, że Mariska nic nie powiedziała. Sen jednak wciąż nie przychodził i nadal wpatrywała się w ciemny sufit, gdy Pascal wszedł około trzeciej nad ranem.

— Hej — powiedziała cicho, gdy wsunął się do łóżka obok niej. Po tym, co zobaczyła w pokoju monitoringu, była już raczej pewna, że nikt ich przynajmniej na żywo nie podsłuchuje, choć nagrania jak najbardziej mogły powstawać.

— Przepraszam, że cię obudziłem — wyszeptał.

— Nie spałam. — Dobrze przemyślała kolejne słowa. — Wpadłam dziś na Mariskę. Nie wspominała?

Pascal zesztywniał obok niej. — Nie — powiedział. — Nie słyszałem, żeby przez cały wieczór powiedziała więcej niż dwa słowa. Myślę, że próbuje nie rzucać się generałowi w oczy, biedne chucherko. On bawi się kobietami Fortuny, a Marisce każe tylko nosić i podawać. Pewnie jest za to wdzięczna. To miłe, że zwracasz na nią uwagę.

Jess miała nadzieję, że ma rację, że jej życzliwość wobec Mariski sprawi, iż czeczeńska dziewczyna nic nie powie. Pascal lekko dotknął jej ramienia, a ona przekręciła się na bok i wtuliła w niego, wciąż czując przenikliwy chłód strachu, który ją wcześniej ogarnął.

— Wszystko z tobą w porządku — mruknął łagodnie, gładząc dużymi dłońmi jej plecy w kojącym rytmie. — Świetnie sobie radzisz, Jess. Naprawdę. Wszystko okej?

— Wszystko jest świetnie — wyszeptała. — Lepiej być nie może.

— Tak?

— Tak. — Skinęła głową na jego ramieniu. — Idealnie.

— Dobrze. — Pocałował ją w czoło. — A teraz śpij. Interesy ruszają jutro.

ROZDZIAŁ CZTERNASTY

BYŁO TUŻ PO ŚWICIE, gdy jakiś hałas wyrwał Pascala z głębokiego snu; coś, co nie pasowało do cichego cykania cykad i plusku fal obmywających plażę. Jess spała spokojnie w jego ramionach, jej długie złote włosy rozsypane na poduszce jak jedwabny wachlarz, a on spędził kilka chwil, po prostu na nią patrząc, nie mogąc się powstrzymać. Poznał przez lata, odkąd dołączył do Agencji, wiele pięknych kobiet, niektóre były bystre, ostre i wyrachowane, ale nie sądził, by kiedykolwiek spotkał tak zdumiewającą kombinację urody, inteligencji i współczucia, jaką miała Jess.

— Nic dziwnego, że Fortuna nie może od ciebie oderwać wzroku, aniołku — wyszeptał, muskając lekko jej czoło. — Nawet nie pokazując mu, kim naprawdę jesteś, widać, że jesteś poza moją ligą.

Hałas, który go obudził, rozległ się ponownie, i uniósł głowę, mrużąc oczy. To był silnik łodzi, i to nie eleganckiego jachtu motorowego jak ten, który zabrał ich z Portoryko. Brzmiało to raczej jak tramp, mały frachtowiec.

Zsunął się z łóżka i bezszelestnie podszedł do okna, odchylił nieco zasłony. Wille stały frontem do plaży, ale na skraju widoku zdołał dostrzec jedyny pomost na wyspie. I czterech mężczyzn stojących na nim z dużym wózkiem platformowym.

Wtedy w kadr wpełzła łódź, zardzewiały grat, ten typ małego, anonimowego trampa-frachtowca, który nie zwróciłby na siebie drugiego spojrzenia, podbijając do któregokolwiek nabrzeża na Karaibach z kilkoma dostawami.

Pascala interesowało to tylko z powodu stwierdzenia Fortuny o czekaniu, aż elementy układanki trafią na miejsce. Handlarz bronią był wyraźnie poirytowany, że musi czekać jeszcze dzień, by rozpocząć interesy.

Mężczyźni na pomoście złapali cumy rzucone z małego frachtowca i przycumowali go, ale silniki nie zostały wyłączone. Otworzyli luk, przepchnęli rampę na równi z nabrzeżem, a wózek wtoczono na pokład.

Minutę później zjechał z powrotem z dużą drewnianą skrzynią przypiętą na wierzchu, po czym odjechał w głąb pomostu i zniknął z oczu.

Pascal z chęcią zobaczyłby, dokąd ją zabierają, ale nie odważył się otworzyć drzwi balkonowych, w razie gdyby ktoś wypatrywał obserwatorów. Jeśli miał rację, Fortuna i tak później będzie się popisywał.

Rampę wciągnięto z powrotem na łódź, odcumowano, a tramp pyrkocząc odpłynął, zostawiając smugę czarnego dymu zawisającą w przejrzystym porannym powietrzu na kilka minut, nim się rozwiała.

— Hm. Czy ta skrzynia była wystarczająco duża na trzy walizkowe ładunki jądrowe? Nie sądził. I nie uważał, by Fortuna wkładał wszystkie jajka do jednego koszyka; ten facet nigdy nikomu aż tak by nie zaufał. Nie, uznał, że na tym frachtowcu przywieziono tylko jedną z broni, a dwie pozostałe były prawdopodobnie daleko stąd, szeroko rozdzielone i pilnie strzeżone, w oczekiwaniu na instrukcje dostawy. Obrazy z filmu wprowadzającego, na którym trzy ładunki były w tym samym miejscu, mogły zostać nakręcone miesiące temu.

Tak właśnie zrobiłby to Pascal. I choć go to przyprawiało o mdłości, on i Fortuna przeszli to samo szkolenie w Agencji. Chciałby wiedzieć więcej o Sebastianie Maroneyu; jaka była ścieżka Fortuny do Agencji? Jakie miał tło? Specjalizacje? Do czego go przydzielano, gdy pracował dla Agencji?

Ta niewiedza go niepokoiła. Nigdy nie wchodził w sytuację, nie mogąc wcześniej zrobić pełnej analizy ludzi, z którymi miał się spotkać, a Fortuna był czystą kartą; to, co Pascal zdołał wykopać o jego przeszłości, gdy go badał, było — jak teraz wiedział — oczywistą fałszywką, skoro Baz Fortuna to w rzeczywistości Sebastian Maroney. Pascal wiedział więcej o Yoonie, mimo skrajnej tajności, do której skłonne jest rząd Korei Północnej, niż o Fortunie, i nie podobało mu się, że nie miał sposobu, by zdobyć więcej informacji.

Jess powiedziała mu, co zamierza zrobić z serwerem, jeśli uzyska dostęp, i w pełni to aprobował, bo minimalizowało ich potencjalną ekspozycję, ale jednocześnie zostawiało ich bez sposobu na odbieranie komunikacji od sojuszników na zewnątrz. Nawet proste wyszukanie w Google było niemożliwe — nie to, żeby zaryzykował wpisanie nazwiska Sebastiana Maroneya do wyszukiwarki. Fortuna z pewnością miałby ustawiony system śledzenia i namierzania dla kogokolwiek na tyle głupiego, by to zrobić.

Westchnąwszy, Pascal wrócił do łóżka. Na pomoście nie było już nic do zobaczenia, a on nadal był niewyspany. Musiał mieć się na baczności, jeśli licytacja miała zacząć się dziś.

Jess wtuliła się w niego, mruknęła sennie — Co jest?

— Wygląda, że właśnie przyszła specjalna dostawa.

Poczuł, jak zesztywniała, i otworzyła oczy. — Serio?

— Tak. Pewnie tylko więcej jedzenia albo wódka dla Dzhokharova czy coś. — Zaśmiał się, ale pokręcił głową, patrząc w oczy Jess. — Tylko jedna skrzynia.

— Hm. — Zabrzmiała sennie, ale widział, że jej myśli pędzą. — To nie może być nic dużego.

— Śpij dalej. I tak nic nie możemy zrobić.

Wciąż była jednak spięta. Gładził więc dłoń po jej kręgosłupie, długimi, kojącymi pociągnięciami, których używał poprzedniej nocy, i poczuł, jak Jess niemal natychmiast reaguje, jej ciało miękko wygina się ku niemu.

Jego ciało zareagowało przewidywalnie.

— Przepraszam — wyszeptał przy jej czole.

— Ja nie. — Odchyliła głowę i przycisnęła usta do jego ust.

— Jess — wymamrotał w jej wargi — dlaczego...

— Proszę. — Jej palce zacisnęły się na jego dłoni i przyciągnęła jego rękę do swojej piersi. — Chcę tego, Pascal. Muszę—muszę odciągnąć myśli od wszystkiego. Ty też c hcesz...?

— O, cholera, tak. — Cokolwiek nią kierowało, on chciał. Bardzo.

Ona też; nie dało się udawać zapału, z jakim go obejmowała, niemal ściągając z niego szorty i zaciskając palce na jego kutasie, już stojącym na baczność dla niej. Jednocześnie odwzajemniała jego pocałunki z entuzjazmem, wzdychając mu w usta, jęcząc, kiedy pieszczące palce odgarnęły jej jedwabną piżamę i odnalazły twarde, perliste sutki.

Długą nogę zarzuciła mu na biodro i Jess przysunęła się do niego, sprawiając, że aż zobaczył gwiazdy, gdy jedwabisty materiał spodni od piżamy sunął po bolesnej, wrażliwej skórze.

Prezerwatywy. Miał kilka w zestawie podróżnym w łazience; zeskoczył z łóżka i pognał, by je przynieść, zostawiając Jess z oburzonym pisknięciem, choć roześmiała się, gdy zobaczyła, jak wraca z paczką w dłoni.

— Dobra myśl.

— Ktoś musi. Nie jestem pewien, czy to jeden z twoich genialniejszych pomysłów, ale cholera. — Wzruszył ramionami. — Musiałbym być stuknięty, żeby ci odmówić.

Delikatnie wsuwając się z powrotem do łóżka obok Jess, zawahał się na moment, po prostu wpatrując się w nią i chłonąc, jaka jest piękna, jak leży z odsłoniętymi piersiami, a jej złote włosy rozlane wokół. Sięgnął i nawinął kosmyk na palec.

— To jest cudowne. Ale wiesz... Chyba bardziej podobało mi się niebieskie.

— Serio? — Jej oczy rozbłysły. — Pofarbuję z powrotem, kiedy wrócimy do domu.

— Tak ci pasuje. Tak wyjątkowo jak ty. To jest bardziej... konwencjonalnie ładne.

— Uznałam, że pasuje do sytuacji.

— Pasuje. — Z włosami jak u niebieskowłosej syreny byłaby jeszcze bardziej rzucająca się w oczy, ale nie pasowałaby do wizerunku kobiety, której oczekiwano u boku Pascala Montalbana.

Bardzo jednak pasowała do kobiety, którą Pascal *Montoya* chciał mieć u boku. Niezależnie od tego, czy blond, czy w błękicie.

Spróbował odepchnąć natrętne myśli. On i Jess nie byli prawdziwą parą, a gdy ta misja dobiegnie końca, bardzo prawdopodobne, że już się nie zobaczą.

Chyba że przyjmie jej propozycję pracy, co było zupełnie inną sprawą, o której nie mógł teraz myśleć.

Teraz liczyła się tylko piękna kobieta w jego ramionach i paląca potrzeba, by się z nią kochać.

Jess przesunęła dłońmi po barkach i bicepsach Pascala, lekko ściskając, testując grube mięśnie. — Nie zapuściłeś się, co? — mruknęła.

— Siłownia co najmniej cztery razy w tygodniu — odparł Pascal — przynajmniej kiedy nie tkwimy na prywatnej wyspie, która chyba takiej nie ma. Ani nawet wystarczająco miejsca, żeby pobiegać.

— Ciekawe, jak Fortuna trzyma formę? A może ma prywatną siłownię w tej swojej willi na szczycie wyspy. Jest wystarczająco duża.

— Możemy teraz o nim nie rozmawiać? — poprosił Pascal, a Jess się roześmiała.

— Moje myśli uciekają na boczne tory. Przepraszam.

— Zobaczmy, czy zdołam cię skupić. — Zsunął się niżej po łóżku, zerkając, czy jej to odpowiada. Skinęła głową, wplatając palce w jego włosy, gdy opuszczał głowę do jej piersi, delikatnie liżąc sutek, doprowadzając go do twardej, bolesnej pestki, zanim objął go wargami i zaczął ssać.

Jess jęknęła, wyginając plecy, zaciskając palce w jego włosach, unosząc nogi, by spleść je z jego. Pascal sam też stęknął, ale trzymał się wyznaczonego zadania, postanowił nie być samolubny i nie szukać własnej przyjemności, zanim nie upewni się, że Jessikah dojdzie pierwsza.

Dawała mu znać, co lubi, czego chce, bo oczywiście, że tak. Bierność nie leżała w jej naturze. Naprowadziła go na drugą pierś, a po kilku minutach położyła mu dłoń na czubku głowy i delikatnie popchnęła w dół.

Z radością przyjął jej wskazówki, zsunął się niżej, ułożył między jej udami i wtulił twarz w jej cipkę, najpierw liżąc ją lekko, kreśląc czubkiem palca wokół łechtaczki, znajdując ją już wilgotną. Jej biodra zafalowały, zapraszając go dalej, więc wsunął ramiona pod jej uda i zanurzył w niej twarz.

Pascal doskonale wiedział, co robi, i wystarczyło kilka sekund pracy jego utalentowanego języka i palców, by Jess przewróciła oczami i chwyciła prześcieradło pod sobą, unosząc ciało w łuk, gdy wyrwał jej się bezsłowny okrzyk.

Nie przestawał, utrzymując nacisk w idealnym punkcie, by przedłużyć orgazm tak długo, jak się da, aż stała się zbyt wrażliwa i błagała, żeby przestał, wysokim, oddechowym głosem, kołysząc biodra w dół i od niego.

— Potrzebujesz przerwy? — Pocałował wewnętrzną stronę jej uda, sunąc w stronę kolana. — Dam ci pięć minut, a potem zakładam prezerwatywę i będę cię pieprzył, aż będziesz krzyczeć moje imię.

— Chyba już krzyczałam twoje imię — wymamrotała, bezwładna, upojona przyjemnością, ale już czując, jak jej ciało budzi się na nowo na obietnicę, którą złożył.

— Chcę usłyszeć to głośniej.

Niski, seksowny pomruk jego głosu na jej skórze sprawił, że zadrżała, gdy potrzeba znów przebiegła przez nią jak ogień.

— Nie chcę, żebyś czekał pięć minut. — Jęknęła, chwytając go za ramiona, próbując wciągnąć go na siebie.

— Niecierpliwa z ciebie kobieta. — Cicho się zaśmiał, szarpiąc się z opakowaniem prezerwatywy. — Na pewno?

Ich oczy się spotkały i skinęła głową. — Na pewno.

Nie była pewna, co będzie potem — czy zrobi się między nimi niezręcznie — ale teraz nie było na świecie niczego, czego chciałaby bardziej, niż kochać się z Pascalem. Odstręczała się od tego sformułowania, ale wiedziała, że — przynajmniej dla niej — to było coś więcej niż seks. Coś więcej niż tylko podrapanie swędzącego miejsca, więcej nawet niż nieuniknione napięcie seksualne, które dochodzi do wrzenia z powodu bliskości i stresu, pod jakimi byli.

Jego dłonie były delikatne, gdy rozszerzał jej uda i klękał między nimi. Wydawało jej się, że w jego oczach widzi zachwyt, a podejrzewała, że w jej własnych była pewnie i trwoga, i podziw, bo był wspaniałym widokiem — sama potęga mięśni, falujących pod brązową skórą, gdy się do niej pochylał.

— Jessikah. — Wyszeptał jej imię w jej usta, gdy pochylił się, by ją pocałować. — Jesteś. *Niesamowita*.

— O, mój... oooo. — Oddech uciekł jej w westchnieniu, gdy wsunął czubek członka w nią, naciskając delikatnie. — Łaaał. Och.

— W porządku? — upewnił się jeszcze raz.

— Bardziej niż w porządku, nawet się nie waż teraz przestać! — Wbiła paznokcie w jego ramiona, próbując wciągnąć go głębiej.

— Nie spiesz się tak — zganił ją, ale słyszała napięcie w jego głosie, widziała drobny dygot bicepsów, gdy unosił się nad nią.

— No dalej, chodź ze mną! — Oplotła nogami jego biodra, uniosła się z łóżka i jednym ruchem wciągnęła go do samego końca.

Pascal wydał z siebie dźwięk niemal jak ryk, zaciskając pięści w poduszce po obu stronach głowy Jess. Przez moment trwał bez ruchu, głęboko w niej, jego złote oczy pociemniały, gdy patrzył w jej oczy. A potem zsunął jedną dłoń, by objąć jej pośladek, uniósł jej biodra dokładnie tam, gdzie chciał, i *pchnął*.

To było dokładnie, precyzyjnie to, czego chciała Jess. Tarcie, nacisk i rozkosz szybko narastały, aż rzeczywiście krzyczała jego imię, kurczowo się go trzymając i błagając o kolejne spełnienie.

— Bierz to — wycharczał Pascal, i nagle ich odwrócił, przetoczył się na plecy i posadził ją okrakiem na sobie. — Wsiądź na mnie i weź, czego chcesz. — Jego kciuk wsunął się między ich ciała, odnalazł jej łechtaczkę i zatoczył kółka na mokrym, śliskim guziczku. — Chcę poczuć, jak dochodzisz na mnie.

Miał to życzenie dostać — i to bardzo szybko. Biodra Jess zafalowały, uda napięły się, a ona ujeżdżała go w szalonym galopie, na oślep goniąc drugi orgazm.

— Właśnie tak. O, kurwa, jak dobrze! — głos Pascala przeszedł w ochrypły krzyk, gdy Jess zsunęła się przez krawędź, a jej wnętrze zadrżało i zacisnęło się na jego kutasie. — Ahhh... *Jess*! — Wyrzucił jej imię, dłonie zacisnął mocno na jej biodrach, przyciągając ją blisko, gdy wygiął się pod nią, jego oczy utkwione w jej twarzy. Patrzył na nią z dziką intensywnością.

— O rany, Pascal. — Opadła na jego pierś, szybko oddychając, słysząc, jak jego serce dudni pod jej uchem, choć równie prędko wraca do spokojnego, miarowego łomotu. Oboje byli spoceni, przyklejeni do siebie, ale miała to w nosie. Chciała się tylko przytulić, w euforycznej poświacie po dwóch spektakularnych orgazmach, i czuć przyjemne brzęczenie w całym ciele.

— Istotnie. — Ciepła dłoń sunęła w górę i w dół jej kręgosłupa w tym wolnym, kojącym geście, którego lubił używać; Jess ze zgrozą zauważyła, że zaczyna się do tego niepokojąco przyzwyczajać, coraz bardziej lubić, gdy Pascal dotyka jej w ten sposób.

Już odpływała w sen, zmęczona i do cna zaspokojona, kiedy poczuła, jak Pascal porusza się pod nią.

— Muszę pozbyć się prezerwatywy — mruknął w jej włosy, zanim delikatnie zsunął ją z siebie na materac. Poczuła pocałunek na policzku i jak zsuwa się z łóżka... ale kiedy wrócił, spała już twardo.

Rozdział piętnasty

Zawinąć się z powrotem z Jess w ramionach, ciepły, syty i nagi — to był jeden z najspokojniej rozkosznych momentów w życiu Pascala. Nie pamiętał, żeby kiedykolwiek czuł się tak spełniony.

To uczucie było niebezpieczne. Zwłaszcza biorąc pod uwagę to, co widział na nabrzeżu niespełna godzinę wcześniej, i to, co mogło wydarzyć się później tego dnia, bo Fortuna nie zamierzał długo zwlekać z rozpoczęciem aukcji.

Musiał odpocząć, póki może, ale mimo przyjemności szumiącej mu w żyłach leżał rozbudzony, słuchając miękkiego oddechu Jess, aż do drzwi willi zapukano, a głos Josefa zawołał jego imię.

Pascal ostrożnie wysunął się z łóżka, nie chcąc budzić Jess, i naciągnął szorty, zanim podszedł do drzwi.

— Ciszej — powiedział, otwierając drzwi akurat, gdy Josef znów pukał. — Jess jeszcze śpi i robi się marudna, jeśli obudzić ją za wcześnie.

Josef tylko na niego spojrzał. — Pan Fortuna prosi pana do jadalni — oznajmił.

— Teraz?

— Za trzydzieści minut.

Pascal przyjrzał się mężczyźnie. Josef był najwyżej asystentem, to było oczywiste, ale i tak... można było tu wyciągnąć coś pożytecznego, jeśli tylko zadało się właściwe pytania. — Wreszcie przechodzimy do rzeczy? — zapytał, nonszalancko opierając się o framugę. — Najwyższy czas. Miejsce ładne i w ogóle, ale nie jestem w nastroju na wakacje.

— Na razie tylko informacja — odparł Josef. — A pan Montalban? Niech pan zostawi swoją kobietę, niech śpi.

Pascal zwęził oczy. — Założę się, że Yoonowi nikt tego nie powiedział — odburknął zaczepnie.

— Tłumacz pana Yoona jest potrzebny. — Josef posłał mu pełne rezygnacji spojrzenie. — A złośliwy język pańskiej kobiety — nie.

Na taką opinię Josef nie odważyłby się, gdyby nie był bardzo pewien, że jego pracodawca ją podziela — co znaczyło, że Fortuna prywatnie wyrażał dezaprobatę wobec krnąbrnej postawy Jess. Co było nawet odrobinę uspokajające; Pascal nie sądził, by Fortuna dalej uganiał się za Jess, odkąd zorientował się, że nie jest ona ładną, przymilną ozdóbką.

Oczywiście to nie znaczyło, że Jess była bezpieczna. Fortuna nie był jedynym mężczyzną na wyspie, któremu się podobała, a każdy z nich był niemoralnym draniem, który bez wahania by ją zgwałcił, gdyby uznał, że ujdzie mu to na sucho. Pascal miał nadzieję, że wszyscy zbyt się go obawiają, by się odważyć, ale w kontakcie z ludźmi funkcjonującymi daleko poza prawem — albo w ogóle nieuznającymi żadnej władzy — nic nie było pewne.

— Będę — powiedział i zatrzasnął Josefowi drzwi przed nosem.

— Kto to był? — Jess siedziała już na łóżku, włosy spływały jej na ramiona, a on na moment przystanął, zachwycony, jak seksownie wygląda potargana snem, z białą pościelą ledwie okrywającą piersi.

— Josef. Wygląda na to, że wreszcie coś rusza. Muszę iść na spotkanie z Fortuną w jadalni.

— Tak?

Aż kipiała od pytań, których nie mogła zadać. Uśmiechnął się do niej, idąc do łazienki, ale głos utrzymał płaski i spokojny.

— Obawiam się, że nie jesteś zaproszona. To biznesowa część wyprawy, Jess. *Mój* biznes. Idź poleżeć przy basenie z innymi dziewczynami. Albo zostań tutaj, a ja poślę kogoś z jedzeniem, jeśli jesteś głodna.

— Skoro spotykacie się w jadalni, to pewnie coś wystawią przy basenie. Jestem *głodna* — mruknęła, jakby głośno myślała.

Zrozumiał. Siedzenie samej w willi i czekanie, aż wróci, byłoby dla niej torturą — tak jak dla niego, gdyby zamienili się rolami.

— Idź. Baw się. Wczoraj chyba kogoś poznałaś, hm?

— Skarbie. — Wpuściła w ton pogardę, choć mina nijak się miała do słów, i wiedział, że gra pod niewidzialnych podsłuchujących. — Naprawdę sądzisz, że zaprzyjaźnię się z tamtymi dziewczynami? To pracownice seksualne. Poza Mariską, która jest dosłownie nieletnią ofiarą handlu ludźmi. Jest mi jej żal — ich wszystkich, szczerze mówiąc — ale nie sądzę, żebyśmy kiedykolwiek zostały *przyjaciółkami*.

— Nie bądź jędzowata. To do ciebie nie pasuje. — Puścił do niej oko, dając do zrozumienia, że wie, iż nie mówi tego, co naprawdę czuje.

— Nie widziałeś mnie w moim skórzanym stroju Catwoman. Jestem *boska*. — Odwzajemniła uśmiech.

— Aż za dobrze potrafię to sobie wyobrazić! — Musiał wziąć prysznic i wynieść się z willi, zanim znowu się rozproszy. Zamknął drzwi łazienki i odkręcił wodę, stanowczo tłumiąc impuls, by zawołać Jess do środka i podzielić się z nią gorącym prysznicem.

— Jak miło, że do nas dołączyłeś — powiedział Fortuna z lekką ironią, gdy Pascal wszedł do jadalni.

Pascal rozejrzał się, unosząc brwi. — Jestem spóźniony? Nie widzę pana Haywortha. Nie przyjdzie?

— Jestem — warknął kaznodzieja, wchodząc za Pascalem, choć powstrzymał się od rozepchnięcia go barkiem. — Co niby jest tak piekielnie ważnego, że trzeba mnie było wyciągać z łóżka? Byłem *zajęty*.

— Mam nadzieję, że nie wyładowywał pan tego złego humoru na kolejnych moich dziewczynach, panie Hayworth. — Fortuna spojrzał na niego z nieukrywaną niechęcią. — Nie lubię widzieć ich posiniaczonych.

— To tylko dziwki. — Hayworth wzruszył ramionami. — Płacić im więcej.

— Wie pan, że prostytutki, które pozwalają się bić, zwykle mówią o tym z góry i liczą sobie odpowiednio? —

powiedział z obrzydzeniem Pascal. — To nie pan decyduje, czy to jest w ofercie, czy nie.

Hayworth zmierzył go ponurym spojrzeniem.

Nieczując najmniejszego strachu, Pascal odparł mu wzrokiem. — Musi pan udowodnić, jaki z pana wielki facet, bijąc kobiety, co? — rzucił z pogardą.

— Spokojnie, Montalban. — Dzokharow położył mu dłoń na ramieniu, ale ostrożnie, podchodząc z boku. — Nie ma co się żreć między sobą.

— On nie jest jednym z nas i nie podoba mi się, że tu jest. — Pascal uparcie podjął temat, który poruszył wczoraj przy śniadaniu z Fortuną i Breukelem. Długo budował reputację swojej postaci; dla Pascala Montalbana zaufanie było wszystkim. Wolał robić interesy bezpośrednio, z ludźmi o sprawdzonych, uczciwych zasadach, i było całkiem w jego stylu wejść na noże z kimś takim jak Saul Hayworth — kompletnym outsiderem w świecie handlu bronią i do tego chamskim.

— Cóż, jest opcja, żeby pan dziś wyjechał — odparł pogodnie Fortuna.

— Myślałem, że jesteśmy tu na czas trwania sprzedaży? — Pascal odwrócił się do niego jak wilk. — Żeby nikt nie mógł wyjechać i zdradzić, co się tu dzieje?

— Spokojnie. — Fortuna wykonał pojednawczy gest. — Wykazaliście się dużą cierpliwością — zwrócił się do oczekujących gości — i wszystkie elementy są już na miejscu, więc pora, żebym jasno przedstawił warunki aukcji. Proszę za mną.

Pomaszerowali za nim, z powrotem do lobby, przez drzwi za tym, co kiedyś było recepcją, i do dużego pomieszczenia biurowego, zupełnie pustego poza dwoma mężczyznami stojącymi po obu stronach ciężkich drzwi.

To byli pierwsi widocznie uzbrojeni strażnicy, jakich Pascal widział na wyspie; choć był niemal pewien, że Fortuna nosi broń — i pewnie Josef oraz inni jego pomocnicy także — ich pistolety były ukryte. Ci strażnicy natomiast trzymali karabiny AR-15.

Fortuna wyjął z szyi klucz na łańcuszku i otworzył drzwi, ukazując to, co niegdyś musiało być hotelowym skarbcem.

Teraz stała w nim tylko skrzynia, którą Pascal widział wcześniej rozładowywaną z małego trampowca, z uchylonym wiekiem odsłaniającym zawartość.

Jedna z twardych walizek mieszczących ładunki jądrowe.

— Tylko jedna? — zapytała tłumaczka po tym, jak pan Yoon szybko coś wygłosił po koreańsku. — Gdzie są pozostałe dwie?

— Całkowicie bezpieczne, zapewniam. Środki ostrożności, rozumiecie; potrzebowałem zabezpieczenia na wypadek, gdyby ktoś z was okazał się wtyką i wszyscy zostalibyśmy zgarnieni przez rząd USA. — Fortuna z dumą uśmiechnął się do ładunku. — Wymieniłbym je na wolność.

— A nas zostawiłby pan na zgnicie — mruknął Breukel, zerkając ukradkiem na Pascala z krzywym uśmieszkiem.

— To tylko biznes, przyjacielu. Tylko biznes. — Fortuna zamaszyście wskazał walizkę. — Więc. Jeśli ktoś chciałby obejrzeć towar? Mam tutaj licznik Geigera i, o ile mi wiadomo, dr Choe ma doktorat z fizyki jądrowej.

Pascal poczuł, jak rozszerzają mu się oczy ze zdumienia, i nie on jeden odwrócił się, by wlepić twarde spojrzenie w drobną północnokoreańską tłumaczkę.

— To *ona* jest nabywcą? — wydusił z niedowierzaniem Hayworth.

— Nie, pan Yoon jest nabywcą. Każdy z panów miał możliwość przywieźć osobę towarzyszącą, jak pamiętacie. Nie precyzowałem, jakie kwalifikacje mogą tę osobę wykluczać lub nie. — Fortuna uśmiechnął się złośliwie, zdecydowanie w stronę Haywortha. — Jeśli zlekceważył pan dr Choe ze względu na jej płeć, to wyłącznie pański problem.

— Wystarczy mi jej słowo — powiedział Breukel, a Pascal skinął z aprobatą.

— Mnie też. Jeśli urządzenie nie byłoby dobre, zakładam, że doradzi pani panu Yoonowi, by nie licytował? — zwrócił się bezpośrednio do drobnej tłumaczki, a ta skinęła głową.

— Zgadza się, panie Montalbanie.

— A ja chciałbym przyjrzeć się z bliska, jeśli pani nie ma nic przeciwko — dodał Pascal.

— Jak pan sobie życzy.

— Róbcie, jak chcecie. Ja zostaję tutaj. Byłem w Czarnobylu — burknął Dzokharow. — Nie potrzebuję więcej promieniowania w kościach.

Hayworth też się zawahał i pozostał na zewnątrz wraz z Czeczenem, Yoonem i ludźmi Fortuny. Sam Fortuna wszedł do środka z Pascalem, Breukelem i dr Choe.

— Kombinacja? — poprosiła dr Choe, a Fortuna wydobył z kieszeni kartę i podał jej.

Pascal patrzył, jak dr Choe otwiera walizkę i zaczyna oględziny urządzenia w środku. Sprawiała wrażenie, jakby odhaczała w głowie listę kontrolną, metodycznie obchodząc cały skomplikowany układ delikatnej elektroniki.

Pascal znał się dość, by być niemal pewnym, że patrzy na prawdziwą bombę walizkową. Brakowało kilku elementów — choćby detonatora; wyglądało na to, że nie ma sposobu, by to odpalić, co w tej chwili było zdecydowanie pocieszające.

— Detonator? — spytała wtedy Choe, potwierdzając domysł Pascala.

— Nie jest dostarczany. Nie chcemy przecież przypadkowych odpaleń, prawda? Jestem pewien, że ktoś o pani kwalifikacjach bez trudu złoży własny, ale jeśli zajdzie potrzeba, mogę je dostarczyć. Za drobną dodatkową opłatą, oczywiście.

— Oczywiście — powtórzył sucho Pascal.

Dr Choe skończyła inspekcję i z kiwnięciem głowy cofnęła się. — Imponujące dzieło inżynierii. — W jej oczach błyszczał żar i Pascal widział, że aż ją świerzbi, by rozebrać urządzenie dalej, poznać każdy drobiazg, który sprawiał, że działa. Poznać, jak je skopiować.

A na to nie mógł absolutnie pozwolić.

Yoon zawołał coś z zewnątrz, Choe odpowiedziała mu po swojemu, po czym znów przeszła na angielski: — Tak. Urządzenie jest dobre. Rekomenduję zakup.

— Dziękuję. — Pascal uprzejmie skinął jej głową i, po jeszcze jednym, tęsknym spojrzeniu na urządzenie, Choe wyszła, by dalej rozmawiać ze swoim szefem.

— To kiedy zaczynamy licytację? — zapytał Breukel, gdy Fortuna znów zamknął walizkę.

— Po południu. Pierwszą licytację. — Fortuna gestem kazał im wyjść z sejfu, zamknął drzwi, przekręcił zamek i odwrócił się do grupy kupujących. — A teraz pora, bym podał resztę warunków tej sprzedaży.

Wszyscy patrzyli na niego w milczeniu, czekając. Fortuna wyraźnie się tym delektował, popisywał się trochę przed uzbrojonymi strażnikami, przechadzał się i uśmiechał pod nosem.

— Przeprowadzę trzy aukcje. Na każdej z nich każdy z panów dostanie tablet i możliwość złożenia oferty. Gdy wszystkie oferty spłyną, otrzymacie numer od 1 do 5, określający waszą pozycję w licytacji. Dostaniecie jeszcze dwie kolejne okazje do licytowania. Osoba zajmująca pierwsze miejsce na koniec aukcji zostanie ogłoszona zwycięzcą i, po zakończeniu transferu środków, natychmiast opuści wyspę. Państwa zakup zostanie dostarczony w dowolnie wskazane miejsce na świecie w ciągu 72 godzin.

— Chwileczkę — odezwał się Breukel. — Chce pan powiedzieć, że zwycięzca pierwszej aukcji musi od razu wyjechać? Nie zostaje na drugą i trzecią?

— Zgadza się.

— Ale mój klient chce kupić wszystkie trzy urządzenia!

Fortuna uśmiechnął się jak rekin, czujnie obserwując. — Nie sądzę, by było fair pozwolić jednemu nabywcy zawłaszczyć wszystkie urządzenia. Jest was pięciu. Urządzenia są trzy. W ten sposób tylko dwóch z was obejdzie się smakiem... a wolę mieć wkurzonych na siebie dwóch niż czterech.

— Powinien był pan nam to ujawnić, zanim przyjechaliśmy — warknął Breukel.

— A więc dla pańskiego klienta to układ albo wszystko, albo nic? W materiale ofertowym jasno powiedziałem, że będziecie mieli trzy okazje, by licytować *jedno* z urządzeń. To nie mój problem, jeśli pański klient coś sobie dopowiedział. Wycofuje się pan całkowicie ze sprzedaży? Mam kupca w rezerwie, który wskoczyłby na miejsce każdego, kto zrezygnuje, ale musiałbym opóźnić pierwszą aukcję do czasu, aż dotrze... i oczywiście, z powodów już podanych, nie mógłby pan wyjechać aż do zakończenia wszystkich trzech aukcji, panie Breukel.

Breukel wyglądał na wściekłego, lecz w końcu wzruszył ramionami. — Miałem polecenie kupić wszystkie trzy sztuki, jeśli to możliwe, ale jestem pewien, że mój klient uzna, iż lepsze to niż nic. Nie, zostaję w grze.

— Doskonale. Reszta wciąż w grze? — Fortuna spojrzał po kolei na każdego, a oni kolejno potwierdzali skinieniem. — W takim razie zaczynamy po południu. Obiad już gotowy; spotkajmy się ponownie o czternastej i rozpoczniemy pierwszą aukcję.

— Kiedy odbędzie się druga i trzecia? — zapytał Pascal, gdy pozostali zaczęli kierować się ku drzwiom.

— Myślę, co 48 godzin. Daje mi to czas na dopięcie dostaw po każdej z nich. W międzyczasie możecie korzystać z mojej gościnności... i ewentualnie przemyśleć swoje budżety, jeśli jesteście daleko od zwycięskiej oferty. Tyle że, rzecz jasna, nie będę zdradzał wysokości zwycięskich stawek. — Uśmiechnął się krzywo.

— Chciałbym skonsultować się z moim klientem — powiedział Breukel, gdy wrócili do jadalni, gdzie rozstawiano duży bufet.

— Nie — odparł Fortuna. — Jasno zaznaczyłem, że nie będzie żadnej komunikacji ze światem zewnętrznym do czasu zakończenia sprzedaży, z wyjątkiem aranżowania transferu płatności po uzgodnieniu ceny. Nie mogę robić wyjątków, Dieter. Rozumiesz. Obawiam się, że będziesz musiał zdać się na własny profesjonalny osąd.

Breukel wyglądał na skrajnie poirytowanego i Pascal doskonale wiedział, co czuje. Rozciągnięcie aukcji w czasie wrzucało wielki kij w szprychy. Musiał uważać, by przypadkiem nie przelicytować i nie kupić któregoś z dwóch pierwszych ładunków, bo musiał wiedzieć, kto kupi je wszystkie. Ale jednocześnie musiał ufać, że robak Jess w komputerach robi swoje i przechwyci oraz przekaże dość informacji, by CIA zdołała przechwycić pierwsze dwa, zanim zostaną dostarczone nabywcom. Bo w innym razie nie zdążą opuścić wyspy, by na czas przekazać Agencji to, co wiedzą, zanim przynajmniej pierwsze urządzenie zostanie doręczone.

Wtedy Jess wmaszerowała tanecznym krokiem, z pozostałymi dziewczynami depczącymi jej po piętach — najwyraźniej jeden z pachołków Fortuny zawołał je na obiad.

— Cześć, kochanie, umieram z głodu, przy basenie nic do jedzenia nie było. — Podskoczyła do niego i cmoknęła go w usta. — Załatwiłeś interesy?

— Pierwszą część. Poważne zaczynają się po południu i możliwe, że jeszcze dziś wieczorem stąd wyjedziemy.

— Tak? — uniosła na niego brwi.

— Dziś pierwsza z trzech licytacji. Zwycięzca od razu wyjeżdża.

— Och. — Mrugnęła. — Myślałam, że chcesz kupić wszystkie trzy?

— Tak, najwyraźniej nie tylko ja miałem taki plan. Breukel też chce wszystkie trzy, ale Fortuna ustalił zasady. Nie więcej niż jedna na kupującego.

Mówili cicho, ale nie starali się ukryć, że rozmawiają o interesach. Nikt nie zaszczycił ich nawet drugim spojrzeniem — wszyscy byli skupieni na nakładaniu jedzenia i siadaniu.

— Kiedy będą pozostałe licytacje? — zapytała Jess, nakładając sobie sałatkę na talerz.

— Co drugi dzień. — Pascal zerknął na północnokoreański duet, rozmawiający po swojemu po drugiej stronie stołu. — Okazuje się, że tłumacz Yoona to nie tylko tłumacz. Jest fizyczką jądrową. *Doktor* Choe.

— Łał. Dobrze to ukrywali. — Jess pokręciła głową. — Nie żeby się odzywała do czegokolwiek poza tłumaczeniem. Wczoraj prawie nazwała Sorayę dziwką. Najwyraźniej nie zamierza mieszać się z nami, dziewczynami.

— Przydało się jednak. Potrafiła ocenić towar, lepiej niż ja bym potrafił.

— I to jest to, na co liczyłeś?

— Na to wygląda. Oby budżet mojego klienta to udźwignął.

— Zaraz się przekonamy.

Rozdział szesnasty

Jess była przekonana, że kiedy aukcja się zacznie, każą jej wyjść razem z innymi dziewczynami, ale wyglądało na to, że Fortuna chce większej widowni. Pyszniąc się, przechadzał się tam i z powrotem, robiąc wielkie przedstawienie z rozdawania pięciu tabletów; Jess aż świerzbiły ręce, żeby jeden dorwać, ale zmusiła się, by siedzieć spokojnie i poprzestać na zerkaniu na ekran Pascala. Był na tyle uprzejmy, że niby od niechcenia trzymał go pod takim kątem, żeby łatwo jej było widzieć.

Wyglądało na to, że zainstalowana była tylko jedna aplikacja, prosta, niestandardowa, która po otwarciu oferowała jedynie klawiaturę numeryczną, klawisz Delete i klawisz Enter.

— Macie dwie minuty, by wpisać ofertę startową i nacisnąć klawisz Enter — oznajmił Fortuna. — Wszystkie oferty mają być składane w dolarach amerykańskich, choć oczywiście, jeśli to pańska oferta okaże się najwyższa, będzie można uregulować należność w dowolnej stabilnej walucie lub kryptowalucie. Po upływie dwóch minut na ekranie pojawi się pańska pozycja w aukcji i będą mieli panowie możliwość licytować jeszcze dwa razy.

— Czy będziemy znać wysokość najwyższej oferty? — zapytał Dzhokharov.

— Nie, chyba że zwycięzca zechce panów o tym poinformować. — Fortuna uśmiechnął się pod nosem. — Do klawiatur, panowie. Dwie minuty startują teraz. — Podniósł własny tablet i na pokaz zaczął stukać w ekran.

Natychmiast u dołu ekranu Pascala pojawił się licznik i zaczął odliczać.

Jess nie traciła czasu na patrzenie, co Pascal wpisuje. Miał na to własną strategię, była tego pewna, zapewne podyktowaną przez CIA, choć świadomość, że musi celowo przegrać dwie pierwsze aukcje, pewnie przyprawiała go o zgryz. Będzie musiał przeliczać wszystko na bieżąco, tak dobrać kwotę, by przegrać, ale nie za bardzo.

Zamiast tego Jess obserwowała innych licytujących. Yoon i doktor Choe pochylili głowy, a Choe wskazywała swojej szefowej, jakie cyfry wpisywać, by złożyć ofertę. Breukel wydawał się podenerwowany, pisał i kasował, zerkając na innych kupujących. Hayworth wyglądał na znudzonego. Najwyraźniej wpisał już swoją kwotę i teraz przyglądał się dziewczynom zebranym przy barze. Dzhokharov pisał jednym palcem, mozolnie wprowadzając ofertę, najwyraźniej robiąc po drodze jedną albo dwie pomyłki, bo cmokał z irytacją i znów dźgał ekran.

Gdy licznik dobił do zera, ze wszystkich tabletów jednocześnie rozległ się cichy dzwonek; ekrany na moment pociemniały, po czym wróciły do życia, wyświetlając pojedynczą dużą czerwoną cyfrę.

Jess widziała tylko ekran Pascala. I widniała na nim 4.

Pascal ściągnął usta, ale nic nie powiedział. Jess znów rozejrzała się po sali. Nikt nie wyglądał na zadowolonego, poza Fortuną, który zapewne widział wszystkie oferty na swoim tablecie i z trudem maskował zadowolony uśmieszek.

Przynajmniej jedna z ofert musiała być po jego myśli. Jess spróbowała zgadnąć czyja, ale wszyscy mieli wypisane na twarzach najlepsze pokerowe miny.

Z wyjątkiem Haywortha, który nie miał pokerowej twarzy i nadal wyglądał na znudzonego... tylko że teraz z domieszką samozadowolenia.

— Druga runda — oznajmił Fortuna. — Składajcie oferty.

Tym razem u Pascala wyświetliła się 3. Hayworth wyglądał na jeszcze bardziej zadowolonego, a Breukel, jak oceniła Jess, zaczynał się sypać. Zbladł i zacisnął usta.

— Jeśli to wszystko, na co stać pańskiego klienta, Dieterze, to nie wiem, jak zamierzali kupić wszystkie trzy urządzenia — wbił szpilę Fortuna.

— To sytuacja bez precedensu, prawda? Przecież nie można tak po prostu wyszukać w Internecie *ile powinno się zapłacić za walizkową bombę atomową* — warknął Breukel.

— To znaczy, *można* — mruknęła Jess. — Tylko trzeba być gotowym, że NSA odtąd będzie śledzić każdy twój klawisz już do końca.

Ona akurat wiedziała. Pisała część oprogramowania, które dbało o to, by nikt nawet na Dark Webie nie mógł tego typu rzeczy szukać bez wiedzy NSA.

Fortuna ogłosił start ostatniej rundy licytacji. Pascal szybko wpisał ofertę, po czym dołączył do Jess w oglądaniu sali i ocenie sytuacji.

— Myślę, że to Hayworth — wyszeptała Jess bardzo cicho, tylko dla Pascala. — Wydaje mi się, że od początku rozłożył was na łopatki.

Dzwonek rozległ się po raz ostatni, a Hayworth zerwał się na nogi i z triumfem zacisnął pięść. — Jest!

— Gratulacje, Panie Hayworth. — Fortuna wyglądał na zadowolonego z wyniku, gdy podszedł uścisnąć dłoń kaznodziei. — Wygląda na to, że reszta panów będzie musiała podnieść poprzeczkę — zauważył. — Tędy, Panie Hayworth? Załatwimy przelewy i będzie Pan mógł ruszać w drogę.

Na moment zapadła cisza, po czym Dzokharov szarpnął się na nogi, klnąc w swoim języku. Ruszył do drzwi, ale drogę zastąpił mu Josef.

— Tablet, proszę. — Josef wyciągnął dłoń.

Dzokharov zawahał się ułamek sekundy, ale potem wcisnął tablet w ręce Josefa i wypadł z sali. Jakieś dziesięć sekund później wrócił długim krokiem. — Mariska!

Czeczenka zerwała się z miejsca, gdzie siedziała cicho, i niemal pobiegła do Dzokharova, blada ze strachu.

— Cholera — wymamrotała Jess pod nosem. Dzokharov był wściekły i wyładuje się na Marisce, a Jess i Pascal absolutnie nic nie mogli na to poradzić. Wymieniła z Pascalem zaniepokojone spojrzenie.

Josef obchodził salę, zbierając tablety; Jess pozwoliła sobie na jedno krótkie, tęskne spojrzenie, gdy Pascal oddawał swój. System operacyjny wyglądał na zrootowany, ale była pewna, że i tak zdołałaby coś z niego wyciągnąć. Pozostawało wierzyć, że zainstalowany przez nią robak robi swoje, a Fortuna będzie korzystał z komputerów, by zlecić przetransportowanie jednego z pozostałych urządzeń pod adres wskazany przez Haywortha. Nie wspominając już o metodzie, której Hayworth używał do transferu płatności — sama w sobie byłaby to intrygująca ścieżka do prześledzenia.

— Jaka była twoja ostateczna oferta? — zapytała półgłosem, kiedy z Pascalem niespiesznie wracali w stronę swojej willi.

— 16,2 miliona i skończyłem trzeci — odmruknął cicho.

— Tego nie rozumiem. Dlaczego Dzokharov w ogóle tu jest i licytuje? Myślałam, że Czeczeni mają dostęp do rosyjskiego arsenału nuklearnego i do tych walizkowych bomb?

— I tak, i nie. Czeczeni mają dostęp. Ale Rosjanie nigdy nie mieli nic tak jednosobowo przenośnego jak te. Ich ładunki trzeba wozić SUV-em. To jest dosłownie w walizce na kółkach.

— Skąd więc Fortuna je wziął? — Jess nie mogła tego pojąć. — Amerykańskie?

— Nie. — Pascal zawahał się na moment. — Jestem niemal pewien, że izraelskie.

Wiedział więcej, ale oczywiste było, że nie może jej teraz powiedzieć. Jess potrafiła się domyślić: Pascal wspominał jeszcze w jej biurze w Anaheim, że od dawna tropi te urządzenia, więc najpewniej Izraelczycy poprosili USA o pomoc, kiedy zorientowali się, że stracili kontrolę nad trzema sztukami. Ale pamiętała też, że zarówno Pascal, jak i jego szefowa, DDO Spires, byli wyraźnie zaskoczeni, kiedy Fortuna ujawnił, że ma trzy urządzenia, a nie jedno — więc bardzo możliwe, że Izraelczycy nie byli do końca szczerzy co do skali problemu.

To zresztą Jess nie dziwiło, ale budziło niepokój: a co, jeśli na czarnym rynku krążyło więcej niż te trzy urządzenia? Co, jeśli Fortuna nie był jedynym, któremu wpadły w ręce?

Nie mogła się doczekać, kiedy się stąd wydostaną, żeby wrócić do swoich komputerów i zanurkować głęboko w Dark Webie, próbując wyśledzić odpowiedzi na te pytania.

Na razie jednak musiała grać swoją rolę, zwłaszcza że właśnie wchodzili do willi i najpewniej znów wchodzili w zasięg podsłuchu.

— Ciekawe, ile Hayworth zapłacił. I czy oraz gdzie zamierza to odpalić!

— Nigdy wcześniej o nim nie słyszałem, ale ty najwyraźniej wiesz, kto to. Opowiedz mi o nim — poprosił Pascal, kładąc się na łóżku i przyciągając ją, by położyła się obok.

To była jak najbardziej wiarygodna rozmowa; Jess musiała jednak uważać na odpowiedzi, bo wiedziała o Hayworthach kilka rzeczy, które mogły nie być powszechnie znane, w tym to, że stary Hayworth był członkiem Ku Klux Klanu, zanim wszedł do mainstreamu i założył swój kościół. Hayworthowie bardzo pilnowali, by to nie wyszło na jaw.

— Cóż — zaczęła ostrożnie — jego tatuś to prawdziwa gwiazda. Założył własny kościół na południu... chyba w Tennessee, ale może gdzieś w Karolinach, w latach osiemdziesiątych. Zbudował sobie ogromną rzeszę wiernych. To jeden z tych kaznodziejów, o których się słyszy, że mówią swojej kongregacji, iż potrzebują prywatnego odrzutowca, żeby nieść Słowo Boże tym bezbożnym poganom w Las Vegas — i wierni rzeczywiście mu go kupują.

— A starszy Hayworth wciąż stoi na czele kościoła?

— O tak. Wykreował się na jakiegoś współczesnego proroka. Widziałam nagrania jego kazań — przemawia piekielnie dobrze, charyzma bije na kilometr. Tylko że to wszystko jest o grzechu i ogniu piekielnym, wiesz, o co chodzi.

— Niespecjalnie — powiedział Pascal. — Ewangelikalizm nie jest w Europie aż tak duży. To chyba dość osobliwie amerykańska sprawa, przynajmniej w tej chrześcijańskiej odmianie. Ten sposób myślenia jest mi równie obcy jak islamski ekstremizm.

— Szczerze mówiąc, mnie też! — Jess przygryzła dolną wargę. — Bardzo się martwię, Pascal. Czy Hayworthowie naprawdę zamierzają użyć tej broni? Słyszałam, co Joshua Hayworth potrafi mówić o rządzie. Co, jeśli postanowi odpalić atomówkę pod Kongresem albo gdzieś w pobliżu?

W ich spojrzeniach czaił się jawny lęk, ale głos Pascala zabrzmiał chłodno i obojętnie: — Wojna i zamęt są dobre dla interesów, aniołku. Żadne z nas nie mieszka w Waszyngtonie. Zresztą i tak większość czasu spędzasz ze mną w Europie.

— Jesteś taki nieczuły! — Wydęła wargi. — A co z mamą i tatą?

— Też nie mieszkają w DC. A twój tata jest dość bogaty, żeby nawet jeśli w Ameryce wszystko szlag trafi, wyciągnąć ich stamtąd.

Miał przepraszający wyraz twarzy; skinęła, dając do zrozumienia, że rozumie — tylko gra rolę, którą musiał. I że martwi się tym, co planuje Hayworth, tak samo jak ona.

Pozostawało tylko mieć nadzieję, że robak Jess przekazuje niezbędne informacje i że Hestia wraz z CIA zdołają je wykorzystać i przechwycić broń przed dostawą, bo najpewniej do tego czasu Pascal i Jess wciąż będą uziemieni na Isla Fortuna, zupełnie odcięci od świata.

— *Hayworth*? — Zastępca Dyrektora Spires wpatrywała się w ekran komputera, na którym widniał obraz Liane Hagerty. — To znaczy *Joshua* Hayworth? Ten teleewangelista?

— Wygląda na to, że jego syn, Saul. Kiedy dotarły informacje, że Saul jest na aukcji, przyjrzeliśmy się kontom kościelnym z ostatnich kilku miesięcy i to bardzo ciekawa lektura. Mnóstwo pieniędzy zainwestowanych w kryptowaluty, a rejestry blockchain nagle zaczęły pokazywać duże transakcje z portfeli kościoła do portfeli kontrolowanych przez nieznany podmiot — przypuszczalnie przez Fortunę.

— A więc Hayworth wygrał licytację — mruknęła Spires. — Ile?

— Nasz najlepszy szacunek na podstawie widocznych transakcji? Sto milionów.

— Święta Matko Boska.

— Nie sądzę, żeby w planach Hayworthów było cokolwiek świętego — powiedziała ponuro Liane.

— Co jeszcze dla mnie macie?

— Lokalizację. To ranczo w Zachodniej Wirginii; należy do spółki-wydmuszki, której nie powiązaliśmy jeszcze z Hayworthami ani z kościołem, ale nie postawiłabym przeciwko temu. Fortuna wysłał instrukcje, by dostarczyć tam jedno z urządzeń.

— *Jedno* z urządzeń? — Spires znieruchomiała. — Hayworth nie kupił wszystkich trzech?

— Jeśli kupił, to i tak w instrukcjach jest mowa o dostarczeniu tylko jednego na ranczo.

— No dobrze. — Spires postukała wypielęgnowanym paznokciem w dolną wargę. — Jeśli tyle zapłacił za *jedno*... Rany.

— Co pokazują dane satelitarne? — zapytała wtedy Liane. Gdy tylko poprzedniego wieczoru zaczęły spływać dane od robaka Jess, technicy Hestii namierzyli wyspę i Liane natychmiast przekazała informacje Spires. Ta mruknęła coś o przeprogramowaniu satelity i Liane musiała założyć, że tak właśnie zrobiła.

— Dwie godziny temu z wyspy wystartował helikopter w kierunku Caracas. Założę się, że prywatny odrzutowiec Hayworthów akurat przypadkiem jest właśnie tam. — Spires pokręciła głową. — Szczerze mówiąc, jestem tym naprawdę zaskoczona. Wiem, kim są Hayworthowie, ale nie miałam nawet przeczucia... czy Homeland Security ich obserwuje?

— Nie mam pojęcia — odparła beznamiętnie Liane. Oczywiście, że przekazała wszystko, co wiedziała, do Homeland Security. Hestia w końcu wzięła nazwę od bogini ogniska domowego. Co najmniej 80 procent ich budżetu operacyjnego pochodziło z funduszu operacji niejawnych Homeland Security. I biorąc pod uwagę reakcję jej kontaktu, kiedy podała nazwisko Hayworth, nie miała wątpliwości, że tam trwa teraz gorączkowe sprawdzanie, jak bardzo zradykalizował się ten kościół i co konkretnie Hayworthowie mogą planować zrobić z walizkową bombą atomową.

Spires zakończyła rozmowę wideo po kilku dodatkowych pytaniach, a Liane westchnęła, potarła oczy i odchyliła się na krześle. Nie spała dobrze od chwili, gdy Jessikah poleciała na misję — martwiła się o bezpieczeństwo młodszej siostry.

— Tak cholernie się cieszę, że to nie ty musiałaś wchodzić pod przykrywką w tę robotę — odezwał się Drew Murphy, który cicho czekał w kącie jej gabinetu, poza kadrem kamerki. Teraz podszedł i oparł się o oparcie jej fotela, pochylając się, by musnąć jej czoło pocałunkiem.

— A ja nie, bo zamiast mnie jest tam Jess! — Liane oparła się o niego, wdzięczna za jego ciepło i solidną obecność. — Chcę być tam i *coś robić*. To, że dokładnie nie wiem, co się dzieje, doprowadza mnie do szału. Ciekawe, czy moglibyśmy zhakować satelitarny feed CIA i oglądać wszystko na żywo?

— Może nasi geniusze od technologii by potrafili, ale czy to na pewno najlepsze wykorzystanie zasobów? I co byś zobaczyła? W najlepszym razie małe patyczaki chodzące między budynkami. To nie daje realnego pojęcia o sytuacji. Uwierz mi, na misjach nieraz dostawałem dane satelitarne w czasie rzeczywistym i częściej mnie frustrowały, niż pomagały.

— Masz rację. — Przytuliła policzek do jego koszulki, mamrocząc w materiał. — Wiem, że masz rację. I wiem, że oboje jesteśmy tu potrzebni, żeby prowadzić operację z tej strony, ale część mnie nadal chce być w terenie.

— Hej. — Drew odgarnął jej włosy z czoła i uśmiechnął się do niej. — Rozumiem. Najchętniej wpadłbym na tę wyspę z ekipą Rangersów i moim karabinem snajperskim.

— Może uda nam się pojechać na nalot na posiadłość Hayworthów — zamyśliła się Liane i poczuła, jak

Drew sztywnieje. Kiedy na niego spojrzała, w jego oczach zobaczyła zapał.

— Myślisz, że nas puszczą?

Tęsknił za pracą w terenie, pomyślała. Oboje jeszcze nie do końca pogodzili się z tym, że teraz są kadrą kierowniczą, a ich polem bitwy są biurka.

— Zawsze możemy poprosić. Albo po prostu stawić się, kiedy będą wchodzić do akcji. — Uśmiechnęła się do niego figlarnie.

— Może do tego nie dojdzie — ostrzegł Drew. — Może przechwycą to już w porcie wlotowym. Fortuna być może nie jest tak sprytny, jak mu się wydaje.

— Z tego, co mówiła DDO Spires, kiedy powiedziałam jej, że Fortuna to tak naprawdę Sebastian Maroney, uważam, że jest cholernie sprytny. Upozorował własną śmierć, ukrył to przed *CIA* i stał się jednym z największych handlarzy bronią na świecie. Naprawdę myślisz, że nie potrafi przemycić walizkowej bomby atomowej na terytorium USA bez wykrycia?

— Słuszna uwaga — przyznał Drew.

— Myślę, że nie dowiemy się, gdzie ona jest, aż do chwili i godziny wskazanej dostawy do Hayworthów. Więc tam trzeba ją przejąć.

Spojrzeli na siebie i Liane wiedziała, że oboje to czują. To rosnące w nich napięcie — ekscytacja na myśl, że nadchodzi akcja.

— Bierzemy udział w tej akcji — powiedział Drew.

— Tak. Tak, właśnie.

Rozdział siedemnasty

Ani Jess, ani Pascal nie byli w nastroju, żeby się kochać — naprawdę czy choćby udawać to na potrzeby podsłuchu. Zamiast tego skulili się razem i po prostu leżeli, nie rozmawiając. Oddychali spokojnie, w tym samym rytmie; ktokolwiek by słuchał, pewnie pomyślałby, że ucięli sobie drzemkę, ale oboje byli pogrążeni w rozmyślaniach o konsekwencjach tego, co wydarzyło się po południu.

W końcu Pascal pocałował Jess w czoło i mruknął — Powinniśmy się przygotować do kolacji.

— Chyba tak. — Sięgnęła w górę i pocałowała go w usta, myśląc już w chwili, gdy się odsuwała, że przyszło jej to zupełnie naturalnie. Leżenie w ramionach Pascala przez parę godzin tego popołudnia było jednym z najspokojniejszych, najbardziej komfortowych momentów, jakie pamiętała od dawna. A właściwie — kiedykolwiek, jeśli miała być ze sobą zupełnie szczera. Owszem, najpierw jej myśli wirowały od możliwości, od opcji, które potencjalnie mieli, od wszystkich sposobów, na jakie to mogło pójść źle... ale i to w końcu się rozpłynęło i w głowie Jess został tylko uspokajająco równy łomot serca Pascala pod jej uchem. Była w czymś na kształt medytacyjnego transu, gdy się odezwał, przez co aż podskoczyła.

Dłoń Pascala wplotła się w jej włosy, przyciągając ją z powrotem, żeby mógł odwzajemnić pocałunek — tym razem dużo dłuższy i gorętszy. Jess dyszała, kiedy ją puścił, i nagle zaczęła rozważać zmianę ich decyzji co do sposobu spędzenia ostatnich paru godzin. Musiał wyczytać żal z jej twarzy, bo uśmiechnął się i lekko puknął ją w podbródek.

— Zostaw to na później. Jestem głodny.

— Ja też... ale nie na jedzenie. — Omal go nie pożarła wzrokiem, gdy wstał i się przeciągnął, a grube mięśnie pofalowały pod gładką, brązową skórą.

— Schowaj język. — Przeciągnął dłonie przez włosy, ciemne, niesforne loki były już odrobinę za długie, po czym puścił jej oko i ruszył do łazienki.

Nie powinnam pozwalać, żeby libido miało wolną rękę. To nie może się dobrze skończyć. Jess opadła z powrotem na poduszki, sfrustrowana.

Nie potrafiła jednak żałować, że przespała się z Pascalem. To było niesamowite, ale znała siebie na tyle, by wiedzieć, że wykorzysta każdą okazję, by to powtórzyć. Uzależnić się od tego, jak się przy nim czuła, byłoby aż za łatwo — i nie mówiła tylko o łóżku.

— To w jakiej oszałamiającej sukience zamierzasz nas dzisiaj powalić? — zapytał Pascal, wychodząc z łazienki i wycierając włosy ręcznikiem.

Uśmiechnęła się krzywo. — Przekonasz się, jak zobaczysz.

— Mam nadzieję, że nie będę czekał zbyt długo — mruknął, znacząco zerkając na zegarek, a Jess westchnęła i podniosła się, by wyjść z łóżka.

— Uwijać się będę szybko.

Nie tak szybko, jak byłaby w stanie, gdyby nie musiała podtrzymywać fasady modelki z Instagrama, ale i tak była gotowa w niewiele ponad pół godziny: umalowana, w pięknej, jasnoliliowej jedwabnej sukience kopertowej, która eksponowała jej długie nogi, a jednocześnie krzyczała pieniędzmi i klasą. Słusznie, biorąc pod uwagę, ile za nią zapłaciła.

— Wyglądasz obłędnie — mruknął Pascal, podchodząc do niej od tyłu, gdy przeglądała się w lustrze, zapinając masywne srebrne bransolety i parę kolczyków z cieniutkimi zwisającymi łańcuszkami, które muskały jej ramiona. Delikatnie musnął czubek jej ucha, wsuwając ramiona wokół jej talii, a w odbiciu Jess zobaczyła, jak na moment zamyka oczy i uśmiecha się, wdychając jej zapach.

On też coś czuje. Nie musi tego robić. Tu nie ma kamer.

Usilnie próbowała poskromić motyle w brzuchu. To absurd, by czuć się jak podjarana nastolatka na najmniejszy znak, że Pascal może mieć do niej uczucia wykraczające poza fasadę, którą byli zmuszeni odgrywać.

— Chodźmy. Jestem głodna. — Zmuszając się do promiennego uśmiechu, odwróciła się i wsunęła rękę pod jego ramię. — Myślisz, że chłopaki będą chcieli znowu pograć w karty?

— Może. — Pascal wzruszył ramionami. — Rozdasz nam znowu?

— Jasne. Bez Haywortha, który oskarża mnie o wykładanie od spodu i łypie za każdym razem, kiedy się uśmiechnę, może to nawet będzie zabawne!

— Nie chcesz się przyłączyć i zagrać?

— Nie — odparła. — Jestem fatalna w karty.

Pascal posłał jej sceptyczne spojrzenie, a Jess się wyszczerzyła. To było gigantyczne kłamstwo. Była bardzo, bardzo dobra w większość gier karcianych — fotograficzna pamięć i umiejętności matematyczne dawały jej przewagę, której mało kto mógł dorównać. Choć miała na studiach pełne stypendium, dorabiała grając w pokera online, a także w kilku grach na żywo, gdzie — podobnie jak w życiu zawodowym — inni ją nie doceniali ze względu na to, jak wyglądała.

— Przypomnij mi, żebym nigdy nie grał z tobą w pokera — mruknął, gdy opuszczali willę i kierowali się do głównego budynku ośrodka.

— Wiedziałam, że jesteś mądry. Zwolnij trochę, dobrze? W tych szpilkach chodzi się jak po męce.

Pascal natychmiast zwolnił krok. — Przepraszam. Nie zwróciłem uwagi.

— Nic się nie stało. Normalnie dotrzymałabym ci kroku bez problemu. — Jess skrzywiła się. Szpilki były w gruncie rzeczy najtrudniejszą częścią całej operacji; kostki bolały ją bez przerwy, a sama myśl, że musiałaby w nich biec, sprawiała, że robiła się nerwowa. Z drugiej strony, były na tyle ostre, że w razie czego mogły posłużyć za broń, pocieszyła się. Może powinna opracować parę z odczepianymi obcasami, które byłyby prawdziwą bronią... pendrive, który przemyciła w obcasie, musiała już się pozbyć w obawie przed rewizją i jego znalezieniem. Zakopała go tak głęboko, jak tylko się dało, w piasku pod tylnym tarasem willi.

Byli już blisko głównego budynku, kiedy dziwny dźwięk dobiegający z boku ścieżki sprawił, że Jess przystanęła.

— Co? — zapytał Pascal, zwalniając wraz z nią.

— Coś słyszę... Chyba ktoś płacze. — Wyplątała dłoń z jego ramienia i zeszła ze ścieżki, ignorując jego syczące napomnienie, żeby poczekała.

— Jess, daj mi. — Chwycił ją za rękę. — Zaraz utkniesz... no i masz.

— O cholera — mruknęła pod nosem, gdy jej obcasy zapadły się w miękkiej trawie. — Ech. Wyciągnij mnie.

— Mam cię. — Wyciągnął ją, parskając śmiechem. — Stań na ścieżce i pozwól mi sprawdzić.

— Nie trzeba, ja wyjść — odezwał się zduszony, cienki głosik i od jednego z pobliskich palmowych pni odłączył się drobny cień.

— Mariska — powiedziała Jess łagodnie. — Och, kochanie. Co on ci zrobił?

Nawet w nikłym blasku płomieni pochodni, które jako jedyne oświetlały ścieżkę, widać było, jak na jasnej skórze Czeczenki ciemnieją sińce.

— Zły był. — Usta Mariski zadrżały. — Przegrać aukcję.

— I wyładował się na tobie. — Jess podeszła i ostrożnie objęła Mariskę w pasie. — Biedactwo.

— On wyrzucić mnie. — Mariska osunęła się na Jess. — Nie wiem, co robić...

— Pójdziesz do naszej willi, pozwolisz mi na ciebie spojrzeć i odpoczniesz. — Jess podjęła szybką decyzję. — Pascal, przyniesiesz jej coś do jedzenia, skarbie? Nie chce tam wchodzić i stawać twarzą w twarz ze wszystkimi.

— Skinęła głową w stronę głównego budynku, a Pascal westchnął, widząc wyraźnie zdecydowanie na jej twarzy.

— Dobrze. Będę musiał powiedzieć o tym Mr Fortunie. Jeśli Dzhokharov szuka Mariski, nie ma sensu pchać się między nich. Mogę to sprzedać jako to, że się nią opiekujesz... na razie.

W jego głosie pobrzmiewało ostrzeżenie i Jess wiedziała, że jeśli Dzhokharov zażąda zwrotu Mariski, będą musieli ją oddać albo ryzykować katastrofę, na którą nie mogli sobie pozwolić. Misja musiała być na pierwszym miejscu, choć krew się w niej aż gotowała z gniewu na okrucieństwo czeczeńskiego generała.

— Chodź. Pójdziesz ze mną. — Delikatnie zachęciła Mariskę, by ruszyła z nią, podtrzymując jej lekką sylwetkę. — Dasz radę iść, czy mam poprosić Pascala, żeby cię poniósł?

— Nie, ja iść. — Mariska dzielnie zrobiła krok, potem drugi, i Jess skinęła Pascalowi, który zrozumiał i ruszył w stronę głównego budynku.

— Mówiłaś, że pomóc mi uciec — wyszeptała Mariska, gdy w żółwim tempie, z bólem, wracały do willi. — Prawda?

— Oczywiście. Ale rozumiesz... nie mogę cię stąd zabrać. Nie mogę nawet zabrać *nas* stąd. Nie ma telefonów.

— Tak. Rozumiem.

Posuwały się powoli. Mariska wyraźnie bardzo cierpiała; Jess podejrzewała pęknięte żebra — tak wynikało z jej oddechu i z tego, że przy każdym kroku aż się wzdrygała. W końcu dotarły do willi, Jess delikatnie wprowadziła Mariskę do środka i położyła na łóżku, mogąc wreszcie dobrze się jej przyjrzeć w porządnym świetle, i zaklęła siarczyście pod nosem.

Szokujący siniec purpurowiał na całym boku twarzy Mariski, szybko puchnąc i niemal zamykając jej lewe oko. Z kącika wargi obficie sączyła się krew i na ten widok Jess pośpieszyła po lód, owinęła go w ściereczkę.

— Proszę. Przyłóż to do twarzy. Gdzieś tu mam ibuprofen. — Przekopywała się wśród kosmetyków, które zostawiła rozłożone na toaletce. — Więcej nie zrobimy, chyba że Pascal zdoła namówić Mr Fortunę na coś mocniejszego.

— Nie chcieć mocniejsze. — Mariska pokręciła głową, sycząc z bólu przez ten nieostrożny ruch. — Mocniejsze... niedobre.

Zdezorientowana, Jess zmarszczyła brwi.

— Mocniejsze znaczy heroina — powiedziała cicho Mariska. — Nie chcieć. Widziałam inne dziewczyny.

— Och. — Jess miała ochotę kopnąć się w tyłek. No jasne. — Nie pozwolę, żeby dali ci heroinę. Obiecuję. Ale te możesz wziąć. To tylko Advil. Ibuprofen. — Wsypała jej do dłoni dwie tabletki, z lodówki wyjęła butelkę wody. — A teraz powiedz, gdzie jeszcze boli.

Mariska położyła dłoń na brzuchu, krzywiąc się, i powoli podwinęła bluzkę, pokazując ciemnoczerwony ślad.

— O rany, wygląda paskudnie. — Jess skrzywiła się ze współczucia. — Uderzył cię?

— Tutaj uderzyć. — Mariska wskazała twarz. — Jak ja upaść, on kopać mnie, tu. — Wskazała brzuch.

Przez ułamek sekundy Jess aż pociemniało przed oczami. Prawie ruszyła, żeby znaleźć Dzhokharova i odpłacić mu pięknym za nadobne. Zmusiła się do powolnych, głębokich wdechów, wyciągnęła dłoń w stronę Mariski.

— Mogę cię tu dotknąć? Chcę sprawdzić, czy nie masz połamanych żeber, bo jeśli tak, powinnaś trafić do szpitala. Zresztą i tak pewnie powinnaś, ale...

— Nie wolno. — Mariska wzruszyła ramionami z rezygnacją. — Mr Fortuna nie pozwoli nikomu wyjechać, aż sprzedaż skończyć. Jemu nie obchodzi, czy ja umrzeć. Ja nie kupujący.

— Nie pozwolimy ci umrzeć. — Jess poczekała na skinienie Mariski, po czym ostrożnie opukała okolice żeber młodszej dziewczyny. Odetchnęła po cichu, kiedy Mariska nie syknęła szczególnie; kop w brzuch najwyraźniej bardzo bolał i już przechodził w wszystkie odcienie fioletu i czerni, ale Jess uznała, że to nie wygląda na uraz zagrażający życiu.

— Połóż się — powiedziała cicho i narzuciła na Mariskę pled, gdy usłyszała kroki, a po chwili do willi wszedł Pascal z nakrytą tacą. Za nim szedł Josef.

— Jak poważnie ta dziewczyna jest ranna? — spytał Josef bez ogródek. Zmarszczył brwi na widok posiniaczonej twarzy Mariski i pochylił się, żeby się jej przyjrzeć. Cofnęła się przed nim.

— Dałam jej ibuprofen i okład z lodu — powiedziała Jess. — Na razie tylko tyle mogę.

— Pewnie dałoby się znaleźć coś mocniejszego — zastanowił się Josef na głos.

— Nie chcieć — wtrąciła szybko Mariska. — Nie heroina.

— Tu prędzej będzie kokaina — rzucił z półuśmiechem. — Albo marihuana.

— Dziękuję. Nie chcieć.

— Pani sprawa. — Josef wzruszył ramionami, najwyraźniej obojętny. — Mr Fortuna docenia, że się pan nią zajął — zwrócił się do Pascala — ale oczywiście nie może tu zostać. Każę ją przenieść, kiedy pan i reszta gości będziecie przy kolacji.

— Dokąd? Tylko nie z powrotem do willi Dzhokharova? — zapytał Pascal.

— Na razie do innych dziewczyn. Zajmą się nią.

Jess była niemal pewna, że Josefowi i tak wszystko jedno, ale najwyraźniej Mr Fortuna polecił mu zająć się problemem. Niewykluczone, że Dzhokharov jutro zażąda zwrotu Mariski.

— Proszę iść na kolację. Dziękuję za zainteresowanie, ale dalej zajmę się tym sam.

Jess nie miała ochoty zostawiać Josefa z Mariską w ich willi, ale Pascal lekko ścisnął ją za ramię i zrozumiała, że nie mają wielkiego wyboru. Skinęła głową, pochyliła się do Mariski i spojrzała jej w oczy.

— Kiedy się stąd wydostaniemy — obiecała cicho. — *Jak tylko* się stąd wydostaniemy.

— Dziękuję — wyszeptała Mariska i sięgnęła, by ścisnąć jej dłoń. Zaufanie w tym jednym zdrowym oku ścisnęło Jess serce, bo nie wiedziała, czy zdoła dotrzymać tej obietnicy. Nie wiedziała, czy którekolwiek z nich zdoła opuścić Isla Fortuna żywe i czy zdoła jeszcze kiedykolwiek odnaleźć Mariskę, jeśli im się uda.

Nie miała wyjścia, jak tylko wziąć Pascala pod ramię i wyjść z willi, gorączkowo licząc na to, że Josef nie skrzywdzi Mariski jeszcze bardziej.

— Biedne dziecko — mruknął Pascal. — Tak bardzo chcę zabić Dzhokharova, że aż czuję to na języku.

— Ustaw się w kolejce — warknęła Jess. — On *kopnął* Mariskę w brzuch!

— Sukinsyn. — Zacisnął pięści, ramiona miał napięte, i choć przed Josefem zachowywał pozory obojętności, wściekłość Pascala dodała Jess otuchy.

— Jeśli nadarzy się okazja — powiedziała bardzo cicho — dopilnujmy, żeby nie dotarł do Gitmo.

Pascal zerknął na nią ukradkiem. — Zmieniłaś śpiewkę.

Wiedziała, co ma na myśli... ale jeśli ktoś zasługiwał na śmierć, to właśnie Czeczen, który kupił nastoletnią dziewczynę od jej rodziny, by zaspokajać niewypowiedziane żądze, a teraz traktował ją jak prywatny worek treningowy.

Nie wspominając już o tym, że Dzhokharov był na wyspie po to, by kupić broń jądrową, która mogła zabić tysiące, jeśli nie miliony ludzi — ale to, co zrobił Marisce, było czymś innym. Bliskim, namacalnym, nie abstraktem.

Jess już nie wątpiła, że potrafi pociągnąć za spust. Gdyby ktoś w tej chwili wcisnął jej w dłoń pistolet i postawił przed nią Dzhokharova, nie zawahałaby się ani sekundy. Szczerze mówiąc, nie miała pojęcia, jak usiądzie z nim do kolacji w jednej sali i nie straci panowania nad sobą.

Jakby czytając jej myśli, Pascal ścisnął ją za rękę. — Po prostu na niego nie patrz. Udawaj, że go tu nie ma. Przyszło mi siadać do stołu z naprawdę odrażającymi typami; trzeba się nauczyć to odkładać na bok.

Wciągnęła głęboki haust ciepłego, nocnego powietrza pachnącego hibiskusem i solą, i skinęła głową. — Postaram się.

— Pamiętaj, po co tu jesteśmy. — Ścisnął jej dłoń raz jeszcze. — Dasz radę.

Te słowa, wypowiedziane z tak spokojnym przekonaniem, od razu ją ustabilizowały. Wiara Pascala była rozgrzewająca, zwłaszcza że znał ją dopiero od paru dni. — Nie zawiodę cię — powiedziała cicho, gdy weszli do głównego budynku i skierowali się do sali jadalnej.

— Pociesz się tym, że ja chcę go zabić dokładnie tak samo jak ty!

Mruknięcie Pascala sprawiło, że zachichotała, i obojgu udało się przybrać uśmiechy, gdy dołączyli do reszty towarzystwa.

ROZDZIAŁ OSIEMNASTY

PASCAL BYŁ DUMNY Z tego, jak Jess potrafiła się zachować podczas kolacji, zwłaszcza że Dzhokharov po drugiej stronie stołu był hałaśliwy i chamsko pijany. Czeczen wyraźnie wciąż miał fatalny humor po przegranej na wcześniejszej aukcji i zanurzył się głęboko w wódkę — tak głęboko, że niedyskretnie przyznał, iż jego najwyższa oferta wystarczyła mu tylko na czwarte miejsce.

Co — jak podejrzewał Pascal po wcześniejszej uszczypliwości Fortuny pod adresem Breukela — oznaczało, że oferta Holendra była najniższa. A skoro oferta Pascala była trzecia, to Koreańczycy z Północy zajęli drugie miejsce.

Yoon siedział z głową pochyloną tuż przy Doctor Choe; oboje ignorowali resztę towarzystwa i rozmawiali szeptem, mimo że na kolanach Yoona siedziała jedna z dziewczyn Fortuny. Pascal nie sądził, by Koreańczycy mieli zamiar zdradzić, ile zaoferowali, ale było bardzo możliwe, że Dzhokharov to palnie, zwłaszcza jeśli wypije jeszcze więcej wódki. A to mogła być bardzo przydatna informacja.

— Nalej naszemu przyjacielowi jeszcze jednego — powiedział do Jess, gdy Dzhokharov z hukiem trzasnął pustą szklanką o stół i skrzywił się. — Ma Pan ochotę na jeszcze jedną partię pokera dziś wieczorem, Panie Generale?

— *Da!* — Dzhokharov ryknął śmiechem, wyciągając rękę, by klepnąć Jess w dupę, gdy stanęła obok jego krzesła, żeby dolać mu wódki. — Dobra z ciebie dziewczyna — powiedział. — Nie to co moja głupia mała żona.

Jess zdołała zachować absolutną nieruchomość i nie zareagować na klepnięcie, ale teraz zesztywniała. — Pańska *żona*? — zapytała lodowatym tonem.

— *Da*, Mariska. Głupie dziecko. Zwiała dziś po południu. Daleko nie ucieknie, na wyspie, nie? — Dzhokharov zacharczał głębokim śmiechem i trącił łokciem Fortunę. — Wróci. Może rano. Nie zaszkodzi jej, że opuści kolację.

Pascal zauważył, jak Jess spogląda na butelkę w dłoni, i po prostu wiedział, że rozważa rozłupanie nią Czeczenowi czaszki. Złapał jej spojrzenie i ledwie zauważalnie pokręcił głową.

Jess westchnęła i odstawiła butelkę. — Czy komuś jeszcze coś przynieść? — zapytała słodko.

Breukel poprosił o kolejne piwo, ale wszyscy pozostali odmówili i po chwili Jess wróciła na swoje miejsce obok Pascala. Zamiast pozwolić jej usiąść, objął ją w pasie i posadził sobie na kolanach, wtulając twarz w jej szyję. Była spięta, wyraźnie tłumiąc gniew, ale powoli zaczęła się rozluźniać, gdy gładził ją dłonią po kręgosłupie. W końcu poczuł, jak wydaje cichy westchnienie i opiera policzek o jego policzek.

— Nic mi nie jest — wyszeptała, pozorując skubnięcie go w płatek ucha.

— Wiem. Dasz sobie radę. Tylko trzymaj nerwy na wodzy. — Musnął lekko jej usta, posłał jej znaczące spojrzenie i sięgnął po półmisek truskawek w czekoladzie, podając jedną do jej ust.

Jess ugryzła truskawkę, posyłając Pascalowi celowo uwodzicielskie spojrzenie, a on uśmiechnął się, czując, jak ciało mu reaguje. Ona też to poczuła, bo poruszyła się na jego kolanach i cicho się roześmiała.

— Zachowuj się, kusicielko. — Ścisnął lekko jej kark, po czym tonem rozmowy dodał: — Przynieś karty, Jess. Zobaczmy, czy uda się zagrać porządnie bez tego amatora Haywortha, który nie ma pojęcia, kiedy trafi mu się choćby przyzwoita ręka.

Wszyscy się zaśmiali, a Jessikah posłusznie wstała. Josef szybko wyciągnął karty i stosiki drukowanych kwitków, których znów używali zamiast prawdziwych pieniędzy, a Jess zaczęła sprawnie tasować.

— Nigdy nie powiedzieliście, w jaką odmianę gracie — zauważyła. — Texas Hold'em?

— Tak, w to graliśmy wczoraj — odparł Breukel. — To jedyny poker, jaki Hayworth w życiu widział — coś tam oglądał w telewizji. Ja wolę stud siedmiokartowy. Ktoś jeszcze?

— Dla mnie może być — rzucił wzruszając ramionami Fortuna. Wydawał się dziś czymś zaprzątnięty, co chwila zerkając na telefon. Pascal zgadywał, że Fortuna organizuje transport bomby Haywortha; wątpił, by jakiekolwiek z urządzeń było na terytorium USA, a wprowadzenie go tam nie będzie logistycznie proste. Paliło go, żeby zajrzeć do tego telefonu, ale poza zabiciem wszystkich w pokoju i wyrwaniem słuchawki z trupa Fortuny naprawdę nie widział, jak miałby to zrobić.

— Umiesz rozdać stud siedmiokartowego, aniołku? — zapytał Pascal Jess, która sprawnie tasowała karty.

— Jasne. Tatuś lubi w to pogrywać z kumplami w Val d'Isère. — Jej dłonie błysnęły, rozdając każdemu z mężczyzn po dwie karty zakryte i jedną odkrytą. — Wygląda na to, że ma Pan najniższą kartę, Panie Yoon.

Koreańczyk już pchał pojedynczy kwitek na środek stołu; siedzący obok niego Breukel nie mógł przeczekać i też musiał postawić. Pascal podsunął karty kciukiem, zerknął, skrzywił się i postanowił spasować. Bez szans. Odkryta ósemka była jego najlepszą kartą, a żadna nawet nie była w tym samym kolorze. Cóż, zawsze jest następna runda. I jeszcze kilka dziesiątek po niej, jeśli sądzić po poprzednim wieczorze.

Fortuna był bardzo dobrym graczem w pokera, podobnie Yoon, choć nieco ostrożnym. Pascal podejrzewał, że Breukel zaniża swoje umiejętności — tak jak on sam — by się nie zdradzić. Dzhokharov natomiast był lekkomyślny i przegrywał znacznie częściej, niż wygrywał, bo najwyraźniej nie był w stanie spasować, bez względu na to, jak złe miał karty.

Mniej więcej po godzinie gry przerwała im na moment jedna z dziewczyn, która weszła do pokoju i cicho coś powiedziała do Josefa, a temu pociemniała twarz. Kazał dziewczynie zostać, po czym podszedł za plecy Fortuny i pochylił się, by coś wyszeptać mu do ucha.

— Po tej partii — tylko tyle powiedział Fortuna, nawet nie oglądając się, ale gdy rozdanie się skończyło, uniósł wzrok i przygwoździł Dzhokharova spojrzeniem.
— Powiedział Pan, że pańska żona uciekła, Ruslan. Nie powiedział Pan, że ją Pan pobił.

— Pobił. — Czeczen wzruszył niedbale ramionami. — To nic. Jest moją żoną. Dyscyplina jest niezbędna.

— Według Camili sika krwią. — Fortuna wskazał na dziewczynę, która weszła; Pascal zapamiętał to imię. To ta, którą Hayworth skrzywdził pierwszej nocy. Stała w cieniu z tyłu pokoju, ale widział siniaki ciemniejące po jednej stronie jej twarzy, a także gniew w jej oczach, gdy patrzyła na Dzhokharova.

— Ty skurwysynu! — Jess najwyraźniej straciła panowanie nad sobą i zerwała się na nogi. — Ona jest tylko dzieciakiem...

Twarz Dzhokharova pociemniała; on też wstał, unosząc pięść. — Ważysz się do mnie odzywać, kobieto!

— Dość. — Fortuna płynnie stanął między nimi. — Isla Fortuna Continental to sanktuarium, pamiętajcie. Przemoc wobec współgości jest zakazana.

— Najwyraźniej pańskie sanktuarium nie obejmuje Mariski... ani Camili — powiedział sucho Pascal, a Dzhokharov posłał mu mordercze spojrzenie. Pascal miał to gdzieś — musiał odciągnąć uwagę Czeczena od Jess. — Dużo Pan mówi, Fortuno, ale jak dotąd nikt nie poniósł żadnych konsekwencji za łamanie pańskich zasad.

Fortuna znieruchomiał, wpatrując się w Pascala, i przez ułamek sekundy jego uprzejma maska opadła — Pascal ujrzał pod nią psychopatę.

— Ma Pan rację — powiedział po chwili absolutnej ciszy, która zdawała się trwać wieczność. — Ma Pan całkowitą rację, Montalbanie. Na ukaranie Haywortha jest już za późno, niestety, ale Ruslan... wykazał Pan rażący brak szacunku dla sanktuarium Isla Fortuna. Może Pan uznać to za jedyne ostrzeżenie.

— A jeśli znowu złamię twoje głupie zasady? — Dzhokharov wypiął pierś, a twarz mu poczerwieniała.

— Nie będzie Pan dopuszczony do licytacji na pozostałych aukcjach — odparł Fortuna obojętnie.

— To nie fair — wpłaciłem wpisowe! — zaczął się żalić Dzhokharov.

Pascal zastanowił się, kiedy ostatni raz ktoś postawił Dzhokharovovi realne granice. Czeczen wyglądał na osłupiałego; nie dowierzał.

— Mariska to moja *żona*!

— Ma czternaście lat — powiedział szybko Pascal, widząc, że Jess już otwiera usta.

— Czekaj. Czternaście? — Nawet Fortuna wyglądał na lekko zbitego z tropu. — Przywiózł Pan na moją wyspę czternastoletnią dziewczynę...

— Moja *żona*! — wykrzyknął Dzhokharov.

— Pańska żona, która sika krwią, bo kopnął ją Pan w brzuch — warknęła Jess.

Pięści Dzhokharova się zacisnęły, a Pascal nie powstrzymał instynktownego warknięcia, jakie wyrwało mu się z gardła, gdy Czeczen znów odwrócił się do Jess.

— Panowie. — Fortuna wykonał gest i Josef nagle trzymał pistolet wycelowany w Dzhokharova.

Josef poruszył się znacznie szybciej, niż Pascal się spodziewał, i o mało co nie zareagowałby fatalnie. Kątem oka dostrzegł, jak Breukel szarpnął ręką w stronę pasa, wyraźnie przerywając odruch sięgnięcia po broń, gdy uświadomił sobie, że jej nie ma.

— Ruslan. Proszę iść do swojej willi — powiedział Fortuna w napiętej ciszy. — Dopilnuję, by pańska żona otrzymała pomoc medyczną na czas pańskiego pobytu na wyspie.

Przez moment Pascal myślał, że Dzhokharov będzie dyskutował, ale Czeczen spojrzał na pistolet w ręku Josefa, wydał w gardle warczący dźwięk, po czym odwrócił się i wyszedł z pokoju. Josef ruszył za nim na skinienie Fortuny.

— Ma Pan wśród personelu kogoś po medycynie? — zapytała Jess.

Fortuna rzucił jej ostre spojrzenie. — Nikogo ponad podstawowy kurs pierwszej pomocy. I nie, nie będę rekrutował ani sprowadzał kogoś tylko dla tej dziewczyny. Przykro mi, ale nie mogę ryzykować ściągnięcia niesprawdzonego obcego na tym etapie — ani pozwolić jej opuścić wyspę, chyba że jej życie będzie bezpośrednio zagrożone. Jeśli chce Pani do niej zajrzeć, nie mam nic przeciwko... byle Ruslan tego nie widział. Nie sądzę, by był zadowolony, a wolałbym, żeby go Pani dalej nie prowokowała.

Pascal złapał wzrok Jess i ledwie dostrzegalnie potrząsnął głową na znak ostrzeżenia.

Jess wyraźnie nabrała powietrza, przykleiła uśmiech i powiedziała: — Och, to takie miłe z pańskiej strony, panie Fortuno, i skorzystam, jeśli Pan naprawdę nie ma nic przeciwko. Mariska to słodkie maleństwo i wcale nie zasługuje na takie traktowanie.

— Camila zaprowadzi Panią do niej. — Fortuna skinął w stronę drugiej dziewczyny. — Soraya. Przejmij rozdawanie, dobrze? Mam passę. Nie ma powodu przerywać gry tylko dlatego, że jeden gracz odpadł.

Jess zerknęła na Pascala, a on skinął lekko, dając do zrozumienia, że powinna wyjść. Była wściekła i mogłaby powiedzieć coś nierozsądnego, co znów mogłoby wzbudzić podejrzenia Fortuny. Skinęła i obeszła stół, by pożegnać go pocałunkiem.

— Zobaczymy się później w naszej willi — szepnęła.

— Masz czekać, jak wrócę. — Na pokaz leniwie klepnął ją w tyłek, a ona cicho się roześmiała i wyszła za Camilą.

— Pańska kobieta jest zbyt dobra do tego życia — powiedział niespodziewanie Breukel, patrząc na Pascala. — Ma współczucie. Rzadkie u dziedziczek fortun.

— Zobaczy gorsze rzeczy niż Dzhokharov, jeśli zostanie przy tobie — mruknął Fortuna, zerkając na karty, gdy Soraya rozdała nową rękę. — Musi się nauczyć chować emocje — i kłamać, do cholery, porządnie. Widziałem, że miała ochotę mi przyłożyć za to, że nie załatwię lekarza dla tej małej, ale przykleiła uśmiech i słodko mi podziękowała. Ma szczęście, że oboje przypadają mi do gustu. — Uniósł wzrok, spotkał spojrzenie Pascala i posłał mu lodowaty uśmiech. — I że małżeństwa z dziećmi to jedna z nielicznych granic, których nie przekraczam. Dzhokharov to świnia.

— Jest — zgodził się Pascal. — Miałem z nim do czynienia i nie tylko nie ma kompasu moralnego — umówmy się, gdybyśmy go mieli, nie byłoby nas tutaj — on czerpie aktywną przyjemność z okrucieństwa. To marnotrawstwo i niepotrzebne.

— Dokładnie. — Fortuna wskazał na niego, obejmując gestem także Breukela, Dr Choe i pana Yoona. — Jesteśmy pragmatykami. Dzhokharov i Hayworth? Fanatycy.

Pascal przytaknął, pasując i odchylając się w fotelu z pozorną swobodą. — Masz Pan rację. Musimy z nimi współpracować, ale nie musimy ich lubić.

— Tylko udawać, że lubimy — odparł sucho Breukel.

— Dziękuję za zrozumienie, że nie jesteśmy fanatykami — powiedziała Dr Choe, po tym jak Yoon szybko coś do niej powiedział. — Pracujemy w służbie naszego kraju.

To najwyższe powołanie. Prywatne zachcianki i pragnienia nie mogą przeszkadzać w tym, co musimy robić.

— Oczywiście — odparł Fortuna, ale znów zerknął na Pascala z krzywym, ironicznym uśmiechem i Pascal wiedział, że handlarz bronią nie wierzy w to ani słowa. — No, Dieter, wchodzi Pan czy nie?

— Nie. Kiepskie. — Breukel zrzucił karty, oddając pulę Fortunie. — Jeszcze raz, Soraya, i spróbuj dać mi tym razem coś, na czym da się grać!

ROZDZIAŁ DZIEWIĘTNASTY

JESS WYSZŁA ZA CAMILĄ z głównego budynku ośrodka i ruszyła ścieżką, która nie była tak dobrze oświetlona jak ta prowadząca do jej i Pascala willi. Pamiętała, że jedna z dziewczyn mówiła, iż mają wspólną willę, kiedy nie muszą zabawiać gości, ale budynek, do którego zaprowadziła ją Camila, przypominał raczej internat i Jess zgadła, że właśnie takim miejscem dla personelu był, kiedy ośrodek działał dla płacących klientów.

Mariska leżała na łóżku tuż przy drzwiach, zwinięta w kłębek. Milczała, ale gdy Jess przykucnęła obok, zobaczyła łzy na policzkach młodszej dziewczyny.

— Bardzo cię boli? — spytała Jess cicho.

Mariska jakby rozważała jej słowa przez chwilę, może usiłując znaleźć angielskie słowa, by się wyrazić. — Bywało gorzej — powiedziała w końcu.

— Camila mówiła, że miałaś krew w moczu. Kiedy poszłaś do toalety — doprecyzowała Jess, gdy Mariska spojrzała zdezorientowana.

— Niezbyt. Tylko trochę różowe. Camila robi aferę — Mariska wzruszyła ramionami, po czym skrzywiła się; ruch najwyraźniej sprawił jej ból. — Jutro będzie lepiej.

Camila stała z boku, w milczeniu przyglądając się; na te słowa westchnęła głośno. — Ty nie lepsza jutro. Siniaki gorsze następnego dnia. — Odwróciła się, podeszła do lodówki na drugim końcu pokoju i wróciła z lodem owiniętym w ściereczkę. — Proszę. Połóż to na oko. Z tym możemy pomóc.

Mariska wzięła ściereczkę i przycisnęła ją do spuchniętego oka, a Camila skinęła głową i wycofała się na najwyraźniej swoje łóżko na drugim krańcu pokoju. Mariska uniosła na Jess spojrzenie zdrowego oka, po czym z wahaniem gestem zaprosiła ją, by usiadła na brzegu łóżka.

— Chcesz usiąść?

Jess usiadła i nieśmiało pogładziła Marisce włosy. Czeczenka jakby odnalazła w tym delikatnym dotyku odrobinę ukojenia; przesunęła się bliżej i cicho westchnęła.

— Dzhokharov powiedział, że jesteś jego żoną — szepnęła Jess bardzo cicho.

Mariska zesztywniała, a potem skinęła głową. — Da. To prawda.

— Nie powiedziałaś mi tego wcześniej.

— Myślałam... oferowałaś mi pomoc. Ale to inaczej, dla żony mężczyzny. Myślałam, że może nie, jeśli byś wiedziała.

— Myliłaś się. Pomogę ci.

Mariska przez chwilę jej się przyglądała, uniosła głowę i spojrzała przez pokój na Camilę, która miała na uszach słuchawki podłączone do czegoś, co wyglądało jak stary magnetofon kasetowy, i kiwała głową, najwyraźniej w rytm muzyki.

Bardzo cicho wyszeptała: — Ty CIA?

Jess mrugnęła. — Nie — powiedziała, od razu wiedząc, że zabrzmiało to zbyt szybko. — Dlaczego tak myślisz?

— Bogata dziewczyna nie dba, co dzieje się z takimi jak ja. I — widziałam cię. Przy komputerach.

Jess wiedziała, co Mariska miała na myśli. Czeczenka rzeczywiście widziała ją w serwerowni, miejscu, w którym Jess nie tylko nie miała czego szukać, ale wręcz zabroniono jej tam wchodzić.

— Nie jestem z CIA — wyszeptała, pochylając się niby to, by dokładniej obejrzeć oko Mariski. — Jestem kimś innym. Proszę, uwierz mi, Pascal i ja pomożemy ci uciec od Dzhokharova. Nigdy cię nie znajdzie.

— Ja pomogę tobie. A potem ty pomóc mnie. Da?

— Jasne. — Jess spojrzała na Mariskę z ciekawością. — Jak myślisz, że możesz mi pomóc?

— Powiem ci, ile Dzhokharov licytował na aukcji. On nie chce wydać wszystkich pieniędzy, które dostał, chciał zachować trochę dla siebie, ale teraz wie, że musi. Czwarte miejsce na aukcji nie wystarczy. Politycy, co go wysłali, będą bardzo źli.

— Zastanawiałam się — powiedziała Jess ostrożnie, rozważając, na ile może sobie pozwolić. Zastanawiała się, czy Fortuna w ogóle trudziłby się, by podsłuchać tę willę. *Po co miałby to robić?* Uważał, że będą tu tylko pracownice seksualne wynajęte do zabawiania gości. — Czemu Czeczenia w ogóle licytuje tę broń?

Uśmiech Mariski był zmęczony. — To nie Czeczenia — nie oficjalnie. Nie prezydent i jego rząd. Inna frakcja. Uważają, że Rosjan nie powinno być w Czeczenii.

— Och — powiedziała Jess miękko, zszokowana. — Więc jeśli dostaną broń...

— Użyć jej w operacji pod fałszywą flagą, żeby wywołać wojnę między Rosją a NATO. Potem zrobić przewrót w Czeczenii i wyrwać się spod Rosji.

— O, kurwa. — Z tyłu głowy Jess podejrzewała coś w tym rodzaju, ale usłyszeć to tak wprost — czeczeńscy separatyści planowali wywołać III wojnę światową, by odzyskać kraj, a Dzhokharov musiał zajmować bardzo wysoką pozycję w szeregach przyszłych buntowników. To boleśnie uwypuklało, jak niebezpiecznie byłoby, gdyby te głowice trafiły w niepowołane ręce, i jak krytycznie ważna była ich misja.

Ważniejsza niż jedna dziecko-żona, choć niechętnie się do tego przyznawała. Mimo to jej życzliwość wobec Mariski przynosiła realne, namacalne rezultaty w postaci informacji, które dziewczyna przekazywała.

— No więc — mruknęła Jess, czule głaszcząc Mariskę po włosach. — Ile?

— Zaoferował dwanaście i pół miliona. Budżet to dwadzieścia — wyszeptała Mariska. — On nie może wydać więcej. Oni tego nie mają, a Fortunie trzeba zapłacić od razu.

— Rozumiem.

Mariska nie zapytała, ile licytował Pascal, co przekonało Jess, że mówi prawdę, że nie próbuje wyciągnąć od niej informacji w zamian, grając na współczuciu. Szczerze mówiąc, Jess nie sądziła, by dziewczyna miała w sobie skłonność do podstępu. Była młoda, ledwie wykształcona i ogromnie rozgoryczona swoją sytuacją. Miała wszelkie powody, by spróbować uciec od brutalnego, dużo starszego męża, a Jess była najpewniej pierwszą osobą, która dała jej choćby cień nadziei, że istnieje jakieś wyjście.

— Dziękuję ci za pomoc — powiedziała Jess cicho. — Obiecuję, że zrobię wszystko, co w mojej mocy, żeby też ci pomóc, kiedy przyjdzie pora.

Mariska skinęła głową, powieki jej opadały. Jess sięgnęła, by naciągnąć na nią narzutę.

— Śpij trochę, mała. Rano przyjdę sprawdzić, jak się czujesz.

Pascal położył się późno; Jess już spała, gdy wrócił do willi, zmęczony i spięty po godzinach, w których musiał ważyć każde słowo i każdy gest. Wczołgawszy się do łóżka obok niej, leżał z otwartymi oczami, próbując rozluźnić mięśnie na tyle, by zasnąć. Kompletnie mu się to nie udawało... aż do chwili, gdy ona westchnęła i obróciła się przez sen, zarzucając mu ramię na pierś, a policzek kładąc na jego ramieniu.

Bliskość, miękkie ciepło jej rozluźnionego, śpiącego ciała obok niego sprawiły, że coś w nim się rozplątało i w końcu odpłynął w sen.

Obudził się o wczesnym świcie, świadom, że coś jest nie tak; potrzebował kilku sekund, by zorientować się, że chodzi o nieobecność Jess. Chwilę później wsunęła się z powrotem do łóżka, mrucząc przeprosiny. — Musiałam do łazienki. Śpij dalej. Jest wcześnie.

Pascal był już jednak kompletnie rozbudzony i czuł, że Jess też nie śpi, sądząc po jej płytkim oddechu. Prawie mimochodem sięgnął dłonią i ujął jej ramię; przysunęła się bliżej i oparła policzek na jego bicepsie.

— Nie możesz zasnąć? — zapytała cicho.

— Nie. Myślę o następnej aukcji. Fortuna napomknął, że może przenieść ją na dziś, zamiast kazać nam czekać do jutra. Widział, że Dzhokharov się niecierpliwi, i Breukel też.

— Mmm. — Zawahała się na moment, po czym powiedziała delikatnie: — Zaczęłam mieć wątpliwości, dla kogo Breukel może pracować. Jeśli twoja teoria jest trafn a... to jego budżet nie byłby w praktyce nieskończony?

Jak u nas, brzmiał niewypowiedziany podtekst. Pascal obrócił głowę, by na nią spojrzeć, marszcząc brwi. — To jak myślisz, dla kogo on pracuje? — zapytał.

— Nie wiem. Jest czystą kartą i to mnie niepokoi.

Od początku miał wrażenie, że Jess ma dobre instynkty. Jeśli uważała, że z Breuklem może być problem, to Pascal musiał przyjrzeć się holenderskiemu pośrednikowi uważniej. Przyznał przed sobą, że zlekceważył Breukla, bo wydawało mu się, że go zna i wie, czego się po nim spodziewać. Breukel i Yoon zaprzątali jego uwagę mniej, bo Fortuna był niebezpieczną niewiadomą, a Hayworth i Dzhokharov — nieobliczalni.

Prosta prawda była taka, że nie mógł spuścić z oka żadnej z wielu piłek utrzymywanych jednocześnie w powietrzu. Choć nie posunął się do założenia, że Breukel naprawdę pracuje dla Interpolu albo innej służby, to gdzieś z tyłu głowy Pascal skreślił Holendra jako poważne zagrożenie, a to było nierozsądne. Słowa Jess były ostrym przypomnieniem, że nie może ufać dosłownie nikomu poza kobietą leżącą obok niego.

— Jak Mariska? — Zmienił temat, nie chcąc zbyt długo roztrząsać własnej nonszalancji. *Może faktycznie czas, żebym odszedł z roboty w terenie.*

— Obolała, ale myślę, że dojdzie do siebie — powiedziała Jess, usta opadły jej w kącikach. — W szpitalu wysłaliby ją pewnie na różne skany i badania, ale wątpię, by zrobili dla niej wiele ponad podanie środków przeciwbólowych.

— Biedne dziecko — mruknął Pascal.

— Wymknęła jej się ciekawa informacja — powiedziała Jess, a Pascal wyczuł, że dobiera słowa ostrożnie. — Coś, co może cię zainteresować. Okazuje się, że Dzhokharov nie przyjechał tu w imieniu czeczeńskiego rządu. Kupuje w imieniu ruchu separatystycznego.

— Tak? — To była interesująca wiadomość. Pascal nie miał pojęcia, że Dzhokharov nie działał z pełnym błogosławieństwem.

— Mhm. Planują użyć broni w operacji pod fałszywą flagą, żeby wywołać wojnę między Rosją a NATO, a potem ogłosić niepodległość, gdy Rosjanie będą zajęci gdzie indziej.

Pascal zagwizdał przeciągle pod nosem. — To... ambitne.

— *Szalone* — to słowo przyszło mi do głowy. Ale jeśli kogoś dociśnie się do ściany wystarczająco mocno, jedyne wyjście, jakie widzi, to zburzyć cały cholerny dom. — Jess wzruszyła ramionami. — Tak czy inaczej, nie sądzę, żeby mieli pieniądze. Mariska powiedziała, że mają twardy limit dwudziestu milionów. Dzhokharov zalicytował dwanaście... Ona sądzi, że planował odłożyć sobie część na boku, jeśli by się dało, ale teraz rozumie, że będzie musiał postawić wszystko, żeby mieć jakąkolwiek szansę.

— Tak, w takim razie wypada z gry. Ja mam do dyspozycji więcej i jestem prawie pewien, że Yoon też.

— Więc zakładając, że Dzhokharov i Breukel mają niższe oferty — zauważyła Jess — co, twoim zdaniem, zrobią po naszym wyjeździe? Myślisz, że Fortuna będzie miał im coś innego do zaoferowania — jakiś rodzaj nagrody pocieszenia?

Miał wielką nadzieję, że nie. Ale to byłoby bardzo w stylu Fortuny — handlarz bronią nie lubił zostawiać pieniędzy na stole. Może miał coś mniej efektownego niż walizkowa głowica nuklearna, ale potencjalnie równie zabójczego. Na przykład broń chemiczną albo biologiczną.

— Spróbuję szturchnąć Fortunę. Zobaczę, czy coś mi zdradzi — mruknął Pascal.

— W przeciwnym razie jedyny sposób, żebyśmy się dowiedzieli, to przegrać drugą i trzecią aukcję — stwierdziła Jess, patrząc mu prosto w oczy, a on skrzywił się, ale skinął głową, rozumiejąc, o co jej chodzi. Miała absolutną rację. Musieli zostać na wyspie po zakończeniu ostatniej aukcji, żeby poznać dalsze plany Fortuny.

To było ryzykowne. Zwłaszcza że musieli obdarzyć całkowitym zaufaniem zespoły działające na zewnątrz, które miały przejąć broń — a on musiał ślepo zawierzyć, że robak Jess dostarczy informacje na czas, by to się udało. Do tego, jeśli Fortuna wyczuje, że broń jest przejmowana przed dostawą, mógłby zacząć się zastanawiać, którędy wyciekają informacje. Pascal i Jess mogliby utknąć na wyspie z wściekłym Fortuną szukającym kozła ofiarnego.

— Zmartwimy się tym, kiedy przyjdzie na to pora — powiedział w końcu.

Jess skinęła głową. Przytuliła się do niego bliżej, kreśląc palcami lekkie linie po jego obojczykach, w dół klatki piersiowej. Przez tatuaż na lewym mięśniu piersiowym. — Kruk? — mruknęła.

— Lubię je. Mądre ptaki. — Nie miał dla niego szczególnego znaczenia, ale zrobił tatuaż, bo mężczyzna w jego profesji bez żadnego tuszu byłby rzadkością, która zwraca uwagę.

— Ja też je lubię.

Jej lekki dotyk zaczynał go podniecać; posłał jej szybkie, przepraszające spojrzenie, gdy jego wzbierający członek musnął jej udo.

Uśmiechnęła się i sięgnęła w dół. — No dzień dobry.

— Dzień dobry — powiedział chrapliwie i jęknął, gdy zsunęła się w dół łóżka i objęła go ustami.

Usta Jess były gorące i doświadczone, jej zręczne dłonie obejmowały jego jądra i nasadę prącia, i już po kilku sekundach był twardy jak skała i rozpaczliwie pragnął być w niej. Postanowiwszy jednak nie gnać na oślep, wsunął dłonie w jej włosy i delikatnie pociągnął, odrywając jej usta od swojego członka i przyciągając jej tors z powrotem do swojego.

— Chcę cię — wymamrotał chropawo przy jej ustach, a ona skinęła, oplatając go sobą i wzdychając z rozkoszy, gdy jego dłonie objęły jej piersi.

— Tak — przytaknęła. — *Tak*.

Była tak samo głodna jak on, pomyślał Pascal, gdy dorównywała mu w pośpiechu, jej smukłe ciało wyginało się ku niemu, a z ust wymykały się okrzyki przyjemności. Tak samo rozpaczliwie chcieli uciec od trudnej i niebezpiecznej sytuacji, w jakiej się znaleźli, choćby na chwilę, by zatracić się w rozkoszach ciała. I to było dokładnie to, czego potrzebował.

Gdy leżeli potem razem, spoceni i nasyceni, a Jess bezwiednie kreśliła palcem zarys rozpostartych skrzydeł kruka na jego piersi, uderzyło Pascala, że będzie mu brakowało Jess, kiedy ta misja się skończy. W ostatnich dniach tak bardzo się z nią oswoił, zaczął jej bezwzględnie ufać, a także polegać na jej osądzie, kiedy sam wątpił w siebie. Uśmiechnął się lekko, wspominając, jak kompletnie ją na początku źle ocenił. Założyłby się, że przynajmniej część tego eklektycznego wizerunku miała celowo sprawiać, by ludzie ją lekceważyli.

— Wcale nie jesteś taki, jak myślałam, kiedy się poznaliśmy — mruknęła Jess, tak dokładnie echo jego myśli, że roześmiał się na głos.

— Co zabawne, właśnie myślałem dokładnie to samo. — Zakręcił między palcami długie pasmo złotych włosów, musnął jego końcówką jej nagie ramię. — Ale wydaje mi się, że celowo szłaś na efekt szoku.

— Może trochę. A ja z kolei myślałam, że jesteś tylko kolejnym krawatem bez krzty wyobraźni. — Uniosła się na łokciu i posłała mu szelmowski uśmiech. — Cieszę się, że się pomyliłam.

Rozdział dwudziesty

Pascal i Jess po mniej więcej godzinie ruszyli do głównego budynku w poszukiwaniu śniadania, zastając go niemal pustym, poza kilkoma pracownikami. Wyglądało na to, że wszyscy inni dziś odsypiają. W połowie ich posiłku pojawił się Josef i Jess zapytała, czy mogłaby znowu odwiedzić Mariskę, uznając, że w tym wypadku lepiej poprosić o pozwolenie niż prosić później o wybaczenie.

— Jeśli Pani chce. — Josef skinął jej krótko głową. Sprawiał wrażenie zatroskanego, a gdy Jess odeszła, Pascal delikatnie zapytał Josefa, czy coś go nie martwi.

Josef wzruszył ramionami. — Pan Fortuna nie jest zadowolony — powiedział w końcu. — Dzhokharov robi aferę o to, że zamknięto go w jego willi, ale musi to zrozumieć; okazał brak szacunku dla zasad pana Fortuny.

— Ach. — Pascal doszedł do wniosku, że Fortuna nie chce wyrzucać Czeczena z wyspy, bo najpewniej obniżyłoby to licytację za pozostałe głowice. — Mam pytanie — powiedział — na które być może nie będzie Pan mógł odpowiedzieć, ale... zastanawiałem się, czy pan Fortuna ma jakiś rodzaj nagrody pocieszenia dla tych oferentów, którym nie uda się kupić jednego z urządzeń?

— A dlaczego Pan o to pyta? — rzucił Josef zbyt szybko i zbyt obronnie.

Pascal tylko wzruszył ramionami. — Sam bym tak zrobił.

— Oczywiście. — Spojrzenie Josefa stało się przenikliwe. — Pan też jest pośrednikiem, nie klientem końcowym. Przypomnij mi: kto jest Pana klientem?

Pascal roześmiał się.

Josef się uśmiechnął. — Nie można winić człowieka za to, że próbuje. Tak jak nie winię Pana za próby wyciągnięcia ode mnie informacji o interesach pana Fortuny.

— W porządku. — Pascal skłonił głowę. — Byłem po prostu ciekaw. Nawet jeśli nie będę w stanie domknąć tej transakcji w imieniu mojego klienta... nie chciałbym zupełnie zmarnować tutaj czasu. Zwłaszcza że zaliczka była bezzwrotna i poszła z mojej kieszeni.

— Nie sądzę, żeby wyjechał Pan rozczarowany — odparł Josef, a Pascal uznał, że to najsilniejsza sugestia, jaką może dostać, iż Fortuna rzeczywiście ma w zanadrzu coś do zaoferowania przegranym po zakończeniu aukcji.

Cholera. Jess miała rację.

Miał jednak już informacje potrzebne, by przegrać trzecią aukcję: wiedział, że Dzhokharov ma do wydania dwadzieścia milionów. Jeśli Pascal zalicytuje odrobinę niżej, przegra, nie robiąc wrażenia, jakby robił to celowo.

Zakładając, że Yoon ma więcej niż dwadzieścia milionów i wygra drugą aukcję. Wszystkie zmienne zaczynały przyprawiać Pascala o ból głowy. Wypił łyk ostatniej kawy z grymasem, akurat gdy wszedł Fortuna, z Sorayą pod rękę.

— Dzień dobry — przywitał się Pascal.

Fortuna skinął mu głową, po czym zwrócił się do Josefa potoczną, seriami wystrzeliwaną hiszpańszczyzną, pytając, czy Dzhokharov się uspokoił.

Pascal nalał sobie jeszcze kawy i popijał ją ze spokojem, nie dając po sobie poznać, że rozumie każde słowo rozmowy. Soraya usiadła obok niego i pochyliła się blisko, ewidentnie chcąc przyciągnąć jego wzrok do imponującego dekoltu. Odpłacił jej beznamiętnym uśmiechem i zaproponował, że naleje jej kawy.

— Dobrze. Zbierz ich wszystkich — powiedział Fortuna do Josefa wciąż tą szybką, potoczną hiszpańszczyzną. — Zrobimy to po śniadaniu. Mam już dość patrzenia na to całe towarzystwo. Trzeba było wszystko zrobić w sieci.

Josef wyszedł, a Fortuna pstryknął palcami na obsługę, która popędziła, by przyjąć jego zamówienie na jajka w koszulkach na kromce z zakwasu z dodatkiem bekonu z syropem klonowym.

— Gdzie jest Jessica? — W końcu Fortuna zwrócił uwagę na Pascala, a jego brwi lekko się zmarszczyły na widok tego, jak troskliwie blisko siedzi Soraya. Ta najwyraźniej to zauważyła i pospiesznie odsunęła się nieco od Pascala.

— Poprosiła Josefa, czy może zajrzeć do Mariski. Ma miękkie serce, polubiła małą. — Pascal wzruszył ramionami, jakby był obojętny.

— Hm. — Fortuna wystukał palcami rytm na blacie.

— Czy Hayworth dostał już swoje urządzenie? — zmienił temat Pascal, dbając o swobodny ton. — Nie wygląda na kogoś, kto cierpliwie czeka.

— Jutro. — Fortuna rozluźnił się na tyle, by zdradzić tę drobną informację, a na jego ustach pojawił się zadowolony uśmiech. — Wiedziałem, jakim budżetem dysponują — zaproponował mi zdumiewająco duże pieniądze, żebym sprzedał mu urządzenie bez udziału w aukcji, więc zorganizowałem, by jedno było wcześniej ulokowane w USA, żebym mógł szybko je dostarczyć. Przy kliencie z takim budżetem, cóż. — Wzruszył ramionami.

— Robi się to, co trzeba, żeby ich zadowolić. Ale naprawdę sądzi Pan, że wróci? Nie wyobrażam sobie, by ich mała sekta była w stanie obalić na tyle dużą część amerykańskiego rządu, by uniknąć konsekwencji. — Pascal szczerze był ciekaw, czy Fortuna czuje jeszcze jakąkolwiek lojalność wobec kraju, w którym się urodził.

— Naprawdę mnie nie obchodzi, czy wróci, czy nie. A jeśli uda im się przeprowadzić planowaną destabilizację, sądzę, że pojawi się o wiele więcej kupców szukających przeróżnego sprzętu. Więcej interesów dla nas obu. — Fortuna stuknął Pascala filiżanką kawy niczym toastem.

Pascal zmusił się do wdzięcznego uśmiechu, maskując instynktowny odruch odrazy. — Przyjąłem do wiadomości. Nie wie Pan przypadkiem, jaki ma ramowy termin? Planowaliśmy wracać do Europy przez USA, może odwiedzić rodziców Jess, ale zaczynam się nad tym zastanawiać. Może zmienimy plany.

— Ja na Pana miejscu tak bym zrobił. — Spojrzenie Fortuny było twarde. Niewzruszone. — Może to też dobry czas, by rodzice Jess wybrali się na wakacje do Europy.

— Zanotowane — mruknął Pascal, gdy podano Fortunie śniadanie, a handlarz bronią skupił się na talerzu. — Cóż, pójdę chyba znaleźć Jess. Może popływamy.

— Proszę nigdzie nie iść. — Fortuna wskazał Pascala widelcem. — Zrobimy drugą aukcję zaraz po tym, jak skończę jeść.

— Och. Zmiana planów? A co z trzecią aukcją?

— Zdecyduję o tym później, dziś. Może zrobimy ją jutro. Zależy, kto dziś wygra i dokąd będę musiał dostarczyć drugie urządzenie. — Fortuna uśmiechnął się krzywo. — Powie mi Pan, dokąd je dostarczyć, jeśli będzie Pan najwyższym oferentem?

— Musiałbym to skonsultować z moim klientem — odparł gładko Pascal. — Mam upoważnienie tylko do licytacji w jego imieniu, nie do wglądu w plany operacyjne.

— Hmpf. — Fortuna wrócił do jedzenia, tnąc bekon niemal ze złością, sztućce zabrzęczały o talerz. — Nigdy nie powinienem był wpuszczać tutaj Pana i Breukel — mruknął. — Lubię wiedzieć, z kim mam do czynienia.

— Dajmy spokój. — Pascal postarał się, by jego ton brzmiał ugodowo. — To tylko biznes. W naszej branży pośrednicy to norma. Proszę spojrzeć, kto sprawił Panu kłopoty — Hayworth i **Dzhokhorov** — dwóch z Pana trzech klientów końcowych, hm? Tymczasem Dieter i ja jesteśmy profesjonalistami, tak jak Pan.

— W niczym Pan mnie nie przypomina — powiedział Fortuna lodowato.

Zapadła napięta cisza. Soraya zerkała to na jednego, to na drugiego, z szeroko otwartymi oczami; Pascal poczuł, jak po kręgosłupie przebiega mu dreszcz, choć zmusił się, by tkwić bez ruchu i utrzymał spojrzenie Fortuny.

Ciszę przerwały drzwi, które się otworzyły, wpuszczając Breukel, Yoona i Dr Choe. Żadne z nich nie wyglądało na szczególnie szczęśliwe z powodu tak nagłego wezwania, choć z pewnością byli w lepszym nastroju niż Dzhokharov. Czeczen wszedł bordowy na twarzy, pomrukując pod nosem i tupiąc, gdy zjawił się parę minut później.

— Prowadzimy aukcję teraz. — Fortuna uciął wszelkie protesty, rzucił serwetkę i wstał. — Josef. Tablety.

Jess tu nie ma, pomyślał Pascal, gdy przyjmował tablet od Josefa, i pewnie już jej nie wpuszczą, bo drzwi zamknięto, a Josef stanął przed nimi po rozdaniu urządzeń. Nie miało to jednak większego znaczenia. Pascal wiedział, jaka musi być jego strategia. Jeśli zalicytuje nie wyżej niż za pierwszym razem, wyśle Fortunie sygnał, że od początku był na limicie i jest co do niego szczery, przedstawiając się dokładnie tak, jak Fortuna oczekuje.

Tym razem Fortuna nie bawił się w teatr. Pięć minut później było po wszystkim, a Yoon i Fortuna uścisnęli sobie dłonie, obaj w świetnych humorach. Dzhokharov wyglądał na ostrożnie zadowolonego; Pascal uznał, że Czeczen wreszcie wpisał swoją prawdziwą maksymalną ofertę i zajął drugie miejsce, bo na ekranie Pascala widniała cyfra 3.

Co oznaczało, że Breukel, który właśnie wychodził z sali z miną jak gradowa chmura, znów był najniższym oferentem... i Pascal coraz bardziej skłaniał się ku wnioskowi Jess, że Breukel nie jest z Interpolu ani żadnej innej służby.

Josef zebrał z powrotem tablety, a Fortuna wyszedł z sali z Yoonem i Dr Choe; Dzhokharov usiadł przy stole i warknął na Sorayę, żeby nalała mu kawy. Ta zerwała się do posłuszeństwa, a Pascal wstał, uznając, że jego obecność tylko jeszcze bardziej rozsierdzi Czeczena.

— Nie zostaje Pan wypić kawy ze mną? — burknął Dzhokharov.

— Już jadłem śniadanie, Ruslan. — Pascal jednak z powrotem usiadł, skinął do Sorayi i wskazał na swoją filiżankę. — Nudzi się Pan czy co?

— Cha. Ten chleb, niedobry. Dlaczego w Amerykach chleb zawsze taki zły? — Dzhokharov szturchnął bułkę na talerzu. — Trzeba było przywieźć dobry czeczeński chleb.

— Teraz byłby już czerstwy — zauważył Pascal. — Zresztą zgadzam się co do chleba. Myślę, że to kwestia mąki. W Europie są inne odmiany pszenicy czy coś. Dałbym dużo za porządną bagietkę z mojej lokalnej piekarni w Marseilles.

— To tam Pan naprawdę mieszka, tak? — Dzhokharov rzucił mu bystre spojrzenie.

Pascal niedbale wzruszył ramionami. — O tyle, o ile można powiedzieć, że gdziekolwiek mieszkam. Mam tam mieszkanie, ale prawdę mówiąc, to jeśli spędzam trzydzieści nocy w roku we własnym łóżku, to mam szczęście. — Oczywiście była to nieruchomość należąca do CIA; powinien się tam wkrótce pokazać. Nie było go od sześciu miesięcy i ktoś obserwujący mógłby zacząć się zastanawiać, dlaczego. Pascal Montalban widniał na niejednej międzynarodowej liście obserwacyjnej, choć CIA dbała, by żadna służba nie przeszła do działania na podstawie informacji, które wydawało się, że o nim ma.

— A ja myślałem, że żołnierska robota trzyma mnie daleko od domu. — Czeczen prychnął, ładując do ust jajecznicę. — Teraz nawet żony nie mam, żeby dotrzymała mi towarzystwa.

— Ona jest dzieckiem. Po co by Panu, skoro może Pan mieć taką piękną kobietę jak ta, żeby ogrzała Panu łóżko? Nasz gospodarz okazał się bardzo hojny. — Pascal skinął w stronę Sorayi, która aż się rozpromieniła.

— Słuszna uwaga. Pójdziesz dziś dotrzymać mi towarzystwa? — Dzhokharov zwrócił się do Sorayi. — Może weź jedną ze swoich koleżanek. — Uśmiechnął się lubieżnie. — Żeby mi się nie nudziło.

— Chciałbyś? — zamruczała Soraya, pochylając się tak, by dać Dzhokharovovi świetny widok na swój spektakularny dekolt. — Lubisz patrzeć?

— Da, bardzo. Niech Pan też dołączy, Pascal. Proszę przyprowadzić tę śliczną Jess.

Na tym mu właśnie zależało, domyślił się od razu Pascal; zaproszenie jego samego było tylko dodatkiem. Dzhokharov chciał przelecieć Jess i uznał, że orgia da mu na to najlepszą szansę.

— Nie dzielę się — powiedział Pascal i nie silił się, by ukryć groźbę w głosie. — Interesy to interesy, ale co moje, to moje, wliczając Jess. Proszę nie pytać ponownie. Nie chciałbym musieć się obrazić.

Mając go już serdecznie dość, odsunął krzesło i wstał, opuszczając jadalnię bez oglądania się za siebie. Musiał przewietrzyć głowę, więc zamiast wracać ścieżką do willi, skierował się w stronę plaży.

Jess znalazła go tam pół godziny później, przechadzającego się po linii wody. Zsunęła buty, dołączyła do niego i przez chwilę szła w milczeniu.

— Co się stało? — zapytała w końcu cicho.

— Druga aukcja. Wygrał Yoon. Byłem trzeci, za Dzhokharovem.

— Hm. — Jess skinęła głową, ewidentnie układając w myślach bieg wydarzeń. — Zgaduję, że po niego ten śmigłowiec. — Skinęła w stronę morza, a Pascal odwrócił wzrok. To ona zobaczyła go pierwsza — odległą kropkę zbliżającego się helikoptera — a teraz i on usłyszał *łop-łop* łopat wiatrem nad falami.

— Mam tylko nadzieję, że twój robak zadziałał i nasi ludzie na zewnątrz dostają potrzebne informacje — mruknął, patrząc na zbliżający się śmigłowiec. — Bo jeśli nie, wypuszczamy w świat głowice nuklearne, nie wiedząc tak naprawdę, gdzie dokładnie wylądują.

— Miej trochę wiary. — Jess wsunęła dłoń w jego dłoń i delikatnie ścisnęła. — Upewniłam się, że serwer po drugiej stronie, który skonfigurowałam do odbioru, odpowiedział. Każdy bit danych, który w tamtym momencie był w komputerach na wyspie, skopiował się na zewnątrz, a nawet jeśli potem to wyłączyli — czego nie umiem sobie wyobrazić, bo Fortuna już zrobiłby awanturę — moi ludzie mają wystarczająco informacji o kupcach, by zacząć grzebać w ich finansach i iść po śladach pieniędzy.

Westchnął, wydął policzki. Skinął głową. — Jak się ma Mariska? — zapytał po kolejnej minucie czy dwóch milczenia.

— Czuje się trochę lepiej po porządnie przespanej nocy. Camila przyniosła jej śniadanie i jadła.

— To dobrze. — Spojrzał na morze. — Jess... Dzhokharov wygra trzecią aukcję. Muszę mu na to pozwolić, bo musimy wiedzieć, jakie jeszcze karty trzyma Fortuna w rękawie.

— Wiem — powiedziała, marszcząc brwi, gdy posłał jej znaczące spojrzenie.

Pascal dostrzegł moment, w którym pojęła, do czego zmierza. Policzki jej pociemniały, szczęka się zacisnęła.

— Wyjedzie i zabierze ze sobą Mariskę, a my nic nie będziemy mogli z tym zrobić — powiedział łagodnie. — Najpewniej będzie z nim z powrotem w Czeczenii, zanim w ogóle opuścimy tę wyspę.

— A my możemy nie być w stanie jej stamtąd wyciągnąć. — Jess niemal wypluła te słowa, zaciskając palce na jego dłoni. — Cholera. Obiecałam, że jej pomogę, jeśli będę mogła.

— *Jeśli* będziesz mogła — zauważył Pascal cicho, ale bez litości. — Nie będzie jedyną niewinną ofiarą, jeśli nie wykonamy tu zadania.

— Tzw. dylemat wagonika jest przerażający w teorii. Kiedy to realny wybór między jedną znaną ci osobą a nie wiadomo iloma bezimiennymi ludźmi, wielu się zamraża. Masz dobre instynkty. Nie potrzebowałaś, żebym mówił ci, jakiego wyboru musimy dokonać. Wspomniałem o tym tylko po to, żeby mieć pewność, że to rozważyłaś i nie zareagujesz źle w ogniu chwili, jeśli przyszłoby ci to do głowy za późno. — Wypuścił jej dłoń i objął ją ramieniem, pochylając się, by musnąć ustami skroń. — Mylisz się, mówiąc, że nie nadajesz się do pracy w terenie. Odkąd tu przyjechaliśmy, niemal nie popełniłaś błędu, a to jest rzucenie na głęboką wodę.

— Dzięki. — Oparła się o niego na moment. — Jak długo jeszcze, jak myślisz? Fortuna najwyraźniej traci cierpliwość. Myślisz, że zrobi trzecią aukcję dziś?

— Może. Musi uruchomić pewne rzeczy, żeby dostarczyć urządzenie Yoonowi, to może go zająć do końca dnia. Zobaczymy. —

ROZDZIAŁ DWUDZIESTY PIERWSZY

Pascal przez resztę dnia był w napięciu, w każdej chwili spodziewając się wezwania na trzecią i ostatnią aukcję, ale nie nadeszło. Helikopter znów wystartował, gdy on i Jess wracali do swojej willi, lecąc tak nisko, że zobaczyli dwóch Koreańczyków z Północy wyglądających przez boczne okna w ich stronę.

— W teorii to powinno być najłatwiejsze do przechwycenia. Pewnie też z najdłuższym czasem dostawy — powiedział cicho Pascal. — Trzeba to będzie dostarczyć statkiem i nie widzę Fortuny, który trzymałby to dosłownie na kontenerowcu u wybrzeży Korei.

— Miejmy tylko nadzieję, że Marynarka Wojenna zrobi swoje, nie wywołując gównoburzy z Chińczykami — mruknęła Jess, zasłaniając oczy dłonią, gdy patrzyła za odlatującym śmigłowcem.

— Od tego mamy tajnych agentów i okręty podwodne, Jess. Jeśli nie będzie innego wyjścia, statek dozna katastrofalnej awarii i skończy na dnie oceanu. — Nie byłby to wynik preferowany — Izraelczycy niemal na pewno chcieli odzyskać swoje zaginione urządzenia — ale i tak lepszy niż gdyby Koreańczycy z Północy weszli w posiadanie walizkowej bomby do odtworzenia.

Wezwano ich na kolację o zwykłej porze i okazało się, że Fortuna najwyraźniej odzyskał dobry humor i znów był czarujący oraz pełen ogłady.

— To kiedy będzie ostatnia aukcja? — Pascal spróbował bezpośrednio, gdy w rozmowie zapadła krótka pauza. — Dziś wieczorem? Możemy mieć to już z głowy i wrócić do domu.

— A po co ten pośpiech? — zapytał Breukel, w oczach Holendra błysnęła przebiegłość. — Ja tu sobie miło wypoczywam.

— Jasne... ale jeśli pańscy klienci są choć trochę podobni do moich, to im szybciej wrócę do sieci z odpowiedziami, których szukają, tym będą szczęśliwsi. — Pascal wzruszył ramionami. — I, proszę wybaczyć, jeśli się mylę, oczywiście. — Skinął głową Fortunie. — Ale mam wrażenie, że wszyscy odrobinę nadużywamy gościnności naszego gospodarza.

— Wcale nie — zapewnił Fortuna, choć jego ton wskazywał co innego. — Chyba... wyszedłem z wprawy, jeśli chodzi o takie towarzystwo.

— Chyba tak się dzieje, kiedy przeprowadza się na prywatną wyspę — rzuciła Jess nieco od niechcenia. — Kilku przyjaciół Taty tak zrobiło, kiedy naprawdę się dorobili. Wszyscy skończyli jako trochę odludni i... — urwała, choć Pascal był pewien, że dobrała słowa z rozmysłem.

— Trochę jacy? — warknął agresywnie Fortuna.

— Niezwyczajni w kontaktach towarzyskich! — Uśmiechnęła się do niego. — Był pan wobec nas bardzo uprzejmy, panie Fortuna, ale przecież ledwie nas pan zna. Najwyraźniej naprawdę swobodnie czuje się pan tylko wśród ludzi, których zna pan najlepiej.

Po tym Fortuna bardzo spoważniał, pozwalając, by rozmowa toczyła się dalej bez jego udziału, a Pascal niemal widział, jak mężczyzna przemyśliwuje swoje wybory. Fortuna — kiedy był Sebastianem Maroneyem, odznaczonym agentem CIA — miał dokładnie takie samo szkolenie jak Pascal. Te same umiejętności. Uczony, by być kameleonem, wtopić się w tło, pozostać niezauważonym, być sympatycznym, łatwo zapominanym nieznajomym, którego osoba bez przeszkolenia nawet nie pamiętałaby po kilku dniach, a co dopiero po tygodniach czy miesiącach.

Fortuna najwyraźniej po cichu dusił się w tej roli i pozwolił swoim najbardziej barwnym i nieznośnym odruchom dojść do głosu, gdy przestały go ograniczać Agencja czy jakiekolwiek zasady praworządności — ale czy zapomniał wszystko, czego go nauczono, skoro nie potrafił nawet przez parę dni udawać towarzyskiego gospodarza dla hojnie wydających klientów, nie tracąc przy tym panowania nad sobą?

— Ostatnią aukcję zrobimy dziś wieczorem — oznajmił nagle Fortuna po chwili. — Po kolacji. Zwycięzca niestety nie będzie mógł odlecieć przed jutrzejszym dniem, bo nie mogę wcześniej ściągnąć śmigłowca.

— Mnie pasuje — odparł wesoło Breukel, ściskając w pasie dziewczynę siedzącą mu na kolanach. — Jestem pewien, że Luisa sprawi, iż mój ostatni wieczór będzie niezapomniany.

Breukel wydawał się zbyt wesoły jak na człowieka, który do tej pory plasował się na końcu w każdej aukcji. Może już to wszystko spisał na straty. A może przez cały czas grał, wyciągając od Fortuny informacje, kiedy nie było przy nich reszty, próbując ustalić, jak wysoka będzie ostatnia oferta, żeby wskoczyć na końcu i zgarnąć zwycięstwo.

Pascal po prostu chciał, żeby to się skończyło, i był pewien, że Jess czuła to samo. Zobaczył, jak przyciska palce do skroni; domyślił się, że walczy z tym samym rodzajem bólu głowy od stresu, z którym on właśnie sobie radził. Jeszcze trochę na Isla Fortuna i oboje dorobiliby się wrzodów ze stresu; zdecydowanie najlepiej, że wkrótce wyjadą.

Po kolacji Fortuna nie fatygował się, by odesłać dziewczyny, tylko zawołał Josefa, gdy wszyscy wciąż jedli deser, i kazał mu przynieść tablety.

Pascal znów ostrożnie wprowadził swoją ofertę i czekał. Fortuna raz na niego zerknął i skinął głową.

— Bez ceregieli — mruknął Fortuna. — Nie chciałby pan może dołożyć trochę własnej gotówki, zobaczyć, czy kupujący nie podbije stawki? Albo znaleźć innego nabywcę?

— Obawiam się, że nie — odparł Pascal. — Zawarłem wyłączną umowę z nabywcą i to jest jego maksymalna oferta. To nie ktoś, komu chciałbym zajść za skórę, gdyby odkrył, że go wystawiłem. Nie będą zadowoleni, jeśli obejdą się smakiem, ale to oni ustalili budżet i jasno wyznaczyli twardy limit. Ich decyzje nie będą miały dla mnie konsekwencji.

— Chyba lubię pańskich kupujących. Musi mi pan opowiedzieć o nich coś więcej.

Pascal tylko się uśmiechnął. — Wtedy staliby się pańskimi kupującymi, prawda? Nie sądzę.

Fortuna zachichotał i skinął głową, uznając rację, akurat gdy rozległ się ostatni dzwonek. — Gratulacje, panie generale Dzhokhorov. Kupił pan sobie bombę atomową.

Dzhokhorov roześmiał się w zachwycie, klepiąc po udzie Sorayę, siedzącą obok niego. Drgnęła i posłała mu niechętne spojrzenie, którego on na szczęście nie zauważył.

— Zapraszam do mojego gabinetu — rzucił Fortuna — i rozpoczniemy proces transferu. Panie Montalban, panie Breukel... porozmawiamy trochę później, jeśli panowie nie mają nic przeciwko. Proszę zostać, korzystać z mojej gościnności, wrócę do panów, gdy skończymy z generałem.

— Oczywiście — odparł swobodnie Pascal, obserwując kątem oka Breukela, ale drugi handlarz bronią tylko skinął głową, najwyraźniej całkowicie skupiony na Luisie na swoich kolanach.

Fortuna i Dzhokhorov wyszli z sali, a Pascal wyciągnął rękę, by ująć dłoń Jess, kiedy zorientował się, że ona wpatruje się w stół. W tablet leżący przed nim, którego Josef tym razem nie zabrał, zanim podążył w ślad za Fortuną.

— Nie — powiedział Pascal bardzo cicho. Rozumiał pokusę; to musiało być jak postawienie uczty przed głodnym i kazanie mu się powstrzymać, ale ryzyko tak późno w grze byłoby głupotą.

Ramiona Jess uniosły się w westchnieniu, po czym uniosła na niego wzrok i uśmiechnęła się. — To tylko... — urwała.

— Wiem. Ale nie rób tego. — Ścisnął jej dłoń. — Zrobiliśmy to, po co tu przyjechaliśmy. — Przynajmniej miał nadzieję, że tak.

— Tak, i tak chyba nic pożytecznego nie zdołałabym teraz zrobić. — Jeszcze raz rzuciła tęskne spojrzenie na tablet, po czym stanowczo odwróciła głowę.

Za ich plecami trzasnęły drzwi i Pascal szybko się odwrócił, widząc, jak do sali wchodzi jeden ze strażników.

— Gdzie jest pan Fortuna? — warknął strażnik.

— Tamtędy poszedł. — Jess wskazała drzwi po drugiej stronie sali, a strażnik przebiegł do nich i szarpnął klamkę, otwierając bez pukania.

— Co się dzieje? — Breukel odsunął Luisę i podniósł się, ale nikt, kto został w jadalni, nie potrafił mu odpowiedzieć.

Jednak już po kilku sekundach Fortuna wyszedł z powrotem szybkim krokiem, a za nim strażnik. Breukel powtórzył pytanie, lecz Fortuna je zignorował, kierując się z powrotem do foyer.

— Pierdolę to, idę za nim — powiedział Pascal. — Nie lubię nie wiedzieć, co się dzieje.

Breukel skinął głową, a Jess ruszyła za nimi. Pascal myślał, że pozostałe dziewczyny raczej zostaną na miejscu, ale kiedy obejrzał się przez ramię, zobaczył, że Soraya również idzie za Jess, z ciekawością na twarzy.

Fortuna i strażnik weszli do pokoju na boku foyer, w tym, w którym Pascal był pierwszego wieczoru — z oknem wychodzącym na boczną alejkę w stronę serwerowni. Telewizor był włączony, nastawiony na główną stację informacyjną z satelity, a Fortuna stał przed ekranem, piorunując go wzrokiem, z zaciśniętymi pięściami.

WIELKA OPERACJA DEPARTAMENTU BEZPIECZEŃSTWA KRAJOWEGO W OBIEKCIE KOŚCIELNYM — głosił pasek, i Pascal poczuł, jak sztywnieje.

— Kościół? — powiedział na głos. — Nie... kościół *Haywortha*?

— Tak — warknął wściekle Fortuna.

— Przecież jego ładunek miał być dostarczony dziś wieczorem?

Zadzwonił telefon, aż podskoczył. Fortuna wyciągnął urządzenie z kieszeni i przyłożył do ucha.

— Słucham? — warknął, posłuchał chwilę. — Tak, ty pieprzony idioto, widzę to, jest wszędzie w wiadomościach! Gdzie jest urządzenie?

Wieści musiały być złe, bo jego twarz pociemniała jeszcze bardziej. — Gdzie jesteś? — zapytał w końcu. — Dobra. Zejdź do podziemia. A jeśli jakimś cudem cię znajdą... wiesz, co cię czeka, jeśli kiedykolwiek padnie z twoich ust moje nazwisko. — Rozłączył się i znów wbił wzrok w ekran.

Nie było wiele do zobaczenia: materiał wyraźnie nagrywano z obiektywem o długiej ogniskowej, tak blisko, jak tylko operator zdołał podejść. Kilka dużych opancerzonych furgonów stało przy bocznej wiejskiej drodze, ale teren opadał na jedną stronę i dobrze było widać duży dom w stylu rancza, a za nim kilka sporych budynków, które bardziej wyglądały na dormitoria niż na stajnie, jakich można by się było spodziewać w takich posiadłościach. Około dwustu agentów otaczało całość, większość w dość swobodnych pozach, z bronią schowaną albo opuszczoną ku ziemi, co mówiło Pascalowi, że jeśli coś się działo, to już dawno po sprawie.

— Przeprowadzono dziś wieczorem dużą operację — mówił prezenter — i przed chwilą ten reporter widział, jak samego Joshuy Haywortha wyprowadzono w kajdankach i załadowano do pojazdu do transportu. Na razie żaden z funkcjonariuszy na miejscu nie wydał oświadczenia.

Na moment pokazano ujęcie z daleka, jak siwowłosego mężczyznę pakują do opancerzonego auta. Za nim szło dwóch kolejnych skuwanych, każdy otoczony przez agentów. I nawet przy takim zbliżeniu ostatnim z mężczyzn był wyraźnie Saul Hayworth.

— *Kurwa* — warknął Fortuna. — Pierdolony idiota. Zero pojęcia o bezpieczeństwie operacyjnym.

Fortuna założył, że wyciek musiał być po stronie Haywortha. Pascal wypuścił powietrze bezgłośnie, ale nie odważył się spojrzeć na Jess.

Kamera wróciła do tego, co Pascal uznał za materiał na żywo, i skupiła się na agentach kręcących się wokół opancerzonych furgonów, wszyscy w strojach taktycznych, większość w granatowych wiatrówkach z napisem HOMELAND SECURITY na plecach.

Najbliższa kamerze agentka odwróciła się i wskazała w jej stronę, mówiąc coś do kolegi. Była to kobieta, zauważył Pascal, gdy kamera przybliżyła jej twarz. Ładna, o włosach w dość nienaturalnym odcieniu ciemnej czerwieni...

Jess całkiem zesztywniała u jego boku akurat w chwili, gdy Pascal rozpoznał jej siostrę.

Co Liane tam robi?

Była zbyt podobna do Jess. Wyglądała *dokładnie* jak Jess, poza innym kolorem włosów, i Pascal wiedział, kiedy tylko Fortuna dostrzegł to podobieństwo, bo mężczyzna syknął przez zęby ułamek sekundy przed tym, jak gwałtownie się odwrócił.

Tego nie dało się wyblefować. Wyraz twarzy Jess mówił wszystko w jednej chwili, a Fortuna wrzasnął bez słów czystą furią, jednocześnie sięgając dłonią do krzyża po broń, którą nosił pod koszulą.

Szybki jak był Fortuna, Pascal był jeszcze szybszy. Rzucił się do jedynej innej broni w pokoju, pistoletu w kaburze na biodrze strażnika, który nie miał bladego pojęcia, co się dzieje i nie podejrzewał, że za chwilę zostanie obezwładniony.

— Biegnij! — ryknął do Jess, modląc się, by nie zastygła w bezruchu, i posłał po cichu modlitwę z wdzięcznością, gdy nie zastygła — obróciła się na pięcie i zniknęła, zanim Fortuna w ogóle zdołał dobyć broni.

Nie miał czasu się o nią martwić, bo Fortuna miał już pistolet w dłoni, a Pascalowi nie udało się wyciągnąć broni strażnika z kabury; zdążył tylko szarpnąć mężczyznę przed siebie jako żywą tarczę... i pierwsze podwójne strzały Fortuny trafiły jego własnego człowieka prosto w pierś.

Breukel krzyczał zszokowany, cofając się w stronę drzwi z uniesionymi rękami. Najwyraźniej Fortuna nie odróżniał już przyjaciela od wroga, bo strzelił Breukelowi dwa razy między oczy, zanim znów obrócił się w stronę Pascala.

Pascal miał już w ręku broń strażnika, choć wciąż podtrzymywał bezwładne ciało jako tarczę. Podniósł pistolet, zrzucił bezpiecznik i pociągnął za spust dwa razy.

Fortuna się uśmiechnął. — Ała — stwierdził łagodnie. *Kurwa! Ślepe naboje!*

Fortuna nie ufał nawet własnym ludziom.

— Potnę ją na malutkie kawałeczki — powiedział Fortuna niemal rozmownym tonem.

Skoro zamierzał tracić czas na gadanie, Pascal nie zamierzał gardzić takim prezentem od losu.

Rzucił się do tyłu przez okno.

ROZDZIAŁ DWUDZIESTY DRUGI

JESS BIEGŁA NAJSZYBCIEJ, JAK potrafiła, minęła osłupiałą Sorayę, wpadła z powrotem do jadalni i przez nią do znajdującego się dalej biura, gdzie spotkała Josefa pędzącego z przeciwka; najwyraźniej usłyszał strzały i już trzymał w ręku pistolet.

— To Breukel! — krzyknęła, myśląc gorączkowo. — Postrzelił pana Fortunę...

— Z drogi — warknął Josef, zamaszyście odpychając ją na bok, a ona wbiła mu prosto w lewe oko nóż do steków, który zwędziła podczas kolacji pierwszego wieczoru i odtąd nosiła przy sobie, z całą siłą.

Josef nawet nie wydał z siebie dźwięku, po prostu zwalił się w kupę. Jess chwyciła jego pistolet, zanim jeszcze uderzył o podłogę, obróciła się na pięcie i pognała z powrotem w drugą stronę. Rozległ się potworny trzask rozbitych szyb, padł kolejny strzał i kiedy dotarła z powrotem do salonu, Pascala i Fortuny już nie było; wiatr dmuchał przez potrzaskane okno, a na podłodze leżały tylko dwa martwe ciała.

— Co się dzieje? — krzyknęła Soraya, chwytając ją za ramię.

Jess strząsnęła jej dłoń. — Zbierz pozostałe dziewczyny i schowajcie się, jeśli chcecie przeżyć — rzuciła krótko.

Soraya rzuciła tylko jedno spojrzenie na jej twarz, złapała Luisę, która wyglądała z jadalni, i zaszczebiotała do niej szybkim hiszpańskim. Pozostałe dziewczyny już skryły się pod meblami, ale Soraya zawołała do nich, najwyraźniej każąc im wyjść, i wszystkie ruszyły w stronę drzwi do kuchni, pewnie z myślą, by zawiadomić resztę obsługi.

Dzhokharov, pomyślała Jess. Pascal poradzi sobie sam, a on i Fortuna najwidoczniej właśnie walczyli. Skrzywiła się, gdy dobiegł ją kolejny odległy strzał, instynkt wrzeszczał, żeby pobiec za Pascalem i spróbować mu pomóc. Ale Jess nie mogła zostawić Czeczena za plecami. Spojrzała na pistolet w swojej dłoni. Krępy Sig Sauer P320; nigdy wcześniej takiego nie używała, ale go rozpoznała i wiedziała, jak się nim posługiwać. Przełączyła dźwignię bezpiecznika i oparła palec na kabłąku spustu, ostrożnie podchodząc do drzwi do gabinetu Fortuny.

Gabinet był pusty, a drzwi po drugiej stronie stały otwarte. Dzhokharov zniknął.

— Cholera — mruknęła Jess pod nosem, zerkając na otwarty na biurku laptop. Szybko przeliczyła w głowie.

Nie. Jeśli tu wszystko pójdzie źle, muszą wiedzieć, że się zaczęło. Czas wezwać posiłki.

Przykucnęła za biurkiem i ściągnęła laptop na podłogę, kładąc tuż obok pistolet. Jeśli ktoś zajrzy przez którekolwiek drzwi, może jej od razu nie zauważyć. A, miejmy nadzieję, potrzebowała tylko kilku minut.

Jess nie mogła uwierzyć własnym oczom, gdy spojrzała na ekran. Dzhokharov zostawił otwartą aplikację portfela kryptowalut. Zalogowaną.

Czy mam czas?

Znajdę czas.

Jej palce zatańczyły po klawiaturze, alarmując swoich ludzi, że na Isla Fortuna zaczyna się jazda — już wiedzieli dokładnie, gdzie to jest, dzięki jej pierwotnemu włamaniu — i że czas wysłać wszelkie dostępne posiłki. *Jedno z urządzeń celów w tej chwili wciąż jest na miejscu,* dodała, po czym wróciła do portfela krypto. Z uśmiechem zabrała się do szybkiego sprawienia, by Dzhokhorov nie miał środków nawet na bilet lotniczy z powrotem do Czeczenii.

Słyszała odległe krzyki, ale zaskakująco niewiele strzałów. Z Pascalem naliczyli dziesięciu strażników i dwóch innych asystentów na szczeblu Josefa, którzy wszyscy byli uzbrojeni, poza samym Fortuną. Biorąc pod uwagę chaos, który właśnie z Pascalem rozpętali, spodziewałaby się znacznie większej kanonady.

Zamknąwszy laptop i wsunąwszy go pod ramię, Jess cicho przemknęła do drzwi, których musiał użyć Dzhokharov, odkrywając, że prowadzą na zewnątrz, na boczne wyjście głównego budynku ośrodka. Nasłuchiwała; słyszała Fortunę wydającego rozkazy, kogoś, kto odszczekiwał mu po hiszpańsku. Zmarszczyła brwi.

Czy on powiedział to, co myślę? Oskarżył Fortunę, że dał im trefną broń?

Spojrzała na pistolet w swojej dłoni. Był Josefa, a Fortuna najwyraźniej bardzo Josefowi ufał. Czy naprawdę był aż tak paranoiczny, żeby swoim ludziom dawać ślepe naboje?

Wyczyszczenie sytuacji zajęło jej moment: wyrzuciła magazynek i obejrzała nabój widoczny na wierzchu. Dla

Jess wyglądał jak normalny, ale przecież inni ochroniarze zauważyliby wcześniej, gdyby naboje, które dostali, wyglądały jak ślepe, prawda? Wysunęła nabój, zważyła go w dłoni. Nie różnił się od żadnego prawdziwego, jaki kiedykolwiek trzymała, a choć nigdy nie była agentką terenową, to pracując w NSA musiała osiągnąć i utrzymywać przyzwoity standard wyszkolenia.

Chyba jest tylko jeden sposób, żeby się przekonać.

Już wiedziała, co zrobi. Zajmie się Fortuną, jeśli na niego trafi, ale jej plan był prosty: znaleźć Mariskę i upewnić się, że jest bezpieczna, chronić ją, dopóki nie przybędą jakiekolwiek amerykańskie siły, które zabezpieczą to miejsce.

Wszystkie światła na wyspie zgasły, gdy Jess biegła ścieżką do dormitorium dziewczyn, i potknęła się na moment, nim odzyskała równowagę. *Pascal*, pomyślała z małym uśmiechem. Nie ma mowy, żeby Fortuna sam sobie zgasił światła. Pascal wciąż żył i siała zamęt.

Drzwi do dormitorium były otwarte i miejsce wydawało się puste, kiedy dotarła. Jess zaryzykowała szybkie otwarcie laptopa na kilka sekund, wystarczająco długo, by ekran ożył i dał jej odrobinę światła.

— Mariska? — syknęła. — Jesteś tu? To Jess! Przyszłam pomóc.

Coś zimnego dotknęło jej szyi. — I niby w czym myślisz, że możesz pomóc?

To był kobiecy głos. Z akcentem. Hiszpański. Jess nie poruszyła głową.

— Nie słyszysz strzałów? Chciałam zabrać Mariskę, żebyśmy się schowały — powiedziała.

— Dlatego masz pistolet, tak? I komputer? Skąd, do cholery, to masz?

Cokolwiek trzyma przy mojej szyi, to nie jest pistolet. Jess podjęła kalkulowane ryzyko, skoczyła do przodu i szybko się obróciła, unosząc broń.

— Camila? — wyrwało jej się, zaskoczona.

W nikłym blasku ekranu laptopa druga dziewczyna wyglądała zupełnie inaczej. Włosy ściągnięte w praktyczny koński ogon, była spokojna i zdecydowana. I choć w ręce nie trzymała pistoletu, ciężki nóż do chleba z ząbkowanym ostrzem mógł wyrządzić poważne szkody... a jeśli to naprawdę była krew, która z niego skapywała, to już to zrobił.

Camila tylko przez moment na nią patrzyła, po czym opuściła nóż. — CIA? — zapytała.

O Boże. Ona też jest agentką pod przykrywką.

— Bezpieczeństwo Wewnętrzne — powiedziała Jess. To było wystarczająco bliskie prawdy, a tłumaczenie zajęłoby zbyt długo.

— Guàlizeańska Tajna Policja — powiedziała Camila, aż Jess opadła szczęka. — Mariskę już ukryłam. Chodź ze mną. Ten laptop ma jeszcze dostęp do internetu, mimo braku prądu?

— Raczej nie, ale schowajmy się gdzieś i sprawdźmy. — Wciąż oszołomiona, Jess podążyła za Camilą, która poprowadziła ją za dormitorium, w kępę palm, potem przez skały. Z laptopem i pistoletem było ciężko, ale Jess nie zamierzała niczego odkładać. Camila zatrzymała się w końcu po przedarciu przez krzaki, a Jess weszła za nią na małą polanę. Taką, przy której Camila wyraźnie się napracowała, urządzając coś w rodzaju kryjówki do ucieczki... gdzie na kocu siedziała Mariska, blada w świetle księżyca.

— Jess! — wyrwało się Marisce, próbowała się podnieść.

— Cii, zostań tam. — Jess przykucnęła, na chwilę odstawiła laptop, żeby szybko uściskać Mariskę. — Nic ci nie jest?

— Tak. Co się dzieje? Czy pan Montalban...

— To on wyłączył światło. *Oby.* — Będzie nas szukał. Pomoc jest w drodze. *Lepiej, żeby była...*

— Mogę zobaczyć laptop? — zapytała Camila, a Jess skinęła głową, podając go.

— Dlaczego Guàlizeańska Tajna Policja jest tutaj? — zapytała cicho, patrząc, jak Camila stuka w klawiaturę. — Przecież to terytorium Wenezueli?

— Technicznie tak, ale ma za dużo interesów w Guàlize City. Obserwujemy go od miesięcy, ale nie mogliśmy nikogo wprowadzić, dopóki nie zgłosiłam się na ochotniczkę, żeby pojechać do Caracas i wkupić się w ekipę luksusowych pracownic seksualnych, które od czasu do czasu sprowadza. Byłam na tej wyspie już trzy razy, przyjeżdżałam i wyjeżdżałam, ale nigdy dotąd nie udało mi się dostać do żadnego z jego komputerów. — Camila skrzywiła się, zamykając pokrywę laptopa. — Internet padł razem z prądem. Muszę to zabrać ze sobą.

— E, nie, zabieram go ze *sobą* — powiedziała twardo Jess.

— Ty już się tu włamałaś. Zostaw mi chociaż okruszek. — Camila wyszczerzyła w uśmiechu białe zęby w świetle księżyca. — Widziałam cię, tej drugiej nocy. Sama miałam zamiar włamać się do tej serwerowni. Ty już tam byłaś.

Jess nie mogła w to uwierzyć. W myślach kopnęła się w tyłek; popełniła dokładnie ten sam błąd, na który liczyła, że zrobią Fortuna i reszta wobec niej. Z góry skreśliła inne dziewczyny na wyspie jako nieistotne pionki, nie zastanawiając się nad nimi naprawdę. Camila niewątpliwie rozegrała pobicie, które zafundował jej Hayworth, może nawet sprowokowała go do przemocy, żeby zostawiono ją w spokoju i zlekceważono, co dało jej swobodę skradania się i psocenia.

Otworzyła usta, żeby coś powiedzieć, ale Mariska złapała ją za ramię.

— Cicho! Ktoś idzie! — wyszeptała Czeczenka, z oczami rozszerzonymi z paniki.

Cała trójka znieruchomiała i umilkła. Męskie głosy brzmiały całkiem blisko.

— Przyprowadźcie mi tę Czeczenkę. To był głos Fortuny. — Kobieta Montalbana po nią przyjdzie. Widziałem to; ma miękkie serce do małolaty.

— Tak jest, szefie. — Mignęła latarka; ktoś wchodził do dormitorium kobiet. — Nikogo tu nie ma, szefie — zawołał po chwili strażnik, a Fortuna zaklął.

— Znajdźcie je! Daleko nie mogły zajść. Ta dziewczyna była ranna, ledwo chodziła. Chyba że Dzhokharov po nią przyszedł. — Brzmiał, jakby niemal rozmyślał na głos. — Gdzie w ogóle jest ten skurwysyn? Nie wierzę, żeby robił z Amerykanami.

Strażnik czekał cierpliwie na dalsze instrukcje; Fortuna nagle się na niego odwrócił, wymachując pistoletem. — Czemu stoisz bezczynnie? Znajdź tę pieprzoną dziewczynę i przyprowadź mi ją!

— Gdzie pan będzie, szefie? — zapytał strażnik niemal spokojnym tonem. Był najwyraźniej przyzwyczajony do nagłych wybuchów Fortuny. Najwyraźniej były agent CIA, renegat, nie krępował się ze swoją furią przy personelu.

— Do sejfu, tam, gdzie mam urządzenie. — Fortuna jakby się uspokoił. — To mój atut. Montalban będzie chciał je zabezpieczyć. Kurwa, Dzhokharov też będzie próbował je dorwać. Przyjdą do mnie. Przyprowadź mi dziewczynę i znajdź pozostałe.

— Tak jest, szefie.

Rozległy się kroki oddalające się, ale latarka wciąż wędrowała. Strażnik zaczął się kręcić, świecąc w krzaki i mamrocząc pod nosem. — Hej, dziewczyno! Chowasz się? — zawołał. — Możesz już wyjść, więcej kłopotów nie będzie!

Camila lekko dotknęła nadgarstka Jess. Gdy Jess na nią spojrzała, agentka z Guàlize skinęła na pistolet w dłoni Jess, ale pokręciła głową i przyłożyła palec do ust.

Nie używaj pistoletu, za głośny — zinterpretowała w myślach Jess i przytaknęła. Camila uniosła nóż i wskazała na siebie, potem na kołyszący się snop latarki strażnika.

O Boże. Camila mówiła o tym tak rzeczowo! Owszem, Jess zabiła Josefa, ale to było w ogniu chwili i wiedziała, że później czeka ją poważne rozliczenie z samą sobą.

Camila nawet nie czekała na reakcję Jess; zresztą Jess nie miała najmniejszego pojęcia, co miałaby zrobić poza próbą odwiedzenia jej. Camila po prostu cicho wyślizgnęła się z ich osłoniętej kryjówki i zniknęła w noc.

Minutę później rozległ się stłumiony, nagle urwany krzyk, a potem łoskot czegoś ciężkiego padającego na ziemię.

— Ona też go zabiła? — wyszeptała Mariska, a Jess postanowiła, że zdecydowanie nie będzie pytać, ilu mężczyzn Camila zdążyła zabić, zanim Jess je znalazła.

— Tak — odpowiedziała cicho, gdy Camila pojawiła się poniżej i skinęła na nie. — Muszę iść, Mariska, ale myślę, że powinnaś zostać tutaj, gdzie jest bezpiecznie. Pomoc nadciąga; nie wychodź, dopóki wyspa nie zostanie zabezpieczona. Jeśli... jeśli coś się stanie i nie będziesz mogła mnie znaleźć, zapamiętaj to nazwisko i powtarzaj je, aż ktoś cię wysłucha. Liane Hagerty, Hestia Global Security. Zapamiętałaś?

— Zapamiętałam. Ale idę z tobą. — Mariska podniosła się, krzywiąc się z bólu, ale widać było determinację. — Ja to poniosę. Ty i Camila uważacie, że to ważne. Popilnuję tego za ciebie. — Wskazała na laptop, a Jess zawahała się tylko chwilę, nim jej go podała.

— To nie jest ważniejsze od ciebie. Jeśli będziesz musiała użyć go, żeby zatrzymać kulę, nie wahaj się. — Starała się, by zabrzmiało to lekko i żartobliwie. Zobaczyła, jak ramiona Mariski odrobinę się rozluźniają, gdy ta przytuliła laptop mocno do piersi.

— Pistolet może być do niczego — szepnęła Jess, gdy dołączyły do Camili, która przetrząsała kieszenie powalonego strażnika. — Myślę, że Fortuna nie ufał swoim ludziom. Jeden wrzeszczał, że dostał ślepe naboje.

Camila rzuciła kilka soczystych przekleństw po hiszpańsku, ale podniosła też zakrwawiony nóż do chleba, który odrzuciła przy ciele strażnika, i trzymała go w lewej dłoni, gdy cicho ruszyły z powrotem w stronę głównego budynku ośrodka.

Jess złapała się na tym, że wolałaby, żeby wyciągnęła nóż z Josefa, ale uznała, że w ostateczności Sig Sauer posłuży jako całkiem skuteczna pałka, jeśli jednak okaże się, że ma ślepe naboje.

Przed nimi rozbłysnął ogień i Jess zaklęła, wpychając Mariskę w cień mijanego budynku. Ktoś podpalił strzechę ozdobnej altany — ktoś od Fortuny, próbując sobie zrobić trochę światła? Zgadzała się, że to nie Pascal. To on na pewno wyłączył światła. Nie oddałby przewagi ciemności.

— Ktokolwiek to zrobił — wyszeptała do Camili — to musi być wróg. To nie Pascal.

— To się nimi zajmijmy.

Ledwie zrobiły krok naprzód, gdy na szczycie wyspy huknęła absolutnie ogłuszająca eksplozja.

— Ja pierdolę! — Jess odruchowo padła na ziemię, po czym pośpiesznie odczołgała się z powrotem do pozostałych.

— To zrobił Pascal? — powiedziała z nabożnym podziwem Mariska, gdy patrzyły, jak płomienie strzelają w nocne niebo, przyćmiewając mniejszy ogień blisko nich. — To willa Fortuny, prawda?

— Tak. — Camila uśmiechnęła się zawadiacko. — Oj, to mu się nie spodoba.

To na sto procent robota Pascala. Wciąż żył i chciał robić zamieszanie, a ta eksplozja przyciągnie wszystkich jak magnes. Co oznaczało — jeśli Jess choć trochę rozumiała taktykę Pascala — że będzie za nimi, gotów urządzić zasadzkę na tych, którzy na oślep pobiegną w ogień wydarzeń.

Była więcej niż chętna, by pomóc, ale musiała też go znaleźć i powiedzieć mu, że wezwała pomoc. To już nie mogło być daleko, prawda... CIA na pewno rozstawiła okręty Marynarki na tyle blisko, by w razie ustalenia położenia wyspy szybko wysłać wsparcie.

A przynajmniej miała taką nadzieję.

— Chodźcie. Muszę znaleźć Pascala. — Ruszyła znowu do przodu, Camila i Mariska za nią, ale potworny grzechot ognia automatycznego przed nimi, rozbłyski wylotowe rozdzierające mrok dalej, sprawił, że znów padły na ziemię. Sekundę później jednak Jess zorientowała się, że nie są w niebezpieczeństwie; ostrzał szedł w zupełnie inną stronę. — Fortuna wyciągnął ciężką artylerię! To nie był półautomat, żadna AR-15 ani UZI. To był w pełni automatyczny, wojskowy karabin maszynowy.

— On *jest* handlarzem bronią! — wrzasnęła do niej Camila ponad ogłuszającym hałasem, zanim ten nagle uciął.

Słuszna uwaga. A jeśli strzelał do Pascala, to jej partner był po uszy w gównie. Jess wzięła głęboki oddech.

— Zostań przy Marisce — powiedziała do Camili. — Spróbuję od tyłu wyeliminować tego, kto ma ten karabin.

— Ty jesteś pierdolnięta! — powiedziała Camila, ale chwyciła Mariskę za ramię i zaczęła się cofać.

— Idźcie się schować. Znajdę was! — Jess posłała Marisce krótkie, mające dodać otuchy spojrzenie, po czym ruszyła biegiem.

Rozdział dwudziesty trzeci

Najlepsze, co mógł zrobić dla Jess, to trzymać Fortunę zajętego, więc w chwili, gdy Pascal wylądował na ziemi w deszczu szkła, podskoczył z powrotem i popędził na złamanie karku. Fortuna wypalił jeszcze raz przez okno, ryknął ze wściekłości, a Pascal usłyszał chrzęst szkła pod podeszwami jego butów, kiedy handlarz bronią ruszył za nim.

— Co jest, Maroney? — krzyknął przez ramię Pascal, obiegając pierwszy róg, skąd przyszedł.

— *Jak* mnie nazwałeś? — Fortuna brzmiał szczerze zdumiony i przestał się poruszać. Pascal nie słyszał już pisku jego durnych Loubisharek.

— Sebastian Maroney? Nie sądziłeś chyba, że CIA całkiem cię zgubiła, co? Zastępczyni Dyrektora Spires bardzo chętnie z tobą porozmawia — Pascal strzelał w ciemno, ale Spires była mniej więcej w tym samym wieku co Fortuna. Szanse, że się znali, były całkiem spore.

— Ta pieprzona, durna suka! Jakim cudem została zastępczynią dyrektora, nie pojmuję — rozległ się lekki pisk. Fortuna znów był w ruchu. Pascal czekał tuż przy narożniku, gotowy chwycić Fortunę, kiedy tamten go minie. Postawiłby na siebie w zwarciu z drugim mężczyzną. Fortuna spuchł w piórka i Pascal bardzo wątpił, by ten wciąż trzymał formę w jakimkolwiek sensownym treningu.

Tylko że Fortuna nie wszedł w róg: zamiast tego rozległo się kliknięcie zamykanego drzwi, a Pascal zaklął pod nosem. Fortuna znów zaczął myśleć, nie zamierzał włazić w zasadzkę. Pewnie wykorzysta lepszą znajomość budynków i terenu na wyspie, żeby obejść Pascala i spróbować dopaść go od tyłu...

Odwrócił się na pięcie i pobiegł.

Jess była dość sprytna, by znaleźć kryjówkę, jak uznał, ale on musiał trzymać Fortunę w niepewności, nie pozwolić mu się przegrupować. Potrzebował działającej broni, a jedyną, o której wiedział na pewno, że ma prawdziwe naboje, była broń samego Fortuny.

A w prywatnej willi Fortuny, tej na szczycie wzgórza, do której nikt inny nie miał wstępu, najpewniej było ich więcej. Pascal musiał jak najszybciej dostać się tam i znaleźć sobie wyrównanie szans.

Najpierw jednak potrzebował dystrakcji i musiał sprawić, by Fortuna i jego strażnicy poruszali się po wyspie znacznie ostrożniej, więc pobiegł do kluczowego elementu infrastruktury, który wypatrzył pierwszego dnia. Wystarczyło kilka sekund, by chwycić kamień z ziemi i roztrzaskać kłódkę na skrzynce zasilania, jeszcze parę, by poprzestawiać wyłączniki i zacząć wyrywać bezpieczniki oraz przewody, robiąc gołymi rękami i kamieniem tyle szkód, ile się dało.

Posypały się iskry i wszystkie światła na wyspie zgasły w jednej chwili. Rozległy się krzyki, a Pascal uśmiechnął się szeroko.

To ich na jakiś czas zajmie.

Ciemność była jego sprzymierzeńcem. Pobiegł bezszelestnie pod górę, nasłuchując okrzyków ponad sobą, zszedł ze ścieżki w ciemniejsze cienie pod palmami, kiedy dwóch strażników z łoskotem zbiegło obok, wołając do innych i pytając, co się dzieje.

Fortuna nawet nie zainwestował im w krótkofalówki. Lenistwo, nadmierna pewność siebie... Pascal ledwie mógł uwierzyć, że były agent CIA mógł tak nisko upaść. Biegł dalej, przeskoczył przez płot wysoki na jakieś pięć stóp, otaczający prywatną willę, i nawet nie zawracał sobie głowy drzwiami — po prostu wyważył kopniakiem okno i wpadł tędy do środka. Jeśli strażnik to usłyszy i przyjdzie sprawdzić, czeka go paskudna niespodzianka.

Willa była luksusowa, ale miała tylko cztery pokoje. Pascal potrzebował ledwie kilku sekund, by przeszukać je i znaleźć zamknięte drzwi, i kolejnych paru, by urwać nogę od krzesła i użyć jej jak łomu.

Światło. Potrzebował cholernego światła. Sam się podkopał własną pomysłowością. Znalazł świece i zapalniczkę w szufladzie aneksu kuchennego — zestaw awaryjny na wypadek huraganu. Wystarczający na teraz. Jeszcze niczego nie zapalał, tylko szybko zerknął na zewnątrz, kręcąc głową nad niekompetencją strażników, którzy porzucili posterunki przy pierwszych oznakach kłopotów. Nic dziwnego, że Fortuna nie ufał im z prawdziwą amunicją.

Krótki płomyk ze spustu zapalniczki sprawił, że opadła mu szczęka na widok zawartości szafy. — No proszę, proszę — mruknął, po czym zapalił świecę, ustawił ją ostrożnie w progu — z dala od zawartości szafy — i zaczął zgarniać, co trzeba.

Kusił go futurystycznie wyglądający karabin maszynowy, co do którego był niemal pewien, że to Sig Sauer XM250, ten, na który armia USA właśnie podpisała kontrakt, ale którego dostawy miały się zacząć najwcześniej za rok, jednak zamiast tego sięgnął po bardziej znajomy FN SCAR, choć wyglądało na nowszy model SCAR-H, a nie SCAR-L, którego używał w Rangersach. Cztery pasujące, 20-nabojowe magazynki były puste i zaklął cicho pod nosem, po czym zgarnął z dolnej półki pudełko nabojów 7,62 mm, ładując jeden magazynek tak szybko, jak potrafił. Pozostałe spróbuje doładować w biegu. Do kieszeni powędrowało kilka granatów — łup skompletowany; teraz trzeba sprawić, by nikt inny się tu nie dozbroił. Chwycił czerwony kanister z uśmiechem.

— To będzie w sam raz! — Uzbroił granat zapalający w biegu, odwrócił się i rzucił go w głąb szafy tuż przed tym, jak znów wyskoczył przez okno, którym wszedł, i przykucnąwszy nisko, zasłonił uszy.

Fala uderzeniowa powaliła go na ziemię, ale tylko na moment, zaraz był znów na nogach i biegł, wciskając naboje do kolejnego magazynka w locie, przeskoczył przez płot i zanurkował w zarośla po drugiej stronie.

Z dołu dobiegł wrzask brzmiący jak najczystsza, pierwotna furia. Fortuna, zgadł Pascal, kompletnie tracący głowę przez jego sabotaż. Oby to był jedyny arsenał Fortuny na zapleczu.

Sekundę później ta nadzieja prysła, kiedy kule zaczęły pruć przez drzewa. Pascal zarył w ziemię, klnąc soczyście. To był kolejny karabin maszynowy i nie miał wątpliwości, że to Fortuna do niego walił, oszalały z wściekłości i zdeterminowany, by go zmieść.

Muszę spadać z tego wzgórza. On wie, że muszę być właśnie tu. Zarzucił karabin na plecy i zaczął czołgać się na brzuchu przez zarośla tak szybko, jak zdołał. Gdzieś przed nim rozległ się kobiecy krzyk, co sprawiło, że syknął i przyspieszył jeszcze bardziej.

— O, cholera — Jess zatrzymała się w swojej mozolnej wspinaczce przez drzewa, odwróciła się, by spojrzeć za siebie. Była prawie pewna, że to Mariska. Chwilę potem w polu widzenia pojawił się Dzhokharov, odcięty od tła płonącej altany; ciągnął Mariskę za włosy.

— Zejdź tu, ty pieprzona suko! — To był krzyk Fortuny, choć nie widziała go. — Poddaj się, albo Rusłan ją wybebeszy!

Ona jest jego żoną. Czy on by...? Tak, zrobiłby to. Mariska pochlipywała i płakała, a choć Jess najpewniej miała czysty strzał na Dzhokharova, nie widziała Fortuny i nawet nie wiedziała, czy naboje w jej broni są prawdziwe.

— Masz czas, aż doliczę do dziesięciu. Jeden. Dwa.

— Idę! — krzyknęła, licząc, że go zatrzyma albo przynajmniej zwolni odliczanie. Kupić sobie trochę czasu. *Gdzie jesteś, Pascal?*

— Nawet się, kurwa, nie waż — usłyszała głos Pascala z zaskakująco bliska i odwróciła się gwałtownie.

— Pascal? — syknęła, starając się nie zdradzić nikomu miejsca, w którym są.

— TRZY! — ryknął Fortuna. — CZTERY!

Zaszelścił krzak przed nią i Pascal się podniósł. — Nie wychodź tam, Jess!

— Muszę, zabije ją!

— Jeśli to zrobisz, zabije was obie!

— SIEDEM!

— Przepraszam... — upuściła broń, odwróciła się i pobiegła. Liczyła, że Pascal podniesie ją i odda strzał, kiedy trafi mu się okazja.

Jeśli te naboje są prawdziwe...

Odgoniła tę myśl i przyspieszyła.

— DZIESIĘĆ!

— Jestem! — Zatrzymała się, gdy dzieliło ją zaledwie kilka stóp od Dzhokharova, trzymając ręce uniesione, by pokazać, że jest nieuzbrojona. — Puść ją. Nie chcesz jej skrzywdzić. To twoja *żona*.

— Bezużyteczna suka nawet nie potrafi urodzić mi syna — Dzhokharov cisnął Mariską o ziemię. — Może zamiast tego zabiorę ciebie do Czeczenii, amerykański szpiegu. Przykuję cię do łóżka i będę cię zapładniał, aż w twoim brzuchu będzie syn. Wydrę go i zaczniemy od nowa. Zrobię z ciebie pożytek.

Jess spróbowała nie odskoczyć odruchowo z obrzydzeniem. — Nie jesteś dość męski — rzuciła pogardliwie. — My, dziewczyny, gadamy. Wiem, co tam masz — celowo zgięła mały palec.

Twarz Dzhokhorova wykrzywiła się od wściekłości i zrobił krok naprzód, sięgając po nią. Gdy Jess cofnęła się, by umknąć, kątem oka dostrzegła ruch za jego plecami. Błysk srebra w świetle płomieni, gdy Mariska uniosła zakrwawiony nóż do chleba Camili, podniosła się z ziemi i wbiła go z całą siłą, jaką miało jej drobne ciało, w plecy męża.

— Biegnij! — wrzasnęła Jess, nie czekając, aż Dzhokharov runie, ani aż Fortuna zorientuje się, co właśnie zaszło. Chwyciła Mariskę za dłoń, odciągając ją od ostrza noża, i biegły, ratując życie.

Za nimi zaterkotała broń — nie straszliwy jazgot karabinu maszynowego, tylko serie po trzy strzały, precyzyjne — ogień osłonowy. *Pascal*, pojęła Jess. Jakoś dorwał karabin szturmowy i osłaniał ich odwrót, choć kosztem ujawnienia własnej pozycji. Karabin maszynowy zaryczał w odpowiedzi.

— Gdzie jest Camila? — wysyczała Jess, gdy uciekały z Mariską.

— Rusłan uderzyć ją w głowę i ona upaść — wydyszała Mariska. — Ona zabić innego strażnika, co nas znalazł, ale on podszedł od tyłu i uderzył ją.

— Może jeszcze żyje. Musimy ją znaleźć...

Nagle rozległ się ryk dźwięku, który kazał im obu spojrzeć w górę, na moment przed tym, jak potężne reflektory przeczesały ich światło.

— Śmigłowce — szepnęła Mariska.

— Pomoc — odparła zwięźle Jess. — Znajdźmy Camilę i ukryjmy cię. Ja muszę znaleźć Pascala.

— Ty idź. Ja dam radę — Mariska wyprostowała się. — Ja zabić Rusłana. Każdego innego też zabić, kto próbować mnie zatrzymać.

Jess nie cierpiała jej zostawiać, ale ogień z karabinu maszynowego nie ustał. Fortuna tylko zmienił cel, strzelał do śmigłowców, które musiały się cofnąć. Jess wątpiła jednak, by minęło wiele czasu, zanim wyspa zaroi się od sojuszników.

— Tylko uważaj, kogo zabijasz — rzuciła do Mariski, po czym puściła jej dłoń i obróciła się, by znów pobiec w sam środek walki.

Fortuna stracił rozum i Pascal musiał go zatrzymać, natychmiast, zanim zdoła zestrzelić któryś śmigłowiec. Zbiegł z górki, nie zważając na krew płynącą z rozcięcia na żebrach, gdzie kula wyorała głęboki bruzdę wzdłuż boku. Miał niebywałe szczęście, że nie przeszła na wylot, ale uznał to za niewielką cenę za te cenne sekundy, które kupił Jess i Marisce na ucieczkę. Upewnił się, że wpakował przynajmniej parę kulek w Dzhokhorova; Czeczen padł na kolana, ale wciąż żył i próbował sięgnąć za plecy, by wyciągnąć nóż. Po strzałach Pascala generał runął twarzą w ziemię i przestał się ruszać.

— I bardzo, kurwa, dobrze — mruknął Pascal, przemykając obok ciała Dzhokhorova, wyciągając z kieszeni granat i uzbrajając go, trzymając kciuk na łyżce bezpiecznika, aż znalazł się w odległości rzutu od pozycji Fortuny, niemożliwej do pomylenia, bo handlarz bronią wciąż pruł do śmigłowców. — Hej, skurwielu — wrzasnął. — CIA przesyła pozdrowienia!

Fortuna odwrócił się ku niemu, rozchylając usta, ale granat już opuścił dłoń Pascala, a zapalnik był w połowie trzysekundowego czasu. Fortuna nie zdążył nawet krzyknąć, zanim granat eksplodował w powietrzu, niecały metr od jego twarzy.

Pascal znów rzucił się plackiem, wiedząc, co nadchodzi. Fala uderzeniowa i tak go przygwoździła na moment, w uszach zadzwoniło, a świat stał się na chwilę bardzo biały i bardzo głośny.

— Pascal. Pascal!

Ktoś wołał jego imię. Zamroczony, zamrugał do Jess, która chwyciła go za ramię, przetoczyła na plecy. Wyrwała mu SCAR-a z rąk i rozejrzała się, kucając nad jego nieruchomą sylwetką. Wyglądała na kompetentną i śmiertelnie groźną, a on pozwolił sobie przez moment po prostu leżeć i podziwiać ją.

— Lepiej oddaj mi to — próbował powiedzieć, ale słowa wyszły dziwnie bełkotliwie i zamazane, i zmarszczył brwi.

Głos Pascala brzmiał nie tak, jak trzeba, i Jess na moment przerwała skanowanie otoczenia w poszukiwaniu zagrożeń, by spojrzeć na niego.

— Jesteś ranny — stwierdziła. Na jego twarzy widać było krew pomieszaną z brudem.

— To... draśnięcie — bełkotał, sięgając do boku, a ona z przerażeniem zobaczyła krew także na jego koszuli. Powieki mu opadły.

— Pascal, nie waż się! Zostań ze mną! Otwórz oczy!

Słyszała teraz krzyki. Głosy wołające jej prawdziwe imię i imię Pascala.

— Pomoc jest już tutaj. Ja ich wezwałam, wszystko będzie dobrze. Pascal? Otwórz oczy! — Zsunęła jedną rękę z broni, by wyczuć jego puls; jego szyja była śliska od krwi, gdy miotała się, szukając go rozpaczliwie. — Nie waż się teraz umrzeć. Nie po tym wszystkim!

Wciąż na niego krzyczała, kiedy silne dłonie zabrały jej broń z bezwolnych palców i odciągnęły ją od jego ciała.

— Mamy go, Pani Hagerty. Proszę nam pozwolić go zabrać.

— Pascal — załkała, w końcu pękając, a łzy spłynęły jej po twarzy.

— Mamy go.

To był amerykański głos i Jess zaciekle odgoniła łzy, zadzierając wzrok na absolutnie potężnego żołnierza przed sobą. Nie miał na sobie amerykańskiego munduru; próbowała zmusić oczy, by wyostrzyły wzrok na fladze naszytej na piersi jego dżunglowego munduru.

— Kim pan jest? — wymamrotała, chybocząc się jak liść na wietrze.

— Jack MacAuley. Były Ranger armii, teraz w Guàlizeańskiej Tajnej Policji. Dwa dni temu Zastępczyni Dyrektora Spires postawiła nas w gotowości jako najbliższy szybki odwód w tej okolicy. W drodze są kolejne posiłki, ale my dotarliśmy pierwsi.

— Och. Guàlizeańska. Poznałam kogoś od was. Camilę? Nie znam jej nazwiska.

Brzmiała powoli i tępo i Jess mimochodem zrozumiała, że być może wpada w szok. MacAuley zajrzał jej w oczy, ujął za przedramię i delikatnie potrząsnął.

— Spokojnie, Pani Hagerty. Musi mi pani pokazać, gdzie jest urządzenie. Muszę je zabezpieczyć, rozumiemy się? Pracuję dla Guàlizean, ale to urządzenie musi trafić w ręce USA.

Skinęła głową, pojmując, o co chodzi. Spojrzała na Pascala, nad którym pracowało już dwóch medyków pola walki.

— Przykro mi, ale musi go pani zostawić. Niech oni się nim zajmą — powiedział MacAuley, pociągając ją za ramię. — Urządzenie?

— W budynku głównym. W starym hotelowym sejfie — wzięła głęboki oddech, zmusiła się, by odwrócić wzrok od Pascala. Nie mogła zrobić dla niego nic więcej ponad to, co robili oni. — Tędy.

Sejf był zamknięty, a Jess podejrzewała, że klucze są pewnie w kieszeni Fortuny i bardzo możliwe, że rozerwane na strzępy razem z nim. Powiedziała to MacAuleyowi, a wielki żołnierz tylko spoważniał i stanął przed drzwiami sejfu jak odźwierny.

— W takim razie poczekam tutaj, aż Zastępczyni Dyrektora Spires da mi pozwolenie na ruch. Pani też lepiej zostań. Wygląda na to, że Montoya nie jest w stanie nam powiedzieć tego, co musimy wiedzieć, więc proszę zacząć od początku i wprowadzić mnie w sprawę, póki czekamy.

Nogi Jess nie bardzo chciały ją utrzymać. Osunęła się na podłogę bez gracji, lądując plecami przy ścianie.

— Wszystko w porządku, Pani Hagerty? Sprowadzić do pani medyków? — zapytał MacAuley.

— Nie, nie jestem ranna. Po prostu... zmęczona. Bardzo zmęczona.

— Proszę nie zasypiać i rozmawiać ze mną — rozkazał. — Ilu innych wrogów zostało na wyspie?

Parsknęła półśmiechem. — Wciąż żywych? Nie mam pojęcia. Camila załatwiła nie wiem ilu swoim nożem do chleba, Pascal pewnie kilku zastrzelił, a ja wbiłam Josefowi nóż w oko...

— Myślę, że lepiej będzie, jeśli zacznie pani od początku — powiedział MacAuley po chwili lekko oszołomionego milczenia.

Jess mówiła, jak jej się zdawało, całe godziny. Nad głowami nadlatywały i odlatywały śmigłowce; w pewnym momencie MacAuley powiedział jej, że Pascala przetransportowano śmigłowcem do Guàlize City na leczenie.

— Będzie dobrze. Rana na boku jest gorsza, niż mu się pewnie wydawało; stracił sporo krwi, ale moja żona go poskłada.

— Pańska żona? — Jess mrugnęła ciężko na wielkiego agenta.

— Pracuje w zespole urazowym w szpitalu Santa Maria — uśmiechnął się MacAuley, wyraźnie dumny z małżonki. — Nie martw się o Montoyę — dodał, po czym zamilkł na moment, najwyraźniej nasłuchując informacji w radiu taktycznym. — Moi ludzie znaleźli też Camilę. Żyje; wygląda na to, że ma wstrząśnienie mózgu. Zabiorą ją następnym śmigłowcem.

— A Mariska? — wymamrotała Jess.

— A kto to?

— Młoda Czeczenka. Przyjechała tu z jednym z kupców, generałem Dzhokhorovem, ale to jeszcze dzieciak.

— Każdy nieuzbrojony i nieposzkodowany cywil zostanie zatrzymany do przesłuchania — powiedział MacAuley, bez niechęci w głosie. — Najpewniej trafi do waszych ludzi, skoro nie jest stąd. Wciąż trzeba ustalić, czyja to dokładnie jurysdykcja, ale żeby uniknąć incydentu z naszymi wenezuelskimi sąsiadami, bardzo możliwe, że Guàlize zrzuci wszystko na USA i będzie udawać, że nas tu nie było.

— Wiarygodnie zaprzeczalne?

— Coś w ten deseń — MacAuley przechylił głowę. Mruknął coś do radia. — Wygląda na to, że pani szefowa już jest?

— Moja szefowa? — Jess zmarszczyła czoło. Nie miała siły podnieść się z podłogi, kiedy Zastępczyni Dyrektora Spires wmaszerowała do środka w otoczeniu czarnych, ciężko uzbrojonych agentów i stanęła nad nią. — Och. Cześć — pomachała palcami — to było wszystko, na co starczyło jej sił.

Twarda twarz Spires minimalnie złagodniała na jej widok. — Panno Hagerty. Wygląda na to, że miała pani pracowity wieczór.

— Mhm. To jest tam. Albo było — Jess machnęła niewyraźnie ręką w stronę drzwi sejfu.

Spires skinęła głową do jednego z ludzi, który podszedł i ściszonym głosem porozmawiał z MacAuleyem. Sama Spires przykucnęła, żeby znaleźć się na wysokości oczu Jess.

— Dobra robota, Panno Hagerty — powiedziała cicho. — Bardzo dobra. Miałam wątpliwości, czy da pani radę, ale to włamanie do danych, które pani przeprowadziła, to czyste złoto. Namierzyliśmy masę sprzętu, który już był w niepowołanych rękach albo miał tam trafić. Ocaliła pani niezliczone życia.

— Och — powiedziała Jess, nieco oszołomiona. — I macie oba pozostałe urządzenia? Widzieliśmy w wiadomościach nalot na posiadłość Hayworthów...

— Tak, pani siostra wcisnęła się w ten nalot. Tamto urządzenie jest zabezpieczone, a całe kierownictwo kościoła prawdopodobnie posiedzi w więzieniu bardzo, bardzo długo. Koreańskie urządzenie nie jest jeszcze w naszych rękach, ale wiemy, gdzie jest, i marynarka powinna je zabezpieczyć w ciągu kilku godzin.

— Dobrze — Jess już postanowiła, że nie powie nikomu, iż to widok Liane w telewizji wywołał kryzys. Mogłoby to wrócić do siostry, a Jess nie chciała mieć tej wiedzy na sumieniu Liane. — Hej. Potrzebuję przysługi.

Spires się uśmiechnęła. — Myślę, że zasłużyła pani na kilka. Jaka?

— Jest dziewczyna. Mariska. Czeczenka. Wiem, że będziecie musieli ją przesłuchać, ale nie zgubcie jej, dobrze? Mam wobec niej plany.

Krawędzie pola widzenia Jess zaczęły ciemnieć. Poczuła, jak osuwa się na bok, niezdolna dłużej utrzymać się prosto, gdy resztki sił ją opuściły. — I powiedz Pascalowi... — wymamrotała, ale słowa nie wyszły, a ostatnim, co zobaczyła, była zmiana wyrazu twarzy Spires — z rozbawienia na troskę — zanim wszystko pociemniało.

Rozdział dwudziesty czwarty

Cztery tygodnie później

Pascal nacisnął przycisk domofonu i czekał, zerkając przez ramię na wynajęte auto za sobą, upewniając się, że stoi wystarczająco daleko od jezdni, żeby żaden przejeżdżający kierowca go nie zahaczył. Najpierw podjechał do biur Hestii, gdzie Liane ze smutkiem powiedziała mu, że Jessikah wzięła dzień wolny... po czym dodała z uśmiechem, że jest prawie pewna, iż Jess jest w domu.

Brama bezszelestnie rozsunęła się po paru minutach, na tyle długo, że Pascal zaczął się zastanawiać, czy Liane się nie pomyliła. Wskoczył z powrotem za kierownicę i powoli wtoczył auto na posesję, zatrzymał je na podjeździe i spojrzał z podziwem na dom. Jess naprawdę świetnie sobie radziła.

Ciężkie drzwi z drewna i matowego szkła rozsunęły się bezszelestnie i stała tam — włosy znów pofarbowane na ten cudny, syreni odcień akwamarynu, luźna biała sukienka nie ukrywała, że schudła i wyglądała odrobinę zbyt szczupło, bosa.

— Pascal... — powiedziała z niedowierzaniem, niemal trzymając się drzwi. — Co...

— Przywiozłem ci gościa — powiedział, gestem wskazując za siebie, i Mariska wyskoczyła z miejsca pasażera, rzucając się Jess w ramiona.

— O Boże! Jess objęła Mariskę, przyciskając ją mocno, gdy Czeczenka zaczęła szlochać w jej ramię. — *Pascal.* — Niebieskie oczy Jess zalśniły łzami. — Wejdźcie. Oboje... wejdźcie.

Jess posadziła ich oboje przy kuchennym stole, nalała szklanki z lodowatą wodą. Położyła dłoń na ramieniu Mariski, jakby nie do końca wierzyła, że ta naprawdę tu jest. Pascal uśmiechnął się na ten czuły gest.

— Wygląda świetnie, prawda? — powiedział czule.

Mariska rzeczywiście tak wyglądała. Miesiąc porządnego jedzenia i trochę terapii — po kilku dniach intensywnego debriefingu — zdziałały cuda. Włosy lśniły, oczy miała jasne, a na sobie wygodne szorty, T-shirt i trampki — znacznie bardziej odpowiednie dla dziewczyny w jej wieku niż skąpe sukienki, do których zmuszał ją Dzhokhorov.

— Wygląda cudownie. Ty też. — Jess wykonała nieudany, drobny gest, jakby chciała do niego sięgnąć, ale opuściła rękę. — Już doszedłeś do siebie?

— Wszystko gra. — Opatrunki zdjęto mu dopiero trzy dni wcześniej, ale nie zamierzał jej o tym mówić. — Przepraszam, że cię nastraszyłem.

— Tak, nazwałabym prawie wykrwawienie się na śmierć niezłym strachem! — Jess posłała mu surowe spojrzenie.

Mariska drgnęła, a jej dłoń wpełzła w dłoń Pascala. Jess to zauważyła i spojrzała na niego zaskoczona, z szeroko otwartymi oczami.

— Poprosiłem, żeby mianowano mnie prawnym opiekunem Mariski — powiedział szybko Pascal, uprzedzając wszystko, co Jess mogłaby sobie pomyśleć. — Papierów będzie oczywiście mnóstwo, ale... jeśli ją formalnie adoptuję, droga do obywatelstwa USA stanie się dużo prostsza.

— On mówi, że mogę nazywać go Tatą — powiedziała Mariska z uciechą.

— O Boże. — Jess zasłoniła usta dłonią, a w jej oczach znów zakręciły się łzy.

— Chcę chodzić do amerykańskiej szkoły. Uczyć się... rzeczy. Wszystkiego, czego nie wiem. — Mariska wzruszyła ramionami. — To może potrwać, ale zrobię to. Tata obiecał pomóc.

— Obiecałem. — Uśmiechnął się do niej czule, ściskając jej dłoń. — I... rozmawialiśmy też o innych sprawach. Nie wchodzę już pod przykrywkę, z oczywistych powodów — mam teraz córkę, która na mnie liczy. A robota za biurkiem w Langley to nie do końca moja bajka, nie chcę też być przydzielony do jakiejś ambasady za granicą.

— No i? — zapytała Jess, krzyżując ramiona. Wyglądała, jakby ledwo śmiała mieć nadzieję.

— Cóż, rząd jest odpowiednio wdzięczny za to, co zrobiliśmy. W zasadzie mogę sam wskazać agencję i miejsce, do którego chciałbym się przenieść. FBI ma duże biuro tutaj, w LA... albo wspominałaś, że w Hestii mogłoby się dla mnie znaleźć miejsce.

— Wspominałam, prawda? — Na jej ustach pojawił się mały uśmiech, a spojrzenie powędrowało do Mariski.

— Wiesz, niedaleko stąd jest naprawdę świetna szkoła. Chodzi tam kilkoro dzieci pracowników Hestii, a jak się nad tym zastanowić, dyrektor jest mi winien przysługę... parę lat temu ogarnęłam dla nich drobną sprawę cyberprzemocy. Gdybyście mieszkali w tym rejonie, jestem pewna, że mogłabym załatwić Marisce przyjęcie.

W oczach Mariski zapaliły się gwiazdki; spojrzała z błaganiem to na Pascala, to na Jess, i z powrotem.

— Założę się, że tutejszy rynek wynajmu jest raczej koszmarny — powiedział Pascal, już pewien, jaką odpowiedź da Jess, ale nie mogąc się powstrzymać, by nie podroczyć się z Mariską jeszcze odrobinę.

— Okropny. Ale to duży dom. Myślę, że zniosłabym parę współlokatorów. — Jess wybuchnęła śmiechem, gdy Mariska zapiszczała z zachwytu i zerwała się, by ją uściskać.

— Och, Jess. Och. Tak bardzo cię kocham. I ciebie, Tato — kocham was oboje!

— Skoro będziesz mówić do niego Tata — powiedziała Jess — to może pomyślałabyś o tym, żeby do mnie mówić Mama. Jeśli to nie byłoby zbyt dziwne.

— Mamo. — Mariska spróbowała, po czym na jej ładnej buzi znów rozkwitł uśmiech. — Nie. Nie, to nie dziwne, to jest *idealne*.

— Też tak myślę. — Jess pocałowała Mariskę w czoło.

— Czy możemy wziąć kota? — Mariska spojrzała na nią błagalnie, a Jess znów się roześmiała.

— Widzę, że będziemy miały pełne ręce roboty z wymagającą nastolatką. Ale tak, oczywiście, że możemy. Jeśli uważasz, że tego nam potrzeba, żeby stać się prawdziwą rodziną.

Mariska rozkosznie podskoczyła z ekscytacji.

— Czemu nie pójdziesz trochę pozwiedzać? Tylko nie dotykaj żadnego z komputerów, kiedy dojdziesz do mojego gabinetu — zawołała za nią Jess, gdy Mariska odwróciła się i niemal wybiegała, szczęśliwa i podekscytowana jak dużo młodsze dziecko w bożonarodzeniowy poranek.

— Właśnie daliśmy jej nowy dom i rodzinę i obiecaliśmy kota — zauważył Pascal, gdy Jess pokręciła z rozbawieniem głową. — Dobrze sobie radzi, ale tego wszystkiego jest teraz dla niej bardzo dużo. Pewnie później przyjdzie załamanie i wypłacze się, aż zaśnie.

— Dobrze wiedzieć. — Jess skinęła głową, najwyraźniej odkładając tę informację do mentalnego segregatora, a jeśli Pascal znał ją choć trochę, już wymyślając strategie, jak pomóc Marisce wygodniej się zaaklimatyzować.

Przez dłuższą chwilę patrzyli na siebie w milczeniu, po czym Jess uśmiechnęła się miękko, czule. — No więc — powiedziała, podchodząc i wsuwając się Pascalowi na kolana, oplatając ramionami jego szyję. — Spory skok: od udawanego randkowania pod przykrywką do prawdziwej wspólnej pracy i wspólnego wychowywania straumatyzowanej czeczeńskiej nastolatki.

— To prawda — przyznał. — I nie miałbym ci za złe, gdyby to było dla ciebie za dużo.

— Nie. — Pochyliła się. Pocałowała go, powoli i długo. — Wcale nie jest za dużo — wyszeptała mu w usta.

Gładził dłońmi jej plecy, delektując się tym, że jest w jego ramionach. — Mam pytanie — mruknął. — Nieoficjalnie.

— Mhm?

— Kiedy ją podjęliśmy, Mariska kurczowo trzymała laptopa. Fortuna sam wysadził serwery, a ja rozwaliłem wszystkie komputery w jego willi, więc to był jedyny fizyczny nośnik, jaki nam został. I były tam szczegóły transakcji

krypto, których CIA nie do końca umiała rozgryźć..
. rzeczy, które jakoś nie skopiowały się przez twojego robaka do tego, co widzieliśmy z zewnątrz. Na przykład wszystkie pieniądze, które mieli czeczeńscy rebelianci. Poszły
na jakieś inne portfele krypto, potem wyszły na konta w
realnych bankach, potem z powrotem do innych portfeli,
potem znowu wyszły... i tam właśnie nasi biegli księgowi
zgubili trop.

— Fortuna musiał do tego ustawić jakiś automat —
powiedziała Jess beznamiętnie.

— Ciekawe. Wszystkie portfele krypto Fortuny, które
udało nam się zidentyfikować — te, na które na przykład
Hayworth i Yoon przelewali swoje płatności — tak się nie
zachowywały. Monety dalej tam leżały.

— Dziwne. — Jess przechyliła głowę, oczy miała
niewinnie szeroko otwarte.

— Nieoficjalnie, Jess.

Uśmiech jej się poszerzył. — Cóż, jeśli *naprawdę* roz-
mawiamy nieoficjalnie. Mariska zasługuje w życiu na
trochę fajnych rzeczy. Dwadzieścia milionów dolarów
powinno wystarczyć na wszystko, czego mogłaby potrzebować. Na zawsze.

Dokładnie to przewidział. Jess nie potrzebowała
pieniędzy, ale tuż przed tym, jak straciła przytomność,
powiedziała Spires, że ma wobec Mariski plany. Nie
wiedział, jak to zrobiła, kiedy w ogóle znalazła na to czas,
ale nie zamierzał informować CIA o jej nie do końca legal-
nym łupie. I tak przejęli wszystko z portfeli kryptowalu-
towych Fortuny; dwadzieścia milionów od czeczeńskich
rebeliantów to przy tym kropla w morzu.

— Masz rację — powiedział, przyciągając Jess na kolejny
pocałunek. — Masz absolutnie, w każdym calu rację.

— Mamo! — wrzasnęła skądś z góry Mariska. — Mamo, mogę wziąć ten pokój? Ten z widokiem na ocean — z różową narzutą?

— Oczywiście, skarbie! — odkrzyknęła Jess.

— A ja gdzie będę spał? — zapytał Pascal.

— Och. — Potarła nosem o jego nos, a jej palce zsunęły się, by rozpiąć górny guzik jego koszuli. — Pomyślałam, że może miałbyś ochotę dzielić ze mną sypialnię główną.

— Uwielbiam sposób, w jaki myślisz. — Odnalazł jej usta, składając kolejny głęboki, rozpalający pocałunek.

Koniec

Oddział Ratunkowy powrócą — i tak, obiecuję, że pewnego dnia Mariska dostanie własną historię. PEWNEGO DNIA. Jest jeszcze dzieckiem. A teraz ma parę superopiekunów o niezwykle wyspecjalizowanych umiejętnościach, którzy będą nad nią czuwać.

Inne książki autorki Caitlyn Lynch

Oddział Ratunkowy

Ratunek Rangera
Powrót Rangera
Misja Rangera
Krew Rangera
Żar Rangera (tylko dla subskrybentów newslettera)

Amazonki z Ridgewater

Zaufaj procesowi
Przełamywać bariery
Wspólny grunt
Zapisane w gwiazdach
Święta w Ridgewater

Poznaj wszystkie publikacje Shenanigans Press, odwiedzając naszą stronę internetową, https://www.she naniganspress.com/pl!

Możesz też obserwować nas w mediach społecznościowych – jesteśmy na Facebooku i Instagramie (@ShenanigansPressPolska)

I nie zapomnij zapisać się do naszego newslettera, aby otrzymywać informacje o nowościach, promocjach, konkursach i wiele więcej!